Da«, sagte Ben und zeigte nach rechts, »das ist Manhattan. Siehst du die Wolkenkratzer?« Ben wandte sich seiner Tochter zu, die neben ihm auf der mittleren Sitzbank des Chevrolet Suburban saß. Das schwarze Gefährt war so ausladend, dass die beiden immer noch ein gutes Stück trennte. »Natalie«, sagte er, »schau doch, da hast du ihn, den Big Apple. Wunderschön, oder nicht?«

Natalie starrte tranig auf ihr Telefon. Es würde schon etwas mehr erfordern, um ihre Aufmerksamkeit zu wecken. Auf einmal überkam ihn der Jetlag, und Ben wurde klar, dass ihm dazu die nötige Energie fehlte.

Er sah wieder zur Skyline, die in der Hitze flirrte und von spätnachmittäglichen Sonnenstrahlen funkelte. Er konnte das Chrysler Building und das Empire State Building ausmachen. Dann nahm er ein neues, besonders hohes und schlankes Bauwerk etwas weiter oben in Uptown wahr. Andere ungeheuer hoch aufragende Gebäude, die er nicht kannte, standen über die Insel verstreut. Die Stadt hatte sich verändert.

Sie veränderte sich andauernd, dachte er bei sich, im Guten wie im Bösen. Bei seinem ersten Besuch hatten die Zwillingstürme das Stadtbild beherrscht. Seit über einem Jahrzehnt war er nicht mehr hier gewesen.

The city that never sleeps, sagte er sich – und hatte das

Gefühl, selbst auch nie zu schlafen. Dann hängte er in gedachtem Singsang an: *Where dreams are made of.* Richtig singen konnte er nicht, und diese Zeile stammte von einem anderen Künstler aus einer anderen Epoche. Trotz seiner Müdigkeit spürte er ein aufgeregtes Kribbeln im Bauch. Früher hatte er leidenschaftlich für die Stadt geschwärmt, doch heute machte sich eine gewisse Beklemmung bemerkbar. Als der Suburban auf einmal schlingernd die Spur wechselte, kam ihm das tatsächlich vor, als würde er aus großer Höhe fallen.

Er schüttelte den Kopf und warf wieder einen Blick auf seine Tochter, die nun die Augen fest geschlossen hatte. Neben ihr saß ihre Freundin Hannah, wie Natalie fünfzehn, und schien ganz und gar von ihrem Display vereinnahmt. Seinem Freund Olly zufolge war er ein mutiger Mann, nicht nur seine halbwüchsige Tochter mit nach New York zu nehmen, sondern auch noch ihre Freundin. Olly wäre es natürlich viel lieber gewesen, wenn Ben stattdessen ihn mitgenommen hätte. Olly war unentwegt auf Gratisvergnügungen aus.

»Irre«, hatte ihn seine Ex-Frau und Mutter Natalies genannt. »Aber es wird Natalie guttun, etwas Zeit mit ihrem Dad zu verbringen«, hatte sie hinzugefügt. Hannah war eine späte, mit einigem Geschick von Natalie eingefädelte Ergänzung des Plans gewesen.

Der Verkehr war grässlich. Zäh und stockend, seit sie den Kennedy-Flughafen verlassen hatten, und Manhattan schien immer noch meilenweit entfernt zu sein. Immerhin lief die Klimaanlage des riesigen Wagens prima. Beim Blick von seinem erhöhten Platz aus durch die gewaltige

Windschutzscheibe konnte er sehen, dass der Verkehrsstau mit ähnlichen Fahrzeugen gespickt war. Auch das war eine neue Entwicklung. Bei seinem letzten Besuch waren Stretchlimos allgegenwärtig gewesen, schwarze und weiße. Nun wimmelte es in New York von noch größeren und bedrohlicheren Ungetümen.

Er scheute den Gedanken, was all diese Chevrolet Suburbans der Umwelt zufügten. Natalie hätte so manches dazu zu sagen. Es war ihre neue Passion und eine willkommene Abwechslung von billigen Klamotten, Accessoires und Schminksachen, die alle rasch im Müll landeten.

»He, Natalie?« Er stupste sie sachte an. »Ist jetzt nicht mehr weit.«

Sie rührte sich, blinzelte in seine Richtung. »Was ist nicht mehr weit?«

»New York«, sagte er lebhaft. »Der Big Apple. Die Stadt, die niemals schläft. In der Träume gemacht werden …«

»Sorry, wovon redest du, Dad?«

»Da«, sagte er, versuchte es mit einem anderen Ansatz und zeigte auf die berühmte, sich gleichwohl stetig verändernde Skyline. Bloß gab es gerade gar keine Stadtansichten zu sehen, sondern eine mit unleserlichen Graffiti überzogene Betonwand, an der das Ungetüm entlangkroch und einmal mehr zum Stehen kam.

»Ich glaub, ich krieg Hunger«, meinte Natalie.

»Ja, ich auch«, sagte Ben. »Wir sind bald da.«

»Du hast nicht gesagt, dass es genauso lange dauern würde, vom Flughafen nach New York zu kommen, wie wir gebraucht haben, um von London herzufliegen.«

»Ist halt eine große Stadt.«

»London auch.« Natalie gähnte. »Kann mich nicht erinnern, dass wir den ganzen Tag gebraucht haben, um nach Heathrow zu fahren.«

Ben erinnerte sich etwas anders an den Aufbruch heute Früh – der schien Wochen her zu sein. Er lockerte seinen Sitzgurt und beugte sich vor, wobei ihm auffiel, dass Hannah ihr Telefon immer noch fest umklammert hielt.

»Wir besorgen uns was zu essen, sobald wir zum Hotel kommen«, sagte er. »Essen früh zu Abend und gehen früh zu Bett. Wobei wir so lange wie möglich aufbleiben sollten, sonst werden wir viel zu früh wieder wach und können den Tag morgen abschreiben.«

»Warum ist hier so viel Verkehr?« Natalie beugte sich etwas vor.

»Keine Ahnung«, sagte Ben.

»Die Luft da draußen möchte man auch nicht einatmen.«

»Nein, sicher nicht. Die Amerikaner stehen anders zu Autos und zum Verfeuern fossiler Brennstoffe.«

»Manche Amerikaner – nicht alle«, sagte Natalie.

»Hoffentlich hast du recht.«

»Habe ich.«

Ben sah Natalie schmunzeln und fragte sich, wann genau sie angefangen hatte, ihn zu belehren. Er schaute in die andere Richtung aus seinem Seitenfenster. Die Graffitiwand war endlich verschwunden, und einmal mehr erhob sich glitzernd die Skyline von New York.

Der Fahrer hatte ungebeten das Radio angestellt, und von allen Songs, die hätten laufen können, kam ausgerechnet der mit der Zeile darüber, woraus Träume gemacht werden. Während der Suburban weiterrumpelte, erwog Ben, an welchen Träumen ihm noch etwas lag. Eine helle und sichere Zukunft für Natalie musste da an erster Stelle stehen. Eine weitere Zufallsbegegnung mit seiner schönen Chefin Emily Muller in bezaubernder Umgebung trat nur unweit dahinter zurück.

Mochte der Himmel auch mit dunstigem Blau bestechen, wusste er doch, dass stets dunkle Wolken lauerten. Im Augenblick vermutete er, dass es sich bei dem Dunst um Smog handelte. Träume hatten diese Neigung, sich in Albträume zu verwandeln, buchstäblich ehe man die Augen aufschlagen konnte. Er bekam erneut das Gefühl, aus großer Höhe zu fallen. Er schob sich in seinem massiven Sitz etwas hoch, saß darauf aber nicht bequemer.

I

Es war eine typische Straße in der Lower East Side, und das allein machte sie schon spannend. Schaufenster säumten die Straße, und Feuerleitern krochen mehr oder weniger dekorativ die Fassaden empor. Wohnen und Arbeiten ganz althergebracht in einem, dachte Ben. Er schätzte die Gebäude auf die Jahrhundertwende – freilich jene vom neunzehnten zum zwanzigsten. Alle verfügten sie über fünf oder sechs Geschosse. Dem Anschein nach.

Erst als Ben regelrecht aus dem Suburban auf den Gehsteig geplumpst war und freie Sicht nach oben hatte, erkannte er, dass einige der ursprünglichen Gebäude nachträglich aufgestockt worden waren. Über manchen ragten bestimmt zwanzig oder dreißig weitere Etagen auf. Ein solch zusammengeschustertes Bauwerk aus alt und neu war das Ziel der kleinen Reisegruppe.

Das Hotel The Maverick sah wie der unaufdringlich schicke Laden aus, den es auf Straßenniveau abgeben sollte mit seiner Brasserie hinter Fenstern vom Boden bis zur Decke, die sich offenbar von der Lobby her den ganzen Häuserblock entlang erstreckten. Dabei ragte das Hotel – wie eine Art Hochzeitstorte – immer schmaler in den Himmel. Weiter oben wichen die alten Jahrhundertwende-Ziegel verputzten Platten und jeder Menge Stahl und Glas. Ben verspürte eine frische Welle von etwas, das auch Höhenangst sein könnte, wie ihm nun schien.

»Ich stell Ihre Taschen hierher?« Auf einmal stand der Fahrer vor Ben.

»O ja, danke.« Ben schüttelte den Kopf und versuchte, das Gefühl von festem Boden unter den Füßen zurückzugewinnen. Außerhalb des klimatisierten Wageninneren war es zugleich kochend heiß und feucht. Er hatte die Luftfeuchte ganz vergessen. Und den Lärm. Der Krach von Sirenen und dröhnenden Hupen musste doch jedem auf den Magen schlagen. Er sah auf die Taschen, die der Fahrer auf dem Gehsteig deponiert hatte, und fragte sich, wo ein Hotelpage sein mochte. Fragte sich, warum es so viele Taschen waren. Er reiste stets mit leichtem Gepäck, selbst auf Langstrecken.

»Was ist mit den anderen? Den Mädchen?«, erkundigte sich der Fahrer und nickte zum Suburban. »Steigen die auch mal aus?«

»O ja, natürlich steigen sie aus«, sagte Ben, besann sich auf die allerkostbarste Fracht und eilte zur geöffneten hinteren Fahrgasttür, wo Natalie und Hannah auf dem mit Leder bespannten schwarzen Luxus eingeschlafen waren. Ben erwog, ob er den Fahrer dafür bezahlen könnte, sie ein, zwei Stunden lang weiterschlafen zu lassen. Doch bei all dem Krach ließ es sich sicherlich nicht gut ruhen. Außerdem hatte sich ein weiblicher Hotelpage eingefunden.

»Darf ich Ihnen mit Ihren Taschen behilflich sein, Sir?« Sie hatte den Wuchs eines Models, indes ihre alles andere als gewöhnliche Uniform aus einer engen schwarzen

Hose, einem langen, cremeweißen Kittel, schwarzem Barett und schwarzen Birkenstock-Schuhen bestand. »Gehe ich recht in der Annahme, dass Sie bei uns logieren?«

»Ja, tun wir, und ja, bitte.«

Es kostete ihn einige Minuten, die Mädchen aufzuwecken und der Blechbestie zu entwinden, diverse Trinkgelder auszuhändigen und dann seine Schutzbefohlenen in die Lobby und zum Empfangstresen zu geleiten. Er wischte sich die tropfende Stirn und fühlte, wie ihm sein dickes Old-Town-Hemd am Rücken klebte. Seine Füße waren noch immer vom Fliegen angeschwollen, und er rätselte, ob er sie je wieder aus den alten, hellbraunen Budapestern lösen könnte, in denen sie eingesperrt waren. Er hatte immer gedacht, Sandalen seien bestenfalls für einen Strandurlaub geeignet und niemals für die Stadt, doch was hätte er jetzt für ein Paar Birkenstock-Latschen gegeben.

Eine junge Frau, zierlich, dunkelhaarig und hübsch, beanspruchte alle Aufmerksamkeit am Empfang. Während das Gespräch oder vielmehr die Beschwerde ihren Lauf nahm, wurde offenbar, dass die beiden dienstbaren Geister hinter dem Tresen, zwei Männer, einander zur gegenseitigen Unterstützung nötig hatten. Ben wollte nicht dazwischenfunken. Davon abgesehen war es sein Job, ebenso darauf zu achten, was in einem Hideaway womöglich nicht so klappte und was sehr gut. Er wusste, dass er aufmerksam sein sollte, schließlich war er zum Arbeiten hier.

Das Maverick war das neueste und laut Anpreisung hippeste New Yorker Hotel der Hideaway-Gruppe. Die

Lage in der Lower East Side allein setzte es von den übrigen Hideaways der Stadt ab, die allesamt in Midtown lagen.

Ben schaute hinter sich, wollte Natalie und Hannah versichern, dass die Formalitäten nicht allzu lange brauchen würden. Seit London hatte er Natalie auseinandergesetzt, Hideaway sei das letzte Wort in Sachen Luxus und befriedige jegliches Bedürfnis rasch und geräuschlos. Er war sich nie so recht im Klaren gewesen, wie viel seine Tochter eigentlich über seinen Job wusste.

Die Taschen waren alle da, aber nicht die Mädchen. Er stolperte rückwärts, als sich der Absatz seines linken Budapesters in einem Teppich verfing. »Scheiße«, murmelte er, »wo zum Henker sind sie?« Dann machte er sie auf der anderen Seite der Empfangshalle aus, in einem üppig möblierten Loungebereich. Die Mädchen rekelten sich auf einem gewaltigen modernistischen Sofa vor einem offenen Kamin, der tatsächlich in Betrieb war.

»Die Sache ist die«, teilte der junge weibliche Gast vor ihm den Angestellten am Tresen mit, die höflich nickten, »dass wir keinerlei Geräusch ertragen können, wenn wir meditieren. Sie müssen es abstellen.«

»Ich fürchte, Madam, dass wir die Aufzüge nicht einfach außer Betrieb nehmen können. Sie sind für das ganze Hotel da.«

»Was ist mit dem anderen Geräusch vom Lüftungsdings gleich neben der Dachterrasse? Wie sollen wir so den Whirlpool genießen?«

»Das könnte zur Klimaanlage gehören.« Nur einer der Angestellten am Tresen redete, ein junger, schlanker

Mann, der gleichfalls eine Art Kittel oder Tunika trug. »Ich könnte die Haustechnik beauftragen, um zu kontrollieren, ob sie ordentlich arbeitet.«

»Klimaanlagen gehörten verboten«, sagte die Frau.

»Sie könnten versuchen, Ihre Klimaanlage auszustellen. Jedes Zimmer wird für sich geregelt. Das könnte sich auf das Geräusch auswirken.«

»Bei dieser Hitze?«

Beide Angestellten am Tresen lächelten dazu sehr höflich. Ben verkniff sich ein Lachen und rätselte, wie in aller Welt die Frau mit den Sirenen und Hupen in der New Yorker Kakophonie zurechtkam.

»Würden Sie gern die Zimmer tauschen?«

»Das Penthouse, wie, gegen eine Gummizelle im Keller? Wohl kaum. Das Hotel tauschen. Das käme für uns in Betracht, sollten diese Unzulänglichkeiten nicht behoben werden. Ich brauche Ihnen wohl nicht die Rufschädigung zu erläutern, die das nach sich zöge. Sie wissen, wer mein Partner ist. Wir tun Ihnen einen Gefallen damit, überhaupt hier zu sein.«

»Es ehrt uns sehr, dass Sie das Maverick gewählt haben«, sagte der andere Bedienstete hinterm Empfangstresen. Auch er trug einen Kittel, wobei ihn sein wilder Afro eher wie ein Hippie denn gehobener Hotelangestellter aussehen ließ.

»Mein Partner wird bald zurück sein, und ich erwarte, dass diese Probleme gelöst sind. Ich muss Ihnen nicht sagen, wie beschäftigt er ist und wie wichtig.« Damit wandte sie sich um, hob zwei elegante Einkaufstüten an und ging auf eine Reihe Aufzugstüren zu.

»Wenn sie es ganz leise haben will, könnte man ja immer noch New York abstellen«, sagte Ben schmunzelnd und nahm ihren Platz ein. »Ist nicht gerade die leiseste Stadt auf der Welt.«

»Ulkig, dass Sie das sagen«, meinte der Typ mit dem phantastischen Haar, »letzte Woche hatten wir einen massiven Stromausfall. Waren Sie da schon in der Stadt?«

Ben schüttelte den Kopf.

»Das reinste Chaos. Leute steckten in der U-Bahn fest. Kreuzungen waren verstopft. Die Netze brachen zusammen. Keiner konnte irgendwen erreichen. Die Stadt kam zum Stillstand.«

»Klingt gar nicht so übel«, sagte Ben und ihm wurde klar, wie deutlich er sein Alter spürte, seit die Maschine aufgesetzt hatte. »Ich habe eine Reservierung und möchte einchecken.«

»Wunderbar«, meinte der andere.

Einen Augenblick lang fragte sich Ben, in was er eigentlich eincheckte. Hideaway umwarb gerade einen jüngeren Kundenstamm und versuchte deshalb, in die Designerhotel-Szene vorzudringen. Mit einem Blick über seine Schulter stellte Ben fest, dass Natalie und Hannah weiterhin auf einem Kunstwerk abhingen. Wohl mochte Hideaway keine gar so junge Zielgruppe im Sinn haben, doch immerhin war es Wendy Spurling gelungen, zwei Zimmer im neuesten und angesagtesten Hotel des Verbunds zu besorgen.

Dass es Mitte August war und die Zeit für einen Kurzurlaub in New York, die am wenigsten gefragt war, könnte etwas damit zu tun gehabt haben. Nebst dem

Umstand, dass er mächtig was gut hatte bei Hideaway für all das, was sich im Juni auf Mallorca ereignet hatte.

»Und Ihr Name, Sir?«, fragte der gutaussehende Mann mit dem Afro.

»David Slavitt«, sagte Ben automatisch und nestelte darauf in seiner Umhängetasche nach seinem getürkten Firmenausweis.

»Zu meinem Bedauern scheint bei uns keine Reservierung unter diesem Namen vorzuliegen«, sagte der Mann.

Nun fiel Ben auf, dass keiner der beiden Angestellten ein Namensschild trug. Auch das war unüblich. Er behielt es im Kopf, aber so ein Schild hätte auf einer Tunika auch lächerlich ausgesehen. Dann besann er sich darauf, nicht unter falschem, sondern dem richtigen Namen zu reisen – gemäß neuer Vorschrift eines geläuterten Sicherheitschefs, Marc Hoffman. *Wir wollen keine unnötigen bürokratischen Probleme verursachen. Überdies müssen wir als absolut transparent und ehrlich wahrgenommen werden*, hatte er in einer E-Mail an das Team der Hotelinspektoren geschrieben.

»Könnte die Reservierung auf einen Firmenkunden lauten?«, fragte der Mann höflich.

»O nein«, sagte Ben hastig. »Mein Fehler. David Slavitt ist mein Pseudonym – ich bin Schriftsteller, wissen Sie, Krimiautor. Richtig heiße ich Ben Martin. Ben Martin wird der Name sein, auf den die Reservierung lautet – für zwei nebeneinanderliegende Zimmer.«

Marc Hoffman war sich außerdem sicher, dass ein so neues Hotel wie das Maverick keine Insiderkenntnisse davon hatte, wer die Hideaway-Inspektoren tatsächlich waren. Indes Wendy Spurling Ben nicht bloß daran erinnert hatte, wie rabiat die US-Heimatschutzbehörde sein konnte, sondern dass wirklich astreine Ausweispapiere nötig waren, wenn er mit seiner fünfzehnjährigen Tochter und deren Freundin einreiste.

»Ja, da hätten wir's schon«, sagte der schlanke Angestellte am Empfang. »Ben Martin, zwei Zimmer. Beides Juniorsuiten. Wir sind überraschend voll für August. In der Stadt ist eine Menge los dieses Wochenende.« Er klapperte auf einer für Ben unsichtbaren Tastatur herum und bat ihn dann um dessen Ausweis und Kreditkarte. Schließlich wartete er mit zwei Schlüsselkarten auf und erkundigte sich nach etwaigen Sonderwünschen.

»Wissen Sie was«, sagte Ben eingedenk Natalies Eigenschaft, ständig alles zu verlieren, »geben Sie mir doch bitte gleich zwei Schlüsselkarten für jedes Zimmer.« Die Mädchen würden jede mindestens eine brauchen.

Weitere Schlüsselkarten wurden folglich erstellt und in ihren kleinen Umschlägen überreicht. »Der erste Teil der Zimmernummer entspricht dem Stockwerk«, sagte der Mann. »Unser Page wird Ihnen mit Ihren Taschen behilflich sein.«

»Ach, nicht nötig.« Ben dachte an die junge Frau draußen auf dem Gehsteig. »Wir haben nur kleine Taschen, und meine Tochter und ihre Freundin kommen sicher allein zurecht.«

Erst nachdem er die Mädchen und alle ihre Sachen eingesammelt, die Aufzüge angesteuert und eine der Kabinen, die zu seiner Überraschung proppenvoll war, betreten hatte, schaute Ben auf die Zimmernummern. Man hatte ihnen die 516 und außerdem die 1247 gegeben. »He, Augenblick mal«, sagte er und wedelte mit der Hand vor der Fahrstuhltür, bevor sie sich gänzlich schließen konnte. »Da ist ein Irrtum passiert. Ich muss zurück zum Empfang.«

»Echt jetzt?«, sagte Natalie.

»Echt. Da ist was schiefgelaufen. Wir sind auf unterschiedlichen Etagen, sollten aber benachbarte Zimmer bekommen. Das will nicht nur ich so, ich habe es auch deiner wie auch Hannahs Mutter versprochen.«

»Wen stört's?«, sagte Natalie. »Mum wird's nichts ausmachen. Was soll uns schon in einem Hotel wie dem hier zustoßen?«

»Du bist fünfzehn«, sagte Ben und war sich im Klaren, dass seine Ex-Gattin Alex mehr als gelassen bleiben würde. Bei Hannahs Mutter sah das anders aus.

»So? Ist Greta Thunberg auch, und die rettet den Planeten.«

»Sie muss inzwischen mindestens achtzehn sein.«

»Sie war mal fünfzehn.«

»Auch wieder wahr.«

2

Im Restaurant des Hotels herrschte Hochbetrieb, dabei war es erst neunzehn Uhr. Der Oberkellner hatte sie zu der letzten freien Sitznische geführt. Er war ein äußerst korpulenter Mann in lila Anzug, der sich als Jay Jay vorstellte und sie heute Abend zu bewirten ankündigte. Er hatte ein höchst einnehmendes Lächeln und in den Augen ein freundliches Leuchten.

Das Kunstleder war von herrlichem Ziegelrot, teils Retro, teils Kitsch, bemerkte Ben, während die Polster unbeschreiblich weich ausfielen. Ben sank so tief ein, dass sein Kinn beinahe auf dem Tisch zu liegen kam. Die Mädchen ihm gegenüber waren kaum noch zu sehen. Er hatte keinen Schimmer, wie sie so irgendwas trinken sollten. Vielleicht mit Strohhalm? Vom Essen ganz zu schweigen.

Wie immer hatte Ben seine Hausaufgaben gemacht. Einen Preis musste das Restaurant erst noch gewinnen, wenngleich genügend überschwängliche Kritiken den »Wagemut« der Küche priesen, Bistroklassiker aufzufrischen für eine »umweltbewusste, stilbildende Weltstadtklientel des 21. Jahrhunderts«. Achtsame Trendsetter mit anderen Worten.

Jedenfalls waren die Tische von hip aussehenden Leuten besetzt, die offenkundig im Gefühl schwelgten, zur richtigen Zeit am richtigen Ort zu sein.

»Mädels, dann werft mal einen Blick in die Karte«, sagte er. »Ihr müsst doch am Verhungern sein. Bestimmt ist was dabei, das ihr mögt.« Abgesehen von astronomischen Preisen hatte der »Wagemut« des Chefkochs beinahe durchweg zu entweder rätselhaften oder gänzlich befremdlichen Speisen geführt, und dabei war Ben mit der Erfindungsgabe und Finesse so einiger Küchen von Weltformat vertraut.

Hannah schaute von ihrem Display auf und lächelte scheu. Natalie klatschte ihr Telefon jäh auf den Tisch, lächelte auch und schnappte sich die Speisekarte vor ihr. »Okay, Dad, wollen mal sehen, was New York zu bieten hat – mir als Veganerin. Oh, und Hannah ist Pescetarierin.«

Noch ein Augenaufschlag und scheues Lächeln von Hannah.

»Ich könnte schwören, dass ihr im Flieger beide Huhn gegessen habt«, entsann er sich.

»Not kennt kein Gebot«, gab Natalie zurück.

»Wann bist du überhaupt Veganerin geworden?«, fragte Ben. In der Tat hatte Natalie schon über ein Jahr lang mit Vegetarismus geliebäugelt.

»Weiß nicht, so vor ’ner halben Stunde? Die Welt steht kurz vor einem Kipppunkt. Wir müssen jetzt handeln«, sagte sie und schenkte Hannah einen verschlagenen Blick.

Natalie hatte Alex’ sarkastischen Humor geerbt. Er war sich nie sicher, ob sie gerade witzelte oder nicht.

»Dieses Restaurant ist ja ganz edel und so weiter, Dad, aber hast du den riesigen Fleischbatzen gesehen?« Sie wies mit einer Hand abfällig über ihren Kopf. »Der lag voll roh auf einer Platte, wie die Hälfte von 'ner Kuh oder so. Ich habe noch nie so ein großes Fleischstück gesehen mit Knochen dran und allem.«

Ben hatte es mitbekommen. Das Restaurant schien den Gästen ihr Fleisch erst zu zeigen, bevor es zubereitet wurde. »Nur zur Präsentation«, wandte er ein.

»Was hat es für einen CO_2-Fußabdruck?«, wollte Natalie wissen.

»Bestimmt gehen die mit derlei hier sehr gewissenhaft um – ganz sicher sogar«, sagte Ben, sah sich neuerlich um und dachte bei sich, dass Natalie ziemlich umstandslos den Flieger nach New York bestiegen hatte. Dann gewahrte er Jay Jay in seinem prächtigen Anzug an seinem Oberkellnerpult. Er sprach mit zwei kolossalen Männern in dunkler Kleidung, mit Bürstenhaarschnitt, Sonnenbrillen und Ohrhörern, was sie sofort als Leibwächter auswies. Ihrer Masse wegen konnte Ben nicht sehen, über wen sie wachten.

»Ich würde als Vorspeise vielleicht das Tatar nehmen«, sagte Hannah zu Bens Überraschung.

»Klar«, sagte er und suchte auf seiner Karte nach dem Gericht, das Hannah gemeint haben könnte, zumal Natalie sie doch als Pescetarierin ausgegeben hatte.

»Und dann für mich die Jakobsmuscheln, falls das okay ist«, hängte sie an. Damit klappte sie ihre große, kunstledergebundene Speisekarte zu und sah fröhlicher und teilnahmsvoller aus denn je, seit sie von London aufgebrochen war.

»Okay«, sagte er zu Hannah und holte tief Luft. Er hatte beide Gerichte ausfindig gemacht. Das Tatar bestand tatsächlich aus Thunfisch und wurde mit Bird's Eye Chili und Crêpe Indochine gereicht, während zu den Jakobsmuscheln Sommerkürbis und eingelegte Zitrone serviert wurde. Klang beides großartig, außer den achtundzwanzig Dollar für das Tatar und zweiundvierzig für die Muscheln.

Sämtliche Spesen Bens wurden übernommen, wie sonst auch. Allerdings hatte ihm Wendy Spurling mitgeteilt, er selbst müsse für jegliche Nebenkosten einschließlich Speisen und Getränke aufkommen, die durch seine Tochter und ihre Freundin entstünden. Seit wann Speisen und Getränke als »Nebenkosten« gelten würden, hatte er einzuwenden versucht. Oder wann sei je weniger von einem Inspektor erwartet worden, als ein Hotel auf Herz und Nieren zu prüfen? »Sehen Sie in mir und den Mädchen ein Team.«

»Wir gestehen es keinem Inspektor zu, dass Familienmitglieder und Freunde umsonst mitreisen«, hatte sie streng erwidert. »Sie haben mehr als Glück, das zusätzliche Zimmer zu bekommen. Überspannen Sie den Bogen nicht.«

Er war sich nicht sicher, wie viel Bares Hannah dabeihatte, mutmaßte aber, keinen großen Betrag. Auf einmal wurde ihm beklommen zumute. Natürlich würde er sie nicht darum bitten, etwas zur Verpflegung beizusteuern, jedoch hatte Alex ihn auf ihre gewohnt unverblümte und taktlose Art gewarnt, dass Hannah Essen »herunterschlingt wie ein Schwein«.

Ben sah wieder auf die Speisekarte, versuchte auszutüfteln, was er essen wollte, und zog in Betracht, für sich das billigste Gericht zu wählen, um damit vielleicht Hannahs teures auszugleichen und vorzuschwindeln, er selbst habe das Thunfischtatar und die Jakobsmuscheln bestellt – eben um das Restaurant auf Herz und Nieren zu prüfen.

Die Speisekarte war lang, kompliziert und mit prätentiösen französischen Wendungen gesprenkelt. Er schob die Hände in seine Jackentaschen, nur um festzustellen, dass er vergessen hatte, seinen Notizblock zum Essen mitzubringen. Zweifelhaft schien ihm hingegen, ob er oder sein Kontostand so eilig Hannahs Auswahl vergessen würde. Mit seinem Telefon machte er rasch ein paar Fotos von der Speisekarte.

Natalie ertappte ihn dabei und zollte sein Verhalten mit einem vernichtenden Blick. »Handy, Dad. Gib Acht auf dein Benehmen.«

»Ist Arbeit«, sagte er heiter. »Was soll's für dich sein?«

»Ehrlich gesagt, krieg ich vor dieser Speisekarte ziemlich das Gruseln, Dad«, sagte sie. »Nichts für ungut.«

»Steht denn gar nichts Vegetarisches drin?«, fragte er.

»Veganes, Dad. Veganes.«

»Entschuldige. Veganes.«

»Keine Ahnung. Schnall kaum die Hälfte davon. Was ist ein Kräuterseitling?«, fragte sie.

Bens Blick hob sich auf der Suche nach Jay Jay, nur um einen Kellner mit einem großen Krug in der Hand auf sie zusteuern zu sehen. »Hi«, sagte der Mann und rummste den großen, schweren Krug mitten auf den Tisch. »Ich heiße Maximilian und werde heute Abend Ihr Kellner sein.« Er trug eine Tunika im selben Lila wie Jay Jays Anzug.

»Hi«, erwiderte Ben und staunte über die Farbabstimmung. Er schaute zurück zu den Mädchen. »Was möchtet ihr trinken?«

»Sind Sie das erste Mal in der Maverick Bar, Bistro and Bonanza?«, warf Maximilian dazwischen.

Ben nickte und rätselte, woher der Teil mit *Bonanza* stammen mochte. Das Wort hatte er nirgendwo in den Broschüren oder auf den Schildern gelesen.

»Ich darf mal erklären, wie's bei uns läuft«, sagte der Kellner.

»Einen Erdbeer-Daiquiri bitte«, sagte Natalie, »mal zwei.«

»Sie macht bloß Witze«, sagte Ben hastig.

»Nein, mach ich nicht.« Natalie bemühte sich, nicht zu lächeln.

Der Kellner schaute ratlos drein.

»Wir haben einen langen Tag hinter uns«, sagte Ben. »Sprudelndes Mineralwasser als Tischgetränk, und ich hätte gern ein Glas Wein oder zwei zum Essen.« Auf einmal kam er sich wie ein Loser vor. Die Weinkarte musste erst studiert, ja überhaupt erst noch gereicht werden. Er wollte auch das im Hinterkopf behalten.

»Die Gerichte sind vorwiegend zum Teilen gedacht«, fuhr der Kellner mit seiner Erläuterung fort.

Ben seufzte hörbar. Er hielt wenig vom Konzept des Teilens, jedenfalls in gehobenen Restaurants. Es mündete stets in einer Sauerei.

»Die Teller sind eher klein gehalten«, fügte der Kellner hinzu. »Wir empfehlen drei oder vier Gerichte pro Person.«

»Du lieber Gott«, murmelte Ben und dachte an die Preise. »Wahrscheinlich haben wir gar keinen so großen Hunger«, sagte er lauter. »Unsere inneren Uhren sind allesamt aus dem Takt.«

»Schließ nicht von dir auf andere«, sagte Natalie. »Hannah und ich sind beide am Verhungern, und wir sind echt voll durstig – *Dad.*«

Er schüttelte den Kopf und fühlte eine Welle aus Jetlag innen an seinen Schädel klatschen. »Ihr beide müsst noch eine ganze Reihe Jahre warten, ehe ihr in den USA Alkohol in der Öffentlichkeit trinken dürft. Das sehen sie hier sehr streng.«

Natalie hatte etwas aus der kleinen, marineblauen Schultertasche von Sandqvist hervorgeholt, die sie stets trug und die er ihr zu ihrem letzten Geburtstag gekauft hatte – in Erwartung eines bevorstehenden herrlichen Vater-Tochter-Urlaubs. Sie wedelte ihm damit auftrumpfend zu. »Nicht mit dem passenden Ausweis«, sagte sie und zwinkerte.

»Du hast einen nachgemachten Ausweis? Wo hast du den her?«

»Alter – so was haben alle, die ich kenne.«

Maximilian stand weiterhin pflichtschuldig vor der Sitznische. Er lächelte tapfer und ließ dabei außerordentlich regelmäßige, weiße Zähne sehen. »Wir brauchen wohl noch ein paar Minuten mit der Karte – sorry«, sagte Ben.

»Selbstverständlich.« Der Kellner wandte sich zum Gehen.

»Können Sie bitte die Weinkarte bringen, wenn Sie wiederkommen?«, warf ihm Ben laut hinterher, dem gerade bewusst wurde, dass eine Art jazziger Drum 'n' Bass im Hintergrund spielte. Während sein bester Freund Olly Künstler wie Produzenten hätte benennen können, war Ben völlig ahnungslos und fühlte sich umso mehr wie ein Fisch auf dem Trockenen. Was hätte Olly doch für diesen Laden geschwärmt.

»Danke, Dad«, sagte Natalie, erhob sich von ihrem Sitz und spähte vergnügt im Raum umher, »Wein genügt völlig.«

»Komm nicht auf falsche Gedanken«, sagte Ben. »Keine von euch. Ich bin zur Arbeit hier. Ich muss beruflichen Anforderungen genügen. Lasst mich bitte nicht im Stich.«

»Was machen Sie eigentlich genau?«, erkundigte sich Hannah.

»Ich arbeite im ...« Auf einmal fehlten ihm die Worte, hatte er doch gehofft, dass Natalie Ihrer Freundin erläutert hätte, weshalb sie nach New York reisten und was es mit seiner Arbeit auf sich hatte. »Ich bin Inspektor«, beschloss er zu sagen.

»Er schnüffelt in Hotels rum«, sagte Natalie, »sieht unter den Betten nach und all so was. Ist schon irgendwie schräg.« Sie hielt jäh inne und machte zum Platzen große Augen. »He, Hannah, du errätst nie, wen ich eben gesehen habe.«

Natalie kletterte auf die Sitzbank, richtete sich auf, zeigte in Richtung von Jay Jays Pult und fischte zugleich nach ihrem Telefon. Dann stand sie nicht mehr auf dem roten Kunstlederpolster, sondern lag halb auf dem Tisch, halb auf dem Fußboden. Während das Wasser aus dem umgestoßenen Krug überallhin lief, hallte das klirrende Getöse viel lauter in Bens Ohren wider als der Drum 'n' Bass.

3

Er begriff, dass jemand an seine Tür klopfte. Er hatte tief und fest geschlafen. Das Zimmer war so dunkel, das Bett so breit und bequem, das Fensterglas so dick, dass das Grollen und Kreischen der Stadt draußen nur äußerst schwach zu erahnen war.

Er lag auf der Seite und ließ seine rechte Hand nach dem Telefon tasten, das er auf dem Nachttisch abgelegt hatte. Du liebe Güte, wie dunkel es war. Das Klopfen hielt an, wurde nachdrücklicher. Irgendwo in seinem benebelten Verstand besann er sich darauf, nicht allein in New York zu sein, dass seine Tochter und ihre Freundin Hannah auch hier waren, viele Stockwerke über ihm.

Er warf die Decken von sich und setzte sich ruckartig auf. Als sich seine Augen an die Dunkelheit gewöhnten, sah er sein Telefon weiter abseits auf dem Tisch schimmern. Er griff danach und tippte auf den Bildschirm. Es war eben zwei Uhr morgens durch, New Yorker Zeit. Eine ganze Seite verpasster Anrufe und Nachrichten erschien nun – offenbar allesamt von Natalie. Er musste sein Handy auf lautlos gestellt haben. Was war er doch für ein Idiot.

Ein weiteres Klopfen wurde laut, wenngleich schwächer, als sei derjenige, der seine Nachtruhe störte, im Begriff aufzugeben. »Ich komme«, sagte er und stocherte im verzweifelten Versuch, Natalie zurückzurufen, auf sein Telefon ein. Irgendwie kam keine Verbindung zustande, dabei sagte ihm irgendwas in seinem Kopf, dass er schon mal in einer solchen Lage gewesen war – mitten in der Nacht in einem Hideaway gestört, einer Hotelgruppe, die sich der Stille, Diskretion und Exklusivität rühmte.

Er fand den nächstgelegenen Lichtschalter am Ende des kurzen, schmalen Flurs gleich hinter seinem Badezimmer. Die Juniorsuite war von entsprechender Juniorgröße. Dann riss er die Tür auf und sah Natalie und Hannah im schummrigen Korridor stehen. Beide machten einen geschrumpften Eindruck in ihren riesigen, lohfarbenen, tunikaartigen Bademänteln mit dem Logo des Maverick in heiterem Lila. Sie sahen wie Sektenmitglieder aus. Immerhin waren sie am Leben und kicherten.

»Was zum Teufel, Natalie?«

»Oha, Dad. Was hast du denn da an?«

Ben sah an sich hinunter. Er trug ein altes T-Shirt und Boxershorts. Es war nicht seine Schuld, dass Old Town, der schrullige Herrenausstatter seiner Wahl, keine Schlafanzüge anbot. Trotzdem hätte er sich eine dieser Bademanteltuniken schnappen sollen. »Genauer gesagt, was zum Henker machst du hier? Was ist los?«

Hannah kicherte noch immer, nervös vielleicht, Natalie hingegen machte nun ein langes Gesicht und große Augen. Eine Sekunde lang dachte Ben, sie könnten etwas eingeworfen haben und wären auf Drogen. »Du rätst nie, was wir gesehen haben, gerade eben«, stieß Natalie aus.

Ben schüttelte den Kopf, langsam und müde. Bitte keine weiteren Promisichtungen.

»Wovon wir Zeuginnen wurden, Nat«, sagte Hannah, die sich nun beruhigt hatte, mit ernster Stimme. »Was wir bezeugen können. Die Polizei wird genau wissen wollen, was wir gesehen haben, und dann werden wir vor Gericht aussagen müssen und auf die Bibel schwören und alles.«

»Okay«, sagte Ben. »Was habt ihr gesehen?«

Natalies Mund fing an zu beben. »O mein Gott, Dad, ich glaube, wir haben einen Mord gesehen. Ehrlich. Dieser Mensch, eine Frau, wir sahen, wie sie von einem Dach gestoßen wurde. Es war richtig hoch, und das kann unmöglich irgendwer überleben. Sie ist tot, Dad, kann gar nicht anders sein. Es war schrecklich.«

»Bestimmt gibt es dafür eine logische Erklärung«, sagte Ben.

»Nein«, warf Hannah ein. »Ehrlich, Mr Martin, es war grässlich.«

»Schaut mal«, sagte Ben, der sich zusehends seines Aufzugs bewusst wurde und der Tatsache, dass Natalie und Hannah um zwei Uhr nachts mit ihren aberwitzigen Tuniken im Korridor standen, »warum geht ihr jetzt nicht schleunigst zurück ins Bett, und wir klären das alles morgen Früh? Falls irgendwas Schreckliches passiert ist, wird die Polizei schon an der Sache dran sein. Wir können da weiter nichts tun.«

»Etwas Schreckliches ist passiert«, sagte Natalie. »Zweifellos gibt es was für uns zu tun. Du musst es dir wenigstens mal ansehen, Dad. Ist es dir denn egal?«

Ihre Stimme war auf einmal betreten und flehend. Er entsann sich der Augenblicke, da er sie nicht mehr trösten konnte, als sie klein war, und er dachte an all die

Augenblicke, da er sie nicht trösten konnte, weil Alex ihn wegen Gabby verlassen hatte und er nicht mehr da war. »Schön. Was soll ich denn tun?«

»Ich weiß nicht. Die Polizei anrufen.«

»Ich weiß nicht recht, was ich denen sagen könnte. Wo war das genau? Auf welchem Dach?« Er logierte im fünften Stock. Er konnte eine Reihe Dächer überblicken, wobei er natürlich nichts mitbekommen hatte.

»Dann komm mit in unser Zimmer. Da zeigen wir dir, wo es passiert ist. Ich spinn mir da nicht irgendwas zusammen.«

»Sie malt sich das nicht aus«, fügte Hannah hinzu und nickte heftig.

»Na gut. Ich hol mir bloß noch einen Bademantel. Nein, genau besehen zieh ich mir lieber richtige Sachen an. Wartet einfach hier.«

Während er nach den Kleidungsstücken griff, derer er habhaft werden konnte – ein Knäuel aus schwerem dunkelblauem Köperstoff von Old Town –, mit bloßen Füßen in seine Budapester stieg und hinauseilte, hoffte er halb, die Mädchen hätten diesen Unsinn inzwischen abgeblasen und wären wieder zu Bett gegangen. Doch sie standen immer noch da und blickten ihn erwartungsvoll an.

»Nur zu, dann geht mal vor«, sagte er beschwingt.

Die Flure lagen ziemlich dunkel da, die Nachtbeleuchtung hatte man etwas zu sehr auf stimmungsvoll getrimmt, dachte Ben bei sich. Auch bei der Raumgestaltung schien eine Art Pariser Bordellflair im Spiel zu sein. Es mutete weniger eigenwillig an, wie der Hotelname besagte, als dass es sich irgendwie biss und auch ein wenig anrüchig wirkte. Außerdem war es verdammt warm. Offensichtlich reichte die Klimatisierung nicht bis in die oberen Flure.

»Vielleicht sollten wir die Feuertreppe nehmen«, sagte er, als er eine Brandschutztür sah. Er hatte noch nicht entschieden, was er in seinem Bericht über die technische Ausstattung des Hotels schreiben würde, doch die Aufzugsanlage würde keine besonders positive Erwähnung finden. Diesbezüglich auch nicht die Nachtbeleuchtung. Noch versuchte er, sich an die Uniformen zu gewöhnen. War er eben altmodisch, was soll's.

Gerade war Ben im Begriff, die Brandschutztür zum Treppenhaus zu öffnen, als er einen Fahrstuhl rumpeln hörte, der sehr wohl aus einer Zeit Pariser Ausschweifungen rund um das Fin de Siècle hätte stammen können. »Oh, da kommt er gerade. Wir haben Glück.«

Schließlich traf er ein, und die Türen der Kabine knarzten langsam auf und gaben den Blick auf zwei ältere Gäste frei, einen Mann und eine Frau. Während Ben den Gedanken wegblinzelte, dass er eigentlich überhaupt nicht aufgewacht sei und sich in einem verqueren Traum befand, winkte er die Mädchen hinein und betrat selbst die Kabine. »Welcher Stock noch mal?«, fragte er Natalie, sein Verstand rang noch immer mit Wirklichkeit und Erinnerung.

»Zwölfter.«

Er drückte auf die Taste, lächelte den Fremden zu. Sie wirkten zu alt und konservativ für das Hotel, die Stadt. Die Frau sah ihn argwöhnisch an. »In welche Etage fahren Sie?«, fragte er, da er keine weitere Ziffer auf der Tastenleiste beleuchtet sah.

»Die zwölfte«, sagte die Frau bestimmt.

»So ein Zufall«, entgegnete er fröhlich. Natürlich glaubte er nicht an Zufälle. Die Frau sah weg. Er wandte sich seiner Tochter zu. »Alles gut, Mädels?«

»Ich habe Angst«, sagte Natalie.

»O Gott, sag das nicht. Geht schon alles in Ordnung. Versprochen.«

»Du und deine Versprechen.«

»Keine Ahnung, was du damit meinst.« Er erhaschte den Blick der Frau und schaute schleunigst zurück auf die Tastenleiste.

»Aber nein, Sie zuerst«, sagte die alte Hexe, als der Aufzug im zwölften Stock ankam, obwohl Ben beiseitetrat und ihnen mit Handzeichen den Vortritt ließ. Natalie und Hannah hingegen trödelten nicht und entschwanden einen weiteren schummrigen Flur hinunter, der in allerlei unvorteilhaft schamesrote Farben getaucht war.

»He, wartet auf mich«, rief Ben und eilte ihnen hinterher.

4

Zahllose Dachflächen erstreckten sich, so weit er blicken konnte, so viel war sicher. Lärmverschmutzung war nicht das einzige Problem, an dem die New Yorker litten, die Lichtverschmutzung musste gleichauf liegen, zusammen mit der abgasschwangeren Luft. Wie er so auf das strahlend helle Leben in Downtown Manhattan um zwei Uhr früh hinunterschaute, spürte Ben einmal mehr sein Alter. Hier war genau die privilegierte Aussicht, für die er bei seinem ersten Besuch der Stadt alles gegeben hätte.

»Dad, das Dach ist es«, sagte Natalie erneut und zeigte hin. »Guckst du überhaupt? Das irgendwie so schimmert, mit den Liegestühlen in der einen Ecke.«

Viele der Dächer schimmerten, weil sie mit Walzblei oder Zinkblech gedeckt waren. Oder auch bloß mit irgendeiner billigen, wasserabweisenden Farbe gestrichen. Die Gegend war noch immer gemischt, noch nicht vollends gentrifiziert. Wobei Ben gefiel, was vom schmuddeligen Charme übrig geblieben war. Es wirkte authentischer – so wie früher mal New York. Es waren alles Flachdächer, auf vielen standen Stühle und anderweitiges Außenmobiliar. Ein paar hatten Bereiche mit gezimmerten Dachterrassen. Leute konnte er auf keinem der Dächer ausmachen.

»Das zwischen den beiden Gebäuden mit Wasserspeichern?«, fragte er.

»Wenn diese Trommeldinger so was sind«, sagte Natalie.

»Ja. Sie sind fester Bestandteil der Skyline von New York.« Er glaubte, das fragliche Dach sehen zu können. In einer Ecke standen zwei leere Plastikstühle. Es war in Streulicht getaucht, das die ganze Lower East Side erhellte, aber etwas Bemerkenswertes konnte er nicht feststellen. »Drum herum ist niemand. Niemand auf dem Dach. Ich sehe nirgends einen Menschenauflauf oder Ähnliches.«

»Dad, ich mach keine Witze. Warum glaubst du nie ein Wort von dem, was ich sage?« Natalie trat von dem deckenhohen Fenster zurück und warf sich auf das große Bett, das sie sich mit Hannah teile; es war riesig, Kingsize oder besser schon Emperorsize. Er hatte ganz vergessen, wie riesig und ausgefallen alles in Amerika war, bis auf die Maße der Schlafzimmer selbst vielleicht. Platz hatte einen stolzen Preis, zumal immer so groß war, was hier in die Zimmer gestellt wurde.

Ben setzte sich auf die Bettkante und tätschelte sanft Natalies Schulter. »Natürlich glaube ich dir.« Er konnte fühlen, wie Natalie schluchzte. Die Müdigkeit, der Jetlag setzten ihr wohl doch zu. Womöglich auch der Schock und sein mangelndes Einfühlungsvermögen.

»Es ist wahr«, sagte Hannah, die zwischen Fenster und Bett schwankte und offenbar nicht wusste, wohin sie sich setzen oder was sie als Nächstes tun sollte.

Ben kämmte mit den Fingern sein Haar, kratzte sich

die Kopfhaut. Wieder durchfuhr ihn ein Gefühl zu fallen. Er war erschöpft.

»Wir haben wirklich gesehen, wie jemand runtergestoßen wurde«, sagte Hannah.

»Von wie vielen?« Ben wurde bewusst, dass er eine entscheidende Frage nicht gestellt hatte. »War es eine Person oder eine Gruppe von Leuten? Männlich – weiblich?«

»Eine Person – ein Mann«, antwortete Hannah. »Ich bin mir sicher, dass ihr ein Mann den Stoß gab.«

»Ja.« Natalie setzte sich mühselig auf. »Eine Person. Er stieß sie einfach runter, und dann verschwand er. Da waren bloß zwei da oben. Ich weiß nicht, wo er hin ist. Da war es auch noch irgendwie heller auf dem Dach. Man sah mehr.«

»Ich finde, ihr beide solltet wieder einzuschlafen versuchen, und morgen Früh schauen wir uns das näher an, denn dann ist es sicher hell genug.« Er hatte einen Plan, ging ihm auf, einen vernünftigen. »Wenn jemand runtergestoßen wurde, werden wir bis dahin bestimmt davon erfahren.«

»Genau, toll – erst wenn's zu spät ist, den Täter noch zu fassen«, sagte Natalie. »So'n Scheißtyp, der eine arme junge Frau einfach ermordet hat. Stell dir mal vor: Das hätte genauso gut ich sein können, Dad. Ist mir schon klar, was wir für eine Männerwelt haben, aber man darf es Männern nicht länger durchgehen lassen, junge Frauen zu missbrauchen und umzubringen. Wir tun, was wir können, wir stehen auf. Aber so was ändert sich nicht über Nacht. In letzter Zeit hat die Welt echt einen Schritt zurückgemacht, wenn ich mir einige von unseren Scheißpolitikern heutzutage ansehe, oder etwa nicht?«

Ben wurde weich. Natalies Entschlossenheit war beeindruckend. Ebenso ihr Gespür dafür, wie die Dinge lagen in dieser lächerlich ungerechten, verseuchten Welt. Just da konnte er Alex in ihr sehen oder vielmehr das, was er früher mal an Alex geliebt hatte. »Okay«, sagte er und stand zugleich auf. »Ich gehe jetzt sofort runter zum Empfang und hake mal nach.«

»Kommt der alte Dinosaurier endlich zur Vernunft.« Natalie lächelte. »Bloß, bring die am Tresen besser dazu, die Polizei zu rufen, damit sie die Sache ordentlich untersucht.«

Er war schon ganz stolz auf seine Tochter – es tat richtig gut, mit ihr zu verreisen, nach New York, und seine Müdigkeit war beinahe verschwunden. Ehe er in den schummrigen sündroten Korridor hinaustrat, hielt er inne. »Wieso habt ihr eigentlich gesehen, was ihr gesehen zu haben angebt? Warum habt ihr nicht geschlafen?«

»Zeitunterschied«, sagte Natalie unbeirrt. »Wir sind früh aufgewacht.«

»Seid ihr überhaupt zu Bett gegangen?« An einer Wand hing ein riesiger Flachbildfernseher – er argwöhnte, sie könnten sich durch die Kanäle gezappt haben, wenn sie nicht gerade zum Fenster rauslinsten. In ihrem Alter hätte er es genauso gemacht, sie hatten wahrscheinlich die zweite Luft bekommen, eingeflößt von dem unerhört teuren Abendessen. Allein die zwanzig Prozent Trinkgeld hatten sich auf hundert Dollar summiert.

»Dad, wir sind in New York, was denkst du denn?«

»Freut mich, dass ihr alles rausholt«, murmelte Ben im Davongehen.

Zumindest war er froh und dankbar, dass sie und Hannah ihn nicht zum Empfangstresen begleiteten, um den »Mord« anzuzeigen. Während er auf den Fahrstuhl wartete, erwog er eine Rückkehr in sein Zimmer, doch Natalies Worte rasselten noch immer in seinem Hirn – *Warum glaubst du nie ein Wort von dem, was ich sage?* Dazu der Gedanke, dass er sich heutzutage meist außerstande sah, ihr zu helfen, ihr beizustehen. Wenigstens diese paar Tage lang musste er für sie tun, was er nur konnte. Ehe er es sich versah, würde sie ganz erwachsen sein und zum Studium wegziehen, und wie oft bekäme er sie dann noch zu Gesicht?

Beim Warten auf den Aufzug kam ihm noch etwas in den Sinn. Er war zum Arbeiten hier. »Mal sehen, aus welchem Zeug das Maverick wirklich gemacht ist«, brummelte er vor sich hin. Nichts an seiner Ausbildung war so ausgeklügelt gewesen wie diese Nagelprobe. Hans, sein alter Mentor, wäre stolz auf ihn.

5

Das Restaurant war leer, die Tische waren weggeräumt, und Ben bekam jäh das Gefühl, mitten in der Nacht durch ein verlassenes Haus zu schleichen. Stoff für einen Horrorfilm. Er hätte wohlbehalten eingemummelt im Bett liegen sollen. Immerhin befanden sich Natalie und Hannah viele Stockwerke über ihm hinter einer stabilen, verschlossenen Tür.

Doch während er weiterging in Richtung Empfangstresen, sah und hörte er gleich darauf, dass die Lounge Bar zu seiner Linken noch geöffnet hatte. *Die Stadt, die niemals schläft*, aber hallo. Grüppchen hielten sich vor dem echten Kamin auf und ein Paar in einer Ecke. Ben hielt inne. Das Feuer brannte noch, obwohl ihn im Weitergehen ein eisiger Luftzug aus einem Deckengitter der Klimaanlage anblies und er sich im Klaren darüber war, dass es zum Ausgleich geschah. Das Maverick war kein sonderlich umweltfreundliches Hotel, egal wie viel Gegenteiliges die Broschüren behaupten mochten. Er würde das in seinem Bericht erwähnen, auch wenn Hideaway ein förmliches Umweltranking erst noch einführen musste.

In diesem Augenblick fiel Bens Blick auf die stark tätowierte Barfrau, die ihn anlächelte und geradezu hinüberwinkte. Nun flutete elektronische Tanzmusik seine

Ohren und brachte ihm vollends zu Bewusstsein, dass er sich mitten im Nachtleben einer der größten und angesagtesten Städte der Welt aufhielt. Wo war er die letzten paar Jahrzehnte über abgeblieben? Hier unten war rein gar nichts mehr unheimlich. Was einzig fehlte, war Olly, mit dem er jetzt liebend gern einen Schlummertrunk genommen hätte. Wobei ein Glas allein nie genug war für Olly. Sie wären hier bis zum Sonnenaufgang geblieben.

Er zog sein Telefon aus der Tasche und machte einen Schnappschuss von der Szene, den er später seinem Freund schicken würde. Zum Abschied winkte er der Barfrau zu und setzte seinen Weg zum Empfangstresen fort, hinter dem nun ein älterer Mann in mildes Licht getaucht saß. Statt einer Tunika trug er Anzugjacke, weißes Hemd und eine Strickkrawatte. Irgendwie war Ben enttäuscht, er hatte sich schon mit der ultrakontemporären Kleiderordnung abgefunden. Dieser Mann sah nach einem Rückfall aus.

Er schien auch keine große Aufmerksamkeit für das Geschehen ringsum übrig zu haben. Irgend so ein Nachtdienst-Typ. Er las ein Taschenbuch, bemerkte Ben im Näherkommen, schien aber von der Lektüre mehr als vereinnahmt zu sein. Erstaunlicherweise las der Mann Gedichte. Ben musste hüsteln, um sich bei ihm bemerkbar zu machen. »Gutes Buch?«

»Yeah, Mann«, sagte er gedehnt und blickte träge auf. Scharfkantig geschnittenes Gesicht, gestutzter Spitzbart und drahtgefasste Brille. Er musste Mitte sechzig sein, war aber jung gealtert. »Was kann ich für Sie tun?«

So sehr Rückfall war er dann doch nicht, entschied Ben,

sondern jemand, der sich hinter einer ruhigen Persönlichkeit zu verbergen suchte. Ben war umgehend davon überzeugt, dass der Typ nicht ganz echt war. Sorgfältig legte er das Buch beiseite. Offenkundig hatte er die Nachtstunden gern.

»Ich bin Gast hier«, sagte Ben und bedauerte, dass er im Begriff war, dem Mann die Schicht zu versauen, »und wohne auf der fünften Etage.« Auf einmal war ihm seine Zimmernummer entfallen. Er schwenkte seine Schlüsselkarte, nicht dass darauf die Nummer stand. »Ben Martin mein Name«, sagte er und war froh, dass die Tage der Alias hinter ihm lagen – zumindest für die Dauer seines USA-Aufenthalts.

Musik strömte aus der Bar in die Lobby bis nach hinten zum Empfangstresen. Eine Welle aus Jetlag zusammen mit diesem Gefühl zu fallen überkam ihn, und er musste sich eilends an der Tresenkante festhalten und abstützen. Überhaupt wollte er hier gar nicht stehen und diesen Mann bei der Lektüre seiner Lyrik stören. Aber er wollte Natalie nicht enttäuschen. Er war hier im Auftrag seiner Tochter.

»O ja, ich sehe schon«, sagte der Mann nach einem Blick auf einen verborgenen Bildschirm, »da sind Sie, Zimmer fünf eins sechs. Womit kann ich dienen?«

»Außerdem habe ich ein Zimmer im zwölften Stock – in dem meine Tochter und ihre Freundin wohnen. Beide Zimmer laufen auf meinen Namen.«

Der Mann sah Ben fragend an, mit erfahrenen Augen, und dann wieder auf seinen Bildschirm.

»Eigentlich sollten die Zimmer nebeneinanderliegen,

aber das ist eine andere Geschichte.« Einen Moment lang erwog Ben, seine Deckung preiszugeben, insofern er überhaupt eine hatte, und dem Nachtportier mitzuteilen, dass er tatsächlich Hotelinspektor war, der prüfen sollte, ob das Maverick den Anforderungen von Hideaway genügte. Gegenwärtig hatte er ernstliche Zweifel daran.

»Gut, ja, ich sehe die beiden Zimmer, Mr Martin.« Er verstummte und strich sich über den Spitzbart. »Wie kann ich Ihnen also helfen?«

»Meine Tochter und ihre Freundin wollen mit Sicherheit gesehen haben, wie jemand von einem Gebäude gestoßen wurde.«

Der Mann beugte sich vor und strich sich beiläufig eine Haarsträhne hinters Ohr. »Verzeihung. Sie haben *was* gesehen?«

»Dass jemand, eine Frau, von einem Gebäude gestoßen wurde. Ermordet wurde, glauben sie. Gleich gegenüber.« Ben schüttelte wie zur Entschuldigung den Kopf. »Erst vor rund einer halben Stunde.«

Der Mann atmete abgespannt aus. Als Nachtportier hätte er gewiss ein Namensschild tragen sollen, doch er sah nicht nach der Sorte aus, die sich an irgendwelche Regeln hält. Der Umstand, dass er einen billigen Anzug trug statt der trendigen Tunika, könnte sehr wohl ein kleines Aufbegehren sein – gemeinsam mit der Strickkrawatte.

»Gleich auf der anderen Straßenseite, sagen Sie?« Aus seinem Mund klang es wie die poetischste aller Fragen. Er schaute nach links zum Haupteingang. Die Türen waren geschlossen, doch durch die Glasscheiben waren Fahrzeuge zu sehen, das Gebäude gegenüber, ein paar

Fußgänger – eine New Yorker Straße inmitten einer allzeit trubeligen Nacht.

»Wo ist diese Person, die von einem Gebäude gestoßen wurde, gelandet – sagten Sie das schon?«

»Eben nicht. Das ist ja die Sache.«

»Ich kann zu meiner Erleichterung sagen, dass mir heute Abend nichts Ungewöhnliches aufgefallen ist.« Der Mann schüttelte seinen wohlgestalten Kopf.

»Die Person, die Frau, ist nicht vorn auf der Straße aufgeschlagen«, sagte Ben. »Sonst wüssten wir natürlich jetzt alle davon. Sondern auf der Fläche hinter dem Gebäude, glauben meine Tochter und ihre Freundin. In einem Hof vielleicht? Was befindet sich hinter diesen Fassaden?«

Darauf atmete der Mann laut aus, als hätte er einen langen Zug aus einem fetten Joint genommen. Die Stadt, die niemals schläft, schien ihm gut bekommen zu sein. »Und das ist hier in der Nähe geschehen? Sind Sie sicher? Welches Gebäude?«

»Ich denke, ich kann Ihnen zeigen, von welchem Gebäude sie gestoßen wurde«, sagte Ben. »Gehen wir nachsehen, ja?«

Der Mann stand langsam auf und kam hinter dem Tresen hervor. Er war groß und schlank und bewegte sich wie eine Giraffe.

»Wie heißen Sie übrigens?«, fragte Ben auf ihrem Weg zum Eingang.

»Walter.«

»Schöner Name.«

Zwischen den Doppeltüren und draußen auf der Straße wurde Ben daran erinnert, dass New York unter einer Hitzewelle litt, und er wünschte sich wieder ins Bett in klimatisierter Kühle unter einer schweren Steppdecke hinter dicker Dreifachverglasung. Stattdessen zeigte er zur anderen Straßenseite. »Dieses Gebäude«, sagte er und blickte hinauf. Doch auf einmal war er sich nicht mehr sicher. Ebenerdig sah alles so anders aus. »Oder es war vielleicht dieses?« Er zeigte auf das Gebäude daneben.

Walter schüttelte den Kopf. »Ein Albtraum?«

»Es gab zwei Augenzeugen«, sagte Ben. »Meine Tochter Natalie und ihre Freundin Hannah. Glauben Sie mir, sie sind total überzeugt.«

»Die Sache ist die«, sagte Walter, wandte sich um und kehrte ins Innere zurück, »das hier ist New York. Hier passiert alles Mögliche, viel schräger Mist. Das meiste ist harmlos. Ich sehe keine Polizei.«

»Die müssen wir verständigen«, sagte Ben auf seinen Fersen und dachte an Natalie. »Wir müssen sie sofort anrufen.«

»Halten Sie das für eine gute Idee?«, fragte Walter, der hinter seinen Tresen schlüpfte und sich in seinen Bürostuhl faltete. Er musterte seinen schmalen Gedichtband. »New Yorker Cops?«

»Ja, unbedingt«, sagte Ben, dem irgendetwas frische Kraft einflößte.

»Es ist nur so«, sagte Walter und hob sein verdammtes Taschenbuch auf, »dass ich bereits gebeten wurde, die Polizei zu rufen. Es haben sich Gäste beschwert, dass ein Mann im Hotel herumläuft und zwei jungen Frauen in ihren Schlafanzügen nachjagt. Sie wüssten nicht zufällig etwas darüber, nein? Die Flure werden alle videoüberwacht. Es würde nicht lange dauern, alles zu sichten.«

Ben fühlte seine Wangen rot anlaufen, obwohl er unmittelbar unter einer Austrittsöffnung der Klimaanlage stand. Er schüttelte den Kopf.

»Sie scheinen sehr der Beschreibung zu entsprechen.« Auf einmal war Walters poetischer Singsang einem weit härteren New Yorker Straßenton gewichen.

Ben ertappte sich dabei, seine Budapester zu betrachten. Das Ganze war lächerlich, er war der Hotelinspektor. »Offensichtlich liegt hier ein Missverständnis vor«, sagte er lahm. »Es stimmt, dass meine Tochter und ihre Freundin an meine Tür geklopft haben und ich darauf beide sicherheitshalber zurück auf ihr Zimmer begleitet habe. Sie wollten mir zeigen, wo die Person vom Dach gestoßen worden war. Sie waren sehr erregt. Ich habe sie beschützt.«

»Wie ich schon sagte, hier passiert viel schräger Mist in dieser Stadt. Nichts ist je ganz so, wie es scheint. Ihr Glück, dass ich die Polizei nicht gerufen habe. Meine Erfahrung lehrt mich, nur dann die Cops zu behelligen, wenn es wirklich sein muss. Sie verstehen? Die sind überlastet, all der Scheißdreck, mit dem sie sich abgeben müssen – da haben sie's echt nicht gern, wenn man ihre Zeit vergeudet.«

Ben nickte, da ihm das einigermaßen einleuchtete. Er sollte wohl dankbar sein, dass Walter ihn nicht bei der Polizei angezeigt hatte. Ihn schreckte der Gedanke, was Emily Muller und das Führungsteam drüben in Frankfurt zu sagen gehabt hätten. »Gehen Sie nie wieder mit

Ihren Kindern auf Dienstreise«, wäre wohl eine ihrer versöhnlicheren Stellungnahmen gewesen.

»Was nicht heißen soll, dass ich irgendwen davon abhalten kann, sie anzurufen.« Walter lächelte. »Wenn Sie das jetzt gleich tun wollen, bitte schön.«

Ben wurde bewusst, dass er sein Telefon auf seinem Zimmer zurückgelassen hatte. Die Sache fühlte sich nicht länger wie ein Notfall an, obwohl er bei Natalie im Wort stand.

»Wenn ich Sie wäre«, sagte Walter, »würde ich zurück auf mein Zimmer gehen, mich bis morgen Früh langlegen und dann mal sehen, woher der Wind weht.« Er schürzte die Lippen und atmete erneut laut aus. »Die Luftfeuchte, die wird morgen durch die Decke gehen. Dieser Planet, der stirbt, Mann.«

Ben ließ ihn zurück, wie er sich mit knochigen Fingern das Haar zurückstrich, und ging an der Lounge Bar vorbei zu den Aufzügen. Luftfeuchtigkeit hin oder her, morgen würde ein strahlender neuer Tag sein, konnte er nur hoffen. Irgendwann wachte man immer aus einem Albtraum auf.

6

Jay Jay trug an diesem Morgen Aquamarinblau, von Kopf bis Fuß einschließlich der Schuhe, und wirkte der Uhrzeit angemessen. Es war eben erst acht geworden, und draußen herrschte reinweg blauer Himmel. Keiner von den dreien hatte es länger im Bett ausgehalten.

»Für Sie habe ich hier die perfekte Nische«, sagte er und führte sie dorthin, wo sie am Abend zuvor ihre verunglückte Mahlzeit eingenommen hatten.

Einen Augenblick lang rätselte Ben, ob Jay Jay sich überhaupt an sie erinnerte. Aber als sie sich setzten und immer tiefer in den Polstern versanken, sagte der Oberkellner: »Schön, Sie alle wiederzusehen und so frisch und erholt.«

»Sie haben schon wieder Schicht?«, fragte Ben, der nicht den Nerv hatte, sich einen anderen Tisch auszubitten. »Arbeiten Sie Tag und Nacht?«

»Ich liebe meinen Job, ich liebe diesen Laden. Mich hält keiner von hier fern.« Jay Jay strahlte und breitete beide Arme aus, als wollte er nicht nur die drei, sondern das ganze Restaurant an seine Brust drücken. »Und ich gehe gern sicher, dass alles so glatt läuft wie nur möglich.« Er beugte sich vor und flüsterte Ben ins Ohr. »Wie ich höre, gab es etwas Ärger frühmorgens.«

Wenn Ben richtiglag, hatte sich Jay Jay an einem

schottischen Akzent versucht. Ben warf einen Blick hinüber zu Natalie. Sie hatte kaum ein Wort für ihn übrig, schien aber auch Hannah gegenüber nicht allzu gesprächig zu sein. Sie war schon immer ein Morgenmuffel gewesen – es war furchtbar mühselig, sie überhaupt wachzukriegen, wie Alex ihm laufend mitteilte. »Wir kommen der Sache sicher noch auf den Grund, und alles wird sich als harmlos erweisen«, flüsterte Ben resigniert zurück.

»Da bin ich sicher.« Jay Jay richtete sich auf. »Wird wohl das Beste sein, nicht zu unchristlicher Stunde mit zwei jungen Frauen im Schlafanzug im Hotel herumzulaufen. Einen schönen Tag noch.« Damit war er fort.

Ben zog einen Notizblock aus seiner Jackentasche, schaute in die Frühstückskarte, überprüfte das Besteck, nahm die im Raum verteilten Vasen mit frischen Blumen wahr. Ein hübsches Beiwerk zum Frühstück. Im Hintergrund war außerdem Musik zu hören. Guter alter Swing ohne den leisesten Anflug eines modernen, elektronischen Beats.

Grelles Tageslicht erfüllte den Raum durch die Glastüren, die sich über die gesamte Stirnseite der Brasserie hinzogen. Zu dieser Stunde war der Laden entschieden weniger gut besucht, höchstens ein Viertel der Tische waren besetzt. Vielleicht war es ja noch zu früh oder draußen zu hell. Auf einmal fühlte sich Ben sehr exponiert, obwohl er seinen getreuen Notizblock an der Hand hatte und seine Hotelinspektorenhaltung einzunehmen versuchte. Jay Jay hatte ihn ziemlich verunsichert.

Er schaute über die Schulter, wollte sich durch die

Fenster nach der gegenüberliegenden Straßenseite umsehen. Immer noch suchte er nach irgendeinem Anzeichen dafür, dass sich Natalie und Hannah nicht getäuscht hatten, wurde ihm bewusst. Und überdies nach einer vernünftigen Begründung dafür, nachts im Hotel mit seiner Tochter und ihrer Freundin in ihren Bademänteln herumzutigern.

Während er es sorgfältig vermied, unmittelbar zum Pult des Oberkellners zu sehen, fiel Bens Blick auf jemanden auf der Straße. Er erhob sich rasch. »Mädels, bestellt euch, was ihr wollt, ich brauche nicht lange.« Er lief quer durchs Restaurant, sein Blick starr geradeaus gerichtet, und hörte noch, wie Natalie ihm hinterherrief: »Brauch, solange du willst. Wir sind vollauf imstande, selbst zu bestellen, was wir wollen. Wir sind keine Kinder mehr, Dad.«

Er hielt eine Hand hoch und winkte halbherzig zurück. »Na, das lässt sich ja gut an«, murmelte er im Weitergehen vor sich hin.

»Verzeihung?«, sprach ihn eine junge Kellnerin an. »Kann ich Ihnen helfen?«

Mein Gott, beinahe wieder ein verdammter Unfall. Ben sah sich unwillkürlich über seine Hemdbrust streichen. Wie es ihr gelungen war, das volle Tablett in ihren Händen festzuhalten, war ihm schleierhaft. Er hatte sie geradewegs angerempelt. »Es tut mir leid«, sagte er. »Allein mein Fehler.«

Mitten auf dem Tablett standen zwei mit zähflüssigem grünem Inhalt gefüllte Gläser – irgendeine Saftmischung aus frisch gepresstem Gemüse, vermutete er. Er trat einen

Schritt zurück, damit sie Platz hatte, ihr Gleichgewicht und das des Tabletts wiederzufinden.

Sie lächelte ausreichend gefällig. »Kein Problem.« Vielleicht tat er ihr leid, der tollpatschige Ochse, der er war. Wie der Vater, so die Tochter, dachte er. Beide waren dafür anfällig, sich im falschen Augenblick ablenken zu lassen.

»Sie sind sehr gut in dem, was Sie tun«, redete er weiter daher, »dass Sie das Tablett festhalten konnten. Es hätte Sie Ihren Job kosten können.« Er wusste von Hotels, die äußerst wenig von Unachtsamkeit, verschütteten Getränken oder zerbrochenem Geschirr hielten, ungeachtet der tatsächlichen Verursacher.

»Niemals – Jay Jay kümmert sich sehr gut um uns alle«, sagte sie. »Unfälle passieren immer mal. Außerdem ist nichts übergeschwappt. Haben Sie doch noch einen schönen Tag.«

Ben trat durch den gesonderten Eingang des Restaurants auf den Gehsteig. Draußen wurde er umgehend von einer Wand aus Lärm, Hitze und Luftfeuchtigkeit verschluckt. Irgendwie schaffte er es, durch sie hindurch bis zur nächsten Straßenecke zu joggen. Die Polizistin war nach links abgebogen, wie er sah. Er lief über die Straße und vermied es um Haaresbreite, von einem schwarzen Suburban plattgewalzt zu werden. Kurz rätselte er, was aus den alten gelben Taxis geworden war. Uber hatte das Geschäft an sich gerissen, vermutete er.

»He«, rief er und bemühte sich, zu ihr aufzuschließen. Sie war nicht dick, aber gut gepolstert und trug einen klobigen Gürtel voller Waffen und Ausrüstung. Sein

Gewicht schien sie allerdings nicht im Mindesten zu beschweren. »Entschuldigen Sie«, keuchte Ben außer Atem und knapp vor der nächsten Bordsteinkante. »Ma'am?« Er war neben ihr, ehe sie ihn bemerkte und endlich stehen blieb. Sie hatten das Ende des nächsten Häuserblocks erreicht. Vor ihnen lag die belebte, vierspurige South Houston. Stoßzeit. Wobei – galt die in dieser Stadt nicht zu jeder Stunde?

»Ja?« Sie war über den Krach hinweg kaum zu hören.

Sie war Ende dreißig, Anfang vierzig, hatte wunderschön hochliegende Wangenknochen, zutiefst betörende Augen und eine glatte braune Haut, die regelrecht Gesundheit unter ihrem Mützenschirm ausstrahlte. Ben war sprachlos. Er verstand einfach nicht, dass sie so fit und gesund aussah – eine Streifenpolizistin in dieser Umgebung? Und dazu so hübsch? Ihre Miene verriet allerdings schnell Misstrauen und viel zu viel Ungesundes, das sie gesehen haben mochte. Sie lächelte nicht.

»Ich habe mich gefragt, ob ich Sie kurz sprechen könnte?«, sagte Ben höflich.

»Sie sprechen mich bereits. Was wollen Sie?«

Ben schaute auf seine Füße, seine robusten englischen Countryschuhe. Sonst empfand er sie stets als Rückversicherung, aber nicht so hier, in der Lower East Side von Manhattan. Er hatte seinen Wohlfühlbereich weit hinter sich gelassen und fing an, übel zu schwitzen. »Es kam zu etwas Unruhe letzte Nacht«, sagte er und blickte auf, »wenn ich das so sagen kann. Gleich hier um die Ecke.« Er deutete vage auf die Dächer hinter ihm. »Ich frage mich, ob Sie vielleicht etwas gehört haben. Sie wissen schon, auf dem Revier, der Wache«, berichtigte er, »wo Sie Dienst tun.«

Die Polizistin starrte ihn nun an, als wäre er geistesgestört. »Isses laut geworden?« Sie verlagerte ihr Gewicht von einem Fuß auf den anderen, wobei ihre Ausrüstung am Gürtel klackerte.

»Nein, es war keine Party oder irgend so was«, sagte Ben rasch und sah sich nun über die Schulter um. »Ich weiß, dass es lächerlich klingen könnte und Sie furchtbar viel zu tun haben mit all den Verbrechen, die sich in so einer großen Stadt ereignen, aber bitte, hätten Sie zwei Minuten übrig, damit ich es Ihnen erklären kann? Ich bin selbst in Eile. Meine Tochter und ihre Freundin warten im Hotel – ich muss zu ihnen zurück.« Der weibliche Cop hieß laut dem Namensschild über ihrer Hemdtasche Williams und war vom Dienstgrad Police Officer.

»Offen gesagt hätte unsere Reise keinen schlechteren Anfang nehmen können«, fuhr er fort und spürte zugleich, dass ihre Aufmerksamkeit nachließ. »Ich sehe sie viel zu selten – ich meine Natalie, meine Tochter –, so wie die Dinge liegen.« Er schüttelte den Kopf. »Ihre Mum und ich sind schon seit Langem getrennt.« Er konnte gar nicht glauben, was er Officer Williams da erzählte. Dennoch redete er weiter. »Und Sie wissen ja, wie Kinder, wie Teenager sein können. Man kann es ihnen schwerlich immer recht machen.«

Erstaunlicherweise entspannte sich das hübsche Gesicht der Polizistin etwas. Vielleicht war ihr ja in ihrer dicken Uniform und unter der Last ihrer ganzen todbringenden Ausrüstung ebenso warm wie Ben. »Sie haben zwei Minuten«, sagte sie. »Wo genau liegt das Problem?«

Eine schreckliche Sekunde lang fragte er sich, ob sie etwas von einem Mann gehört haben könnte, der zwei Mädchen mitten in der Nacht durch das Maverick nachgejagt war. Doch dann riss er sich zusammen und hob an: »Natalie und ihre Freundin glauben, dass sie einen Mord gesehen haben.«

7

Rund zehn Minuten später begleitete Ben die Polizistin zurück zum Hotel und war mit sich ziemlich zufrieden. Sie hatte die Wache angerufen, und tatsächlich hatte noch jemand angezeigt, etwas Verstörendes auf einem Dach gesehen zu haben. Die Uhrzeiten stimmten überein, allerdings war das Revier letzte Nacht mit, wie Officer Williams es ausdrückte, »ernsthaften Vorfällen« überschwemmt worden. Der Anruf war erfasst, jedoch niemand zur Überprüfung geschickt worden.

Officer Williams hatte außerdem gesagt – und ihn dabei direkt angesehen –, dass es nicht ungewöhnlich sei, wenn alles Mögliche angezeigt wird, ob nun seltsam oder verstörend, zumal mitten in der Nacht. »Bei zu vielen Leuten hakt es dann in der Birne.«

»Der Schuppen gefällt mir«, sagte Officer Williams, als sie den Eingang zum Hotelrestaurant erreichten. »Sie müssen Asche haben.«

»Es ist eine Geschäftsreise«, gab Ben zurück.

»Ich dachte, Sie wären hier mit Ihrer Tochter und deren Freundin?«

»Es ist kompliziert – sagen wir, ich verbinde Arbeit und Vergnügen.«

»Ich nenne das ein Desaster. Wollen Sie meinen Rat? Vermengen Sie Ihre Arbeit nicht mit Ihren Elternpflichten. Schon gar nicht Sie als Dad. Gar keine gute Idee.« Sie schüttelte den Kopf. »Sagen Sie Ja zum einundzwanzigsten Jahrhundert.«

»Ich geb mir Mühe.« Ben wandte sich ab, machte einen Schritt ins Innere, wurde aber von einer sehr festen Hand zurückgezogen.

»Entschuldigung, aber ich kann da nicht einfach reinspazieren – ich bin im Dienst«, sagte Officer Williams. »Das ist Privatbesitz. Selbst wir brauchen eine Erlaubnis oder einen Hausdurchsuchungsbeschluss, solange kein unmittelbares Anzeichen für eine Ordnungswidrigkeit oder ein Verbrechen vorliegt. Schon gar in einem Topschuppen wie diesem. Sie werden Ihre Tochter und deren Freundin nach draußen holen müssen, damit sie hier mit mir reden. Ich bin nur Kontaktbereichsbeamtin, keine Kriminalermittlerin.«

»Hier draußen auf dem Gehsteig mitten im Lärm und bei der Hitze?«

»So sind die Regeln.«

Ben hatte mehr als genug Filme gesehen, um zu wissen, dass New Yorker Cops – und umso mehr Streifenpolizisten – einen Gutteil ihrer Zeit mit Kaffeetrinken und Burgerverputzen in Coffeeshops und Diners verbrachten. Die aberwitzig teure Brasserie des Maverick war jedoch kein solches Lokal und hatte keine entsprechende Theke. Er überflog den Raum und machte – Gott sei Dank – seine Tochter und deren Freundin in der Sitznische aus. Er winkte sie herüber – vergebens. Sie machten sich gerade über einen Berg Pfannkuchen her, oder vermutlich eher Crêpes, zu angemessen aufgeblähten Preisen. Je kärglicher die Portionen in New York ausfielen, desto mehr gab man dafür aus.

»Okay«, sagte er wieder an Officer Williams gerichtet, »bitte warten Sie hier. Ich werde sie holen.« Zwar gab er darauf acht, keine Servierkräfte anzurempeln, stürmte aber durch den Raum. »Natalie, Hannah«, sagte er atemlos, »ich habe eine Polizistin gefunden, die euch sprechen will. Anscheinend wart ihr nicht die Einzigen, die letzte Nacht etwas Merkwürdiges gesehen haben.«

Mit vollem Mund konnte Natalie nur die Augen rollen.

»Kommt schon, sie wartet am Eingang, sie meinte, sie darf hier nicht einfach so rein.«

Natalie zeigte auf den Teller vor ihr. Auch Hannah saß vor einem ähnlich großen Stapel Crêpes. Ben behielt recht, was den Mangel an Backpulver und die Sämigkeit der verwendeten Mischung betraf. Er hatte noch nie für fette amerikanische Pfannkuchen geschwärmt, bezweifelte aber, dass die schiere Menge hier eine einzige Kalorie weniger enthielt. Er konnte nur hoffen, dass das Frühstück preiswerter als das Abendessen war.

Da sah er ihn. »Esst ihr auch noch Bacon?« Zwischen den Mädchen stand ein großer Teller voller dünner, krosser Kräusel, die nur Bratspeck sein konnten.

»Der ist für Sie«, sagte Hannah und schluckte.

»Ach, gut, danke.« Ben war überrascht. »Officer Williams wartet. Ihr braucht wahrscheinlich eh eine Pause von all diesen Crêpes. Lasst eure Sachen hier, damit sie den Tisch nicht abräumen.«

Die Mädchen legten ihr Besteck ab und folgten ihm eifrig durch die Brasserie.

Nur dass Ben sie nicht mehr dort ausmachen konnte, wo er Officer Williams zurückgelassen hatte. Der Eingang wurde im Wesentlichen von Jay Jay ausgefüllt, der blau wie ein Saphir strahlte. Dann erkannte er, dass Jay Jay in Wirklichkeit Officer Williams zur Gänze verdeckte, die immer noch draußen auf dem Gehsteig gleich bei ihm stand. Die Polizistin schüttelte sich vor Lachen.

Ben hatte Natalie bei der Hand nehmen können und quetschte sich an Jay Jay vorbei. »Hi«, sagte er. »Muss leider mal kurz unterbrechen. Das sind Natalie und ihre Freundin Hannah.« Hannah war ihrerseits Natalie nach draußen gefolgt und hing an Natalies Arm.

»Lernt einen echten New Yorker Cop kennen, Mädels«, sagte Jay Jay, »und die hier ist Dynamit.«

»Sie scheint zu glauben, dass sie drinnen unerwünscht ist«, sagte Ben, »und wir ein sehr wichtiges Gespräch draußen führen müssen.«

Jay Jay lächelte breit und schüttelte den Kopf. »Mitten in der wilden Lower East Side? Nein, nein, nein. Natürlich ist meine wunderschöne Kiara in meinem Hotel willkommen, wann immer sie das möchte. Sie ist nur zu höflich und rücksichtsvoll, einfach mit dem ganzen Zubehör am Leib hereinzumarschieren. Es macht manchen Gästen Angst.« Jay Jay flüsterte darauf Ben mit erhobenen Brauen zu: »Keine Ahnung, was sie zu verbergen hätten.« Dann sagte er wieder laut: »Nur herein, nur herein, meine Freunde.« Er ging rückwärts zurück in die Brasserie und winkte sie mit seinen schicken schimmernden Ärmeln herein. »Mi casa es su casa.«

Jay Jay geleitete sie zur Nische, wo sich das Essen

noch immer türmte. »Oh, seht euch das an«, sagte er mit Kopfschütteln. »Ihr braucht frische Crêpes und Bacon. Garçon, Garçon?«, rief er und schnippte dazu theatralisch mit den Fingern.

Binnen Kurzem erschien die junge Kellnerin, die Ben zuvor beinahe umgestoßen hatte. »Ma chérie, wir brauchen Nachschub. Kalte Crêpes und kalter Bacon an einem so feuchtheißen Tag gehen gar nicht.«

Damit verschwand er und überließ es ihr, die neue Bestellung aufzunehmen und den Tisch abzuräumen, wenngleich Ben merkte, dass sich Natalie und Hannah unwohl dabei fühlten. Nachdem die Kellnerin gegangen war, sagte Natalie: »Was für eine Verschwendung. Dem Essen hat nichts gefehlt.«

»Keine Sorge«, sagte Officer Williams – Kiara Williams, wie Ben nun wusste –, »in dieser Küche wird nichts vergeudet. Das geht alles an die beste Tafel von ganz New York City. Die Obdachlosen kommen von meilenweit her. Jay Jay ist sehr freundlich und großzügig.«

»Das höre ich immer wieder«, sagte Ben. Es würde mit Sicherheit in seinen Bericht einfließen – ein Hotel, das Gutes im Viertel tut und sich um die weniger Begünstigten kümmert. Er wollte erfahren, was das Hotel sonst noch im Namen der Wohlfahrt unternahm. Offenbar sperrte Jay Jay für gewöhnlich die Lauscher auf. Hoffentlich war er keine Klatschbase. Wodurch Hideaway sich wirklich auszeichnete, war umfassende Diskretion. Die Angestellten hatten den Mund zu halten.

»Schön«, sagte Officer Williams an die Mädchen gewandt, »euer Dad hat mir erzählt, was ihr gestern Nacht gesehen haben wollt. Würdet ihr das bitte für mich wiederholen? Ich muss wissen, inwieweit ich dem nachgehen muss.«

»So weit wie möglich«, sagte Natalie. »Eine Frau hat ihr Leben verloren.«

»Jemand wurde regelrecht ermordet«, warf Hannah in die Runde.

Ein neuer Stapel Crêpes traf ein, zusammen mit einer Riesenportion knuspriger Speckstreifen.

Es war wohl keine große Überraschung, dass sich die Angelegenheit nicht rasch aufklären ließ, obwohl reichlich Essen verzehrt und Kaffee getrunken wurde. Officer Williams begleitete sie sogar zum Zimmer der Mädchen hoch, um einen Blick hinaus zu werfen.

»Die Sache ist die«, sagte sie und spähte durch die gewaltigen Fenster in einen ziemlich hinreißenden Morgen mit einer Sonne, die ihre Bahn über den nahen Dächern und Wolkenkratzern in größerer Ferne zog, »da drüben ist das Fünfte.« Sie zeigte über die Straße auf das verhängnisvolle Dach, hinter dem viele Etagen tiefer freilich immer noch die Leiche einer Frau liegen mochte. »Diese Straßenseite und die vordere Hälfte des Häuserblocks gegenüber sind das Siebente«, fuhr Officer Williams fort. »Das ist ein anderes Revier, eine andere Zuständigkeit. Ich bin bloß Kontaktbereichsbeamtin.«

»Das sagten Sie ja schon«, antwortete Ben. Die Mädchen schienen im Badezimmer verschwunden zu sein.

»Ich kann es bei der Kripo meines Reviers versuchen«, sagte die Beamtin. »Wobei ich denke, dass die Zentrale das schon getan haben dürfte, als dieser Anruf letzte

Nacht einging. Mein Revier, Ben, ist das zweitkleinste in ganz New York. Wir sind überlastet – wenn es mal richtig gut läuft.«

Ben trat vom Fenster zurück und ließ sich durch den Kopf gehen, was die Beamtin eben gesagt hatte. Sie hatte ihn zum ersten Mal beim Vornamen genannt, und es gefiel ihm ziemlich gut. »Straftaten ereignen sich doch bestimmt ständig über Reviergrenzen hinweg«, wandte er ein.

»Schon, aber eher die großen Sachen – organisiertes Verbrechen und so.«

»Woher wissen wir, dass dies keines ist?«

»Woher wissen wir, dass dies überhaupt was ist?«, sagte sie leise.

»Meine Tochter und Hannah haben etwas gesehen«, sagte Ben. »Und sie waren nicht die Einzigen, Kiara.«

»Ich weiß.« Kiara lächelte. »Okay, wir müssen die Mädchen zur Wache bringen, damit sie eine Aussage machen. Ihre Anwesenheit wird hoffentlich etwas Interesse wecken. Sie werden einigen Neuigkeitswert haben.«

»Mädels?«, rief Ben und setzte zu einem Streifzug durch ihr Zimmer an, das tatsächlich größer als seines war und, da höher gelegen, offenkundig die bessere Aussicht bot. »Mädels?« Das Zimmer war derselben Kategorie wie seines zugeordnet, eine Juniorsuite. Solche Ungereimtheiten führten unweigerlich zur Beanstandung. Nichts war Gästen verhasster als der Gedanke an ein besseres Zimmer, das es zum gleichen Preis gab wie das eigene.

Sie hatten sich im Bad eingeschlossen. »Was treibt ihr da drin? Officer Williams möchte, dass ihr runter zur Wache geht und eine Aussage macht.«

»Können wir nicht einfach hier rumlaufen, im Viertel? Weißt du, Sehenswürdigkeiten abklappern, shoppen oder sonst was?«, kam Natalies Stimme schwach durch die Tür. »Wir verlaufen uns schon nicht. New York ist überall ein Raster. Außerdem gibt's ja noch so was wie Google Maps, weißt du.«

Ben schüttelte den Kopf und vermied es, ihn gegen die Badezimmertür zu rammen.

Kiara zwinkerte ihm zu. »Das Viertel ist sicher genug«, sagte sie. »Und SoHo liegt nur einen kurzen Fußweg entfernt – alle Welt steht auf die Läden da.«

»Wir haben uns für heute schon was vorgenommen«, sagte Ben bestimmt. Er hatte davon gesprochen, den Mädchen allerhand zu zeigen – das Empire State Building, ebenso die High Line. Von dem Hochbahngarten und den ausgefallenen neuen Gebäuden längs des Hudsons hatte er schon so viel gehört. Er wollte Natalie einen Eindruck von den Ausmaßen und der Dramatik der Stadt vermitteln. Den Central Park und die großen Museen würden sie sich für morgen aufsparen. Zwischendurch bliebe ihm noch reichlich Zeit, um seinen Pflichten als Hotelinspektor zu genügen. »Kommt schon, Mädels, bringen wir diese Aussage hinter uns, und dann können wir tun, was wir vorhatten. Ihr wolltet, dass die Sache ernst genommen wird, und genau das tut Officer Williams.«

»Dad«, sagte Natalie, »tut uns leid, wir sind eh noch nicht fertig hier.«

»Was macht ihr beiden da drin?« Er spürte, dass Kiara die Geduld verlor. Schließlich hatte sie einen Beruf auszuüben.

»Nichts.« Natalie hörte sich verschwörerisch an.

Ben konnte sich recht gut vorstellen, wie sie an ihren Telefonen klebten, den sozialen Medien, und sich mit sonst wem austauschten. Was war mit Natalies Entschlossenheit, dem vermeintlichen Mord, den sie beobachtet hatte, auf den Grund zu gehen und Gerechtigkeit zu fordern? Er seufzte und wischte sich die Stirn. Trotz der Kaltluft im Raum aus der Klimaanlage schwitzte er, und ihm kam die Möglichkeit in den Sinn, dass sie von etwas gänzlich Unvermutetem aufgehalten wurden.

»Vorschlag«, sagte Kiara, »gehen wir doch eine Runde spazieren. Vielleicht sehen wir ja was. Wir können ihre Aussagen später festhalten, wenn nötig.«

8

Ben war ein Geschäft einen Häuserblock vom Maverick entfernt aufgefallen. Es hieß Hemp Garden und verkaufte dem Ladenschild zufolge CBD, Vaporizer-Öl und hanfhaltige Lebensmittel. Zwar wusste er, dass einige amerikanische Bundesstaaten Cannabis freigegeben hatten, war sich aber sicher, dass New York nicht dazugehörte. Vermutlich war diesen Waren der Stoff, der high machte, durch irgendwelche aufwendigen Verfahren entzogen worden. Ungefähr so wie bei alkoholfreiem Bier oder Wein – und damit für ihn ohne erkennbaren Nutzen.

Kiara beendete einen Anruf und bedeutete Ben, dass sie die Straße überqueren müssten.

Der Laden neben Hemp Garden hatte das Wortspiel Rawsome Treats zum Namen. Er fragte sich, ob beide irgendwie zusammenhingen. »Was sind die größten Probleme, mit denen Sie zu tun haben?«, erkundigte er sich, während sie einen vorbeifahrenden Suburban abwarteten. »Drogen, schätze ich«, hängte er an. Wie viele andere mittleren Alters würde er einen übermäßigen Hang zu Alkohol einräumen, der im Übrigen zu seinem Job gehörte. Drogen waren etwas, das ihn viel stärker beunruhigte und erschreckte – nicht zuletzt um Natalies willen. Welchen Schaden sie anrichten konnten, hatte er aus erster Hand bei seinem besten Freund Olly gesehen. Olly hatte schließlich die Kurve gekriegt, dann aber eine ausgeprägte Vorliebe für hervorragende Burgunder entwickelt. Das kostete ihn sogar noch mehr. Er sollte Olly mal simsen.

»Eher Raub und Körperverletzung«, sagte die Polizistin. »Wobei Drogen in beide Delikte hineinspielen.«

»Meinen Sie, sie sollten legalisiert werden – ich meine Drogen?«

»Wissen Sie, aus der Politik halte ich mich möglichst raus. Meine Rolle als Kontaktbereichsbeamtin besteht darin, den sozialen Frieden zu wahren und dabei dem Gesetz Geltung zu verschaffen. Dazu braucht es keine Meinungen. Ich arbeite im Gemeinwesen mit, um die Sicherheit von Bewohnern, Beschäftigten und Besuchern gleichermaßen zu verbessern.« Sie sah ihm direkt in die Augen, während beide den gegenüberliegenden Gehsteig betraten.

»Und wo endet jetzt Ihr Revier?«

»Genau hier. Aber eben hat mir die Dienststelle Erlaubnis erteilt, an ein paar Türen zu klopfen« – sie zeigte auf ihr Telefon –, »wo ich schon mal vor Ort bin. Das erspart ihnen fürs Erste, ein Team rauszuschicken. Das Fünfte, das Revier, in das wir gerade gewechselt sind, ist derzeit noch stärker überlastet als das Siebente. Die müssen sich um Chinatown und Little Italy kümmern und die Top-Boutiquen und Hotels in SoHo. Die Lower East Side ist zwar gemischt, zieht aber nicht so viel organisiertes Verbrechen an. Alle Reviere sind dann beispielsweise der Streifendienstzentrale oder der bezirksübergreifenden Kriminalpolizei berichtspflichtig. Mir wurde vorübergehend freigestellt zu streunern, wenn Sie so wollen.« Sie lächelte ihn auf äußerst betörende Weise an. »Bin schon sehr gespannt.«

Auf dieser Straßenseite fanden sich allerlei weitere augenscheinlich unabhängige Läden – Outlets obskurer Modemarken, zwei Coffeeshops, ein mexikanisches Restaurant – neben Eingangsstufen und vergitterten Fenstern einiger nicht gewerblicher oder leer stehender Gebäude.

An der nächsten Ecke bogen sie ab und gingen den halben Häuserblock weit bis zu einer Seitengasse. Hier gab es keine Geschäfte. Es schien nur Hintereingänge und Ausbuchtungen für Müllcontainer zu geben. Auf halber Länge blieb Kiara stehen und wies zu ihrer Rechten. »Was meinen Sie?«

»Könnte sein.« Vor ihnen erhoben sich eiserne Rollläden voller Graffiti. Niemand war in der Nähe. Der Bau wirkte verlassen, verriegelt und vergessen.

»Keine Ahnung, was das für ein Gebäude ist«, sagte Kiara und schaute hoch.

Die Anzahl der Stockwerke war schwer auszumachen. Das Gebäude, von dem mutmaßlich eine Frau gestoßen worden war, besaß ein Flachdach samt Wassertank und zwei Plastikstühlen in einer Ecke. »Versuchen wir es auf der anderen Seite dieses Blocks«, sagte Kiara und ging weiter.

»Könnte sie auf einen Hof hinter dem Gebäude gefallen sein«, fragte Ben, »oder vielmehr in einen?«

»Möglich. Falls Sie keinen Bolzenschneider zur Hand haben, gibt es nur einen Weg, es rauszufinden. Viele dieser Gebäude haben Innenhöfe. Ist ein richtiges Kreuz und Quer.«

Ben schloss zu Kiara auf, die offenbar Pflastertreten mehr als gewöhnt war. »Wie lange gehen Sie hier schon Streife?«

»Im Siebenten bin ich jetzt bald acht Jahre. Es ist mein zweiter Posten. Davor war ich in Brooklyn.«

»Wohnen Sie im Viertel?«

»O ja – jetzt schon. Unten beim FDR Drive. Das eine Gute an diesem Job ist, dass einem bei der Unterkunft geholfen wird. Das andere, dass man eine Menge Leute kennenlernt. Hat was Geselliges.« Wieder schenkte sie ihm ein Lächeln, ein recht schönes. »Übrigens ist Ihr Akzent ganz reizend«, fügte sie hinzu. »Ich weiß, das ist ein Klischee, aber es stimmt.«

»Danke. Tja, Sie haben ein ganz reizendes Lächeln – für einen Cop.«

»Cheers.« Sie lachte.

Sie erreichten das Ende des Blocks und überquerten die Rivington Street, bevor sie sich nach links wandten und längs der anderen Seite des Blocks zurückgingen. Es war wirklich ein Durcheinander, und er fühlte sich ziemlich verloren.

Sie verlangsamten ihre Schritte, um sich die Geschäfte und Fassaden anzusehen. Dieser Häuserblock schien stärker von Gewerbe geprägt. »Ich nehme an, dass viele Leute immer noch Wohnungen in diesen Gebäuden haben, in den oberen Etagen?«, fragte Ben.

»Ja schon, aber kein Vergleich mit der Bevölkerungsdichte von einst. Das hier war mal ein sehr armer Stadtteil für die Arbeiterklasse. Zehn Leute in einer Dreizimmerwohnung waren nichts Besonderes – jüdische Einwanderer, Chinesen, Costa Ricaner. Gleich um die Ecke liegt das Tenement Museum, in dem alles erklärt wird. Lohnt den Besuch, falls Sie Zeit haben. Aber Mann, Sie sollten mal die Apartmentpreise heutzutage in diesen Häusern sehen. Das haut Sie um. Es gibt kaum mehr Mieterschutz. Alles nur noch für Banker und übererfolgreiche Hipster.«

»Und Mörder«, murmelte Ben.

»Was denken Sie?«, fragte Kiara, die auf dem Gehsteig stehen geblieben war. Sie deutete auf das Gebäude vor ihnen. »Dieses hier? Ob Sie's glauben oder nicht, ich kann mich gar nicht erinnern, wann ich zuletzt diese Straße entlanggegangen bin. Vielleicht auch nie.«

Der Bau vor ihnen oder zumindest seine Fassade war modern. Große Fenster mit einer Art minimalistisch geleerten Vorhalle dahinter. Ben konnte erst nicht feststellen, worum es sich handelte, bis er das kleine Schild mit den Druckbuchstaben *LES Film and Media School* an der Tür sah.

»Typisch«, sagte Ben mit Blick auf seine Armbanduhr, »von Studenten keine Spur.« Es war fast halb elf. »Die sind wohl noch im Bett. Auch keine Spur von irgendwelchen Mitarbeitern oder Dozenten.«

Kiara war an die Tür getreten, spähte ins Innere und beschirmte mit einer Hand ihre Augen vor dem grellen Sonnenlicht, das unnachgiebig reflektiert wurde. »Security scheint es keine zu geben«, sagte sie. Sie tat einen Schritt zurück. »Da stehen keine Öffnungszeiten. Vielleicht ist um diese Jahreszeit geschlossen. Wir haben schließlich Anfang August. Die meisten Schulen und Colleges fangen frühestens Ende des Monats an, nicht eher. Jeder, der es sich leisten kann, verzieht sich aus der Stadt.« Sie schaute über ihre Schulter.

»Was ihn zu einer guten Reisezeit für jemand wie mich macht«, sagte Ben. »Weniger Gedränge.« Freilich war ihm unklar, wie es noch dichter gedrängt zugehen könnte. »Ich habe eine Arbeit, die häufiges Reisen gestattet«, fügte er hinzu. »Zuweilen mit Freunden und Familie.« Olly hatte darum gebettelt, auf eine Reise mitgenommen zu werden, und bekräftigt, mit Vergnügen auf dem Fußboden zu übernachten. Noch war es Ben nicht gelungen, ihm eine Mitfahrt zu verschaffen, was aber nur eine Frage der Zeit war. An erster Stelle kam natürlich Natalie, und die Entscheidung ging ja gerade auf das Allerschönste auf.

»Was machen Sie so?«

»Erzähl ich Ihnen später.« Jemand war im Gebäude aufgetaucht – ein Mann. Ben konnte sich nicht erklären, woher er gekommen war. Er trug aber Uniform und sah überhaupt nicht in ihre Richtung.

»Die haben also doch Security.«

»Nennen Sie das etwa so?«, meinte Kiara hämisch. »Wo war der eben?«

»Hat ein Nickerchen gehalten allem Anschein nach.« Der Mann – alt und dick, mit struppigem Bart und milchig-braunen Augen – kam durchs Foyer gestapft und bugsierte sich träge zwischen einen Tresen und eine Seitenwand, an der zahlreiche Plakate und Behelfsschilder hingen. Er nahm Platz und sank beinahe sofort nach vorn, um den Kopf in beide Hände zu legen.

Der Mann – er steckte in einer grauen Uniform, die zu seinem dichten grauen Haar passte, ihn als Wachschutz auswies und schon bessere Tage gesehen hatte – schien sich nicht übermäßig zu freuen, als er schließlich aufblickte, nachdem Kiara mit den Fingerknöcheln ans Glas geklopft hatte. Ihre Uniform hingegen übte eindeutig eine gewisse Wirkung aus, denn der Wachmann erhob sich langsam, begab sich auf die lange Wanderschaft zur Tür und zog einen Schlüsselbund an einer Kette hervor. Eine weitere Ewigkeit verbrachte er damit, die Tür aufzuschließen.

»Ist leider so«, murmelte er, als sie endlich offen stand, »dass ich nie den richtigen Schlüssel finde. Sehen Sie nur, was ich mit mir rumschleppen muss.« Er deutete auf den Bund und schlurfte beiseite, damit Kiara und Ben die Vorhalle betreten konnten.

»Wir benutzen diesen Eingang nicht, wenn keine Schule ist«, fuhr er fort. »Die Leute kommen seitlich rein. Es gibt immer Studenten oder Lehrkräfte, die das eine oder andere Projekt am Laufen haben – tagsüber und nachts. Hier gibt's 'ne Menge teure Ausrüstung, die sie gern verwenden – die bleibt im Haus. Dabei haben wir nicht mal so viele Studioplätze, aber diese Kids sind gewieft. Und ganz schön schräg. An was für Sachen die arbeiten, das glauben Sie nicht. Was kann ich für Sie tun, Officer?«

Zwar bewegte er sich im Schneckentempo, doch wenn er erst mal anfing zu reden – oder besser gesagt zu nuscheln –, kam er in Fahrt.

»Gibt es hier Zugang zu einem Hof?«, fragte Kiara.

»Zugang zu einem Hof?«, grübelte er. »Es gibt nicht bloß einen Hof. Es ist eine große Anlage, die sich über drei Gebäude insgesamt erstreckt. Man sollte meinen, ich würde mich inzwischen auskennen, aber sogar ich verlaufe mich von Zeit zu Zeit. Wir haben diese große, leere Lobby, nur dahinter wird es kompliziert.«

»Ich wusste gar nicht, dass es diese Filmschule gibt«, sagte Kiara.

»Wo sind Sie denn für gewöhnlich? Unsere Studenten stammen von überall auf der Welt. Wir bekommen eine Menge Europäer, Chinesen, Koreaner, Russen. Sind Sie neu auf Streife? Ich habe Sie vorher noch nie gesehen.«

»Gewöhnlich arbeite ich in einem anderen Revier.«

»Nun, schön, Sie hier zu haben und Ihren Begleiter. Ist er ein Ermittler?«

Ben nickte und schüttelte dann den Kopf. Zum ersten Mal war der Wachmann auf ihn zu sprechen gekommen. »Ich helfe Officer Williams bei einer Nachforschung.«

»Und ob er das ist«, sagte Kiara ungerührt.

Sie waren inzwischen ein gutes Stück ins Innere getreten. Der Wachmann stand nun mit dem Rücken zu der Einheit, die offensichtlich als Auskunfts- und Empfangstresen diente. Auf einmal wirkte er argwöhnisch. »Sie wollen sich die Höfe ansehen?«

»Wenn es nicht zu viele Umstände macht«, entgegnete Kiara.

Ben rätselte, wie ihr irgendwer irgendeine Bitte ausschlagen könnte, ob mit oder ohne Hausdurchsuchungsbefehl. Der Wachmann jedenfalls wollte das schon mal nicht tun und machte sich denkbar langsam auf den Weg.

»Okay«, sagte er. »Hier lang.«

»Danke«, sagte Kiara.

9

Ben folgte Kiara in den zweiten Hof. Nachdem er ihnen die Tür geöffnet hatte, gab der Wachmann den Weg frei, blieb selbst aber zurück. Ben konnte es ihm nicht verübeln. Der Ort glich einem Hochofen, hinzu kam ein gäriger Geruch wie von faulendem Gemüse. Er erinnerte ihn an Aufenthalte in den Tropen.

Doch die einzigen Pflanzen in Sicht waren zwei Palmlilien in zwei Ecken des Hofes, der kleiner war als der erste und unangenehm beengend. Nur wenige Fenster gingen auf ihn heraus, und die hoch aufragenden Mauern waren weiß gestrichen. Die Dachkante wirkte sehr hoch über ihnen. Es fand sich keine Leiche am Boden; ebenso wenig wie im ersten Hof. Keinerlei Spur von Blut oder sonst etwas Ungehörigem, und Ben plagte auf einmal der Gedanke, dass sie sich wahrscheinlich im falschen Gebäudekomplex befanden und es noch weitere Höfe in der Mitte des Blocks geben müsse. Die richtige Stelle würden sie nie finden – falls sie überhaupt je existiert hatte. Es sei denn vielleicht, dass sie eine Drohne mieteten.

»Haben wir genug gesehen, um Sie zu beruhigen?«, fragte Kiara ihn.

»Meinetwegen«, entgegnete Ben entmutigt. Natürlich musste sie losziehen und ihre gewöhnliche Runde wieder aufnehmen. Rasch zog er sein Telefon aus der Jackentasche. Sah prüfend auf den Bildschirm. Es waren keine Nachrichten von Natalie eingegangen, aber eine von Olly. Ben konnte sich vorstellen, wie er es sich gerade mit einer Flasche Burgunder gemütlich machte, nun, da der Mittagstisch endlich ganz hinter ihm lag und ein friedfertiger Rest vom Freitagnachmittag bevorstand. Jetzt war nicht die Zeit, um seine Nachricht zu lesen.

Er verstaute sein Handy wieder und ging zur näher stehenden Palmlilie hinüber, die in nicht so gutem Zustand wie die andere war. Kein Wunder, denn der Stamm wies einen klaffenden Spalt auf, und das obere Ende der Pflanze hing nur mehr an einigen Fasern. Ben war kein Gärtner, doch für ihn sah es aus, als sei der Stamm erst kürzlich gespalten worden.

Wieder ließ er den Blick die Dachkante entlangschweifen und zog in Betracht, wie ein Körper den ganzen Weg herabfiele und auf die Pflanze krachte. Bloß war da eben keine Spur von Blut, keinerlei Hinweis, dass genau hier ein Mensch auf den Boden geschmettert wäre.

Wieder im Inneren des Gebäudes, holte Ben Kiara ein, die mit dem Wachmann plauderte. Er wartete ab, dass sie zum Ende kamen. »Besteht Zutritt zum Dach?«, fragte er darauf. »Geht irgendjemand dort hoch?«

»Nicht während meiner Wache«, erwiderte der Mann überraschend bestimmt. »Das wäre viel zu gefährlich.«

»Aber man kann da rauf – ist das richtig?«, hakte Ben nach. »Diese gewieften, schrägen Kids von überall her auf der Welt? Wenn ich jünger wäre und von weither käme, würde ich mir bestimmt sofort die beste Aussicht suchen – und dazu in einer heißen Augustnacht?«

»Zutritt haben nur die Leute von der Haustechnik.«

»Sie haben keine Schlüssel?«, fragte Kiara.

»Doch, ich habe Schlüssel.« Er ließ sein großes Bund klirren. »Aber die habe ich immer bei mir. Wir hatten schon eine ganze Weile keine Wartungsarbeiten mehr auf dem Dach.«

»Was passiert hier, wenn Sie keine Wache haben?«, fragte Ben.

»Im August gar nichts. Ich bin die ganze Zeit hier. Hintenraus habe ich ein Zimmer, wo ich mich ausruhen kann.«

»Irgendwie möglich, dass wir trotzdem einen Blick aufs Dach werfen können?«, erkundigte sich Kiara. »Sie täten uns einen Riesengefallen. Wie heißen Sie übrigens?«

»Michael.«

»Michael, es freut mich sehr, Sie und diese erstaunliche Einrichtung kennenzulernen«, sagte Kiara. »Ich finde, die Studenten hier haben großes Glück. So viel Platz und Ausrüstung mitten in Downtown. Früher mal war es schon anstrengend genug, die Jugend im Viertel überhaupt in die Schule zu kriegen. Glauben Sie mir – ich gehörte selbst dazu, bis mich meine Mom nach Queens schaffte und zurechtbog.«

Der Mann seufzte.

Ben dachte bei sich, dass Kiaras Mutter ausgezeichnete Arbeit geleistet haben musste – so wie er Kiara zurück in ihrem alten Kiez erlebte, ganz erfüllt von Zielstrebigkeit und Gemeinschaftssinn. Statt als Schulschwänzerin.

»Okay«, sagte Michael, »wir können einen kurzen Blick drauf werfen. Folgen Sie mir.«

Ben schmunzelte in sich hinein, während Michael beide eine Reihe von Fluren entlangführte. Er fühlte, wie sein Telefon in seiner Tasche vibrierte. Das Display verkündete eine ganze Lawine an E-Mails, die eben einging – allesamt von Hideaway, während Europa sich auf das Wochenende freute. Von Natalie jedoch nichts, also rief er sie an, wurde aber sofort mit der Mailbox verbunden. »Nur damit du weißt, dass ich in Kürze zurück im Hotel bin. Bitte macht euch schon mal bereit, denn wir haben einen proppenvollen Zeitplan.«

Zum Glück gab es einen Fahrstuhl, um sie auf den Hauptteil des Dachs zu befördern. Diesmal stieg Ben zuerst aus, gefolgt von Kiara. Erneut zog es Michael vor drinzubleiben. Draußen auf dem Dach knallten die Hitze und grelle Sonne noch heftiger auf sie herab als unten im Hof. Es dauerte einige Augenblicke, ehe Ben deutlich sehen konnte. Langsam erfasste er den Wasserspeicher, die Plastikstühle in einer Ecke, nahm in der Ferne das Empire State Building wahr, schwenkte herum und sah sich dem Maverick auf der anderen Straßenseite gegenüber, dem die Sonne auf die Fassade brannte. Er winkte für den Fall, dass Natalie und Hannah gerade aus ihrem Fenster schauten, doch gegen unendlich viele Sonnenspiegelungen konnte er natürlich niemanden zurückwinken sehen.

»Halten Sie sich von der Kante fern«, sagte Kiara. Sie stand drüben am Rand zum Innenhof. »Es gibt kein Geländer. Ziemlich gruselig. Nachts könnte das tödlich sein. Es wäre nicht mal nötig, geschubst zu werden – einfach runterfallen ginge locker. Hoffentlich passt der Wachschutz auf. Studenten hier oben, die sich betrinken und zukiffen? Keine schöne Vorstellung.«

»Ich sehe eh nicht, wie ein Einzelner die ganze Zeit für das gesamte Gebäude verantwortlich sein kann«, sagte Ben. »Nicht den ganzen Sommer lang.«

»Genau mein Gedanke«, sagte Kiara. »Ich muss im Fünften nachfragen, ob es hier schon mal Ärger gegeben hat. Wobei es auch noch so aussieht, als lägen die Dächer hier zur Hälfte im Siebenten. Sehr verwirrend alles. Ich werde in beiden Revieren nachfragen, dem Fünften und dem Siebenten.«

Ben freute es, dass Kiara die Ermittlung entschieden anzugehen gedachte. Hoffentlich war es mehr als ihr Versuch, ihm bei zwei eigensinnigen Teenagern auszuhelfen.

Jetzt, auf der Straßenseite gegenüber dem Hotel, schien es für Ben durchaus möglich, dass sich hier etwas Todbringendes zugetragen hatte.

Kiara hockte drüben beim Wassertank und den Stühlen und betrachtete aufmerksam den Bereich rings um ihre Füße. »Kürzlich ist hier oben wer gewesen«, sagte sie. »Ich sehe Fußstapfen im Schmutz – eine Reihe unterschiedlicher Profile von Sneakern. Mehrere Leute sind hier gewesen.«

»Vielleicht haben sie den Wasserspeicher gewartet?«, meinte Ben. »Oder die Dachpappe festgeklebt?« Das Dach war mit einem stumpfen, dicken, silbergrauen Material gedeckt, das sich an einigen Stellen löste.

»Michael zufolge ist hier länger nichts gewartet worden.« Kiara klang ratlos.

»Jemand sagt die Unwahrheit oder ist sich nicht ganz

im Klaren, was hier oben vor sich gegangen ist«, erwiderte Ben. »Allerdings gab es unten kein Anzeichen einer Leiche.«

Hingegen gab es ein Anzeichen, dass etwas vom Dach auf eine der Palmlilien gefallen war. Er hielt es für besser, dass Kiara Williams jetzt noch nichts von seiner Vermutung wissen musste. Es schienen ihm mehr Anhaltspunkte nötig zu sein, um sie zu überzeugen. Da fiel ihm eine Ecke der Bedachung ins Auge, drüben an einer niedrigen Mauer zwischen diesem Gebäude und dem nächsten – das in dem anderen Revier liegen könnte, wenn er Kiara richtig verstanden hatte. Er sah es nur, weil es sich vom dunkleren Verputz abhob. Offenbar gab es einen gewissen Wartungsstau, was das Dach betraf. Die Vorhalle war zwar sauber, modern und minimalistisch gestaltet, doch hier oben sah es schon anders aus.

Bildungseinrichtungen eben, dachte Ben und fragte sich, wer wohl die Kostenträger dieser Schule waren. Er ging hinüber zur Dachecke, und je näher er kam, desto deutlicher erwies es sich als ein Stück Papier, ein Handzettel vielleicht, der durch ungeheuren Aufwind hierhergesegelt sein musste. Er wusste, wie windig es in Manhattan werden konnte, wenn sich stürmische Atlantikluft durch den Hochhausdschungel zwängte.

Er bückte sich, um es aufzuheben. Es war trocken und fest. Allzu lange hatte es hier nicht gelegen. Es war weißes Papier, unliniert und mit einer breiten schwarzen Handschrift darauf. Ein dicker Filzstift war dazu verwendet worden, eine Reihe Stichpunkte aufzuschreiben.

»Was schauen Sie sich da an?«, rief Kiara herüber.

»Wehe, es lohnt nicht, es reicht mir nämlich hier oben. Diese Hitze und Höhe! Ich brauch wieder festen Boden unter den Füßen. Ich fahre jetzt runter.«

»Augenblick noch. Was halten Sie davon?« Ben trat ihr entgegen und hielt dabei das Stück Papier ausgestreckt. Die Stichpunkte schienen in Kurzform eine Art Geschichte zu erzählen oder Szene zu beschreiben, seinen alten Handlungssträngen gar nicht unähnlich. Es brachte eine Saite in ihm zum Schwingen. Bloß dass es hier klarer und zielstrebiger, wenn auch etwas geheimnisvoller zuging als bei ihm.

1. *Ein Hubschrauber am Himmel, dessen Suchscheinwerfer an.*
2. *W kommt auf R zu.*
3. *Sie küssen sich – lang und heftig. Ws Hände in Rs Haar.*
4. *Dem Hubschrauber beim Kreisen folgend, während Lichtstrahl in der Nähe über Straßen und Gebäude gleitet, Lärm von Rotorblättern (Geräuscharchiv).*
5. *Der Kuss wird zu Kampf. W zieht Rs Kopf gewaltsam zurück.*
6. *Mehr Hubschrauber, mehr Nachthimmel. Musik tritt anstelle von Hubschraubergeräusch.*
7. *Tränen in Rs Augen. Ein flehender, verzweifelter Blick. Kampf dauert an.*
8. *Der Hubschrauber schwebt in Richtung Brooklyn davon. (Archivmaterial.)*
9. *W steht allein auf dem Dach.*
10. *W bewegt sich auf den Ausgang zu, langsam, ruhig. Eine hoch aufragende, dunkle Silhouette.*

»Wow«, sagte Kiara, »Mordsstory.«

»Ja«, sagte Ben und beschloss, ihr zu verschweigen, dass er sich immer noch ein Dasein als Krimiautor erträumte. Wer das hier zu Papier gebracht hatte, hatte zumindest Grundkenntnisse über Spannung, Tempo, Aufbau eines Höhepunkts. »Ich wüsste nur gern, wo R abgeblieben ist.«

Kiara nickte zur Dachkante, hinter der viele Stockwerke tiefer der Innenhof lag mit einer übel zugerichteten Palmlilie. »Da unten vielleicht?« Sie lachte fast schon. »Die Zuschauer werden wissen wollen, wo W abgeblieben ist. Ob er damit davonkommt.«

»Wollen Sie damit sagen, es könnte ein Dreh gewesen sein?« Ben faltete das Papier und schob es in seine Tasche – Kiara legte keinen Wert darauf. »Alles nur gespielt?« Anscheinend hatte Kiara den ganzen Vorfall schon als Erfindung abgetan.

»Das wäre eine Lesart der Szene, der Situation«, sagte Kiara lächelnd, ehe sie sich nach innen aufmachte. »Filmleute wenden alle möglichen Tricks an.«

»Woher wissen wir, dass es kein verunglückter Dreh war?«, rief ihr Ben hinterher, der noch Natalies besorgte Stimme im Ohr hatte. »Und nicht wirklich jemand runtergestürzt wurde?« Oder runterfiel, fügte er im Stillen hinzu.

Ein Stück den Flur hinunter, jenseits des Aufzugs, saß Michael friedfertig zusammengesackt auf einer Bank. Dem Anschein nach könnte er ein Nickerchen gemacht haben. Mit glasigem Blick setzte er sich auf und kratzte sich den Kopf. »O Mann, war ich weggetreten. Wie war die Aussicht?«

»Wir sind dann mal weg«, sagte Kiara. »Danke fürs Rumführen. Tolle Ausstattung. Ihre Studenten sind echte Glückspilze.« Sie drückte die Fahrstuhltaste.

Das Geräusch einer alten Maschine, die sich in Gang setzt, war zu hören. Ben war weniger beeindruckt von der Ausstattung. Er dachte wieder daran, wer hinter der Schule stand – ob sie angemessen finanziert war –, und an den einzelnen Wachmann, der sich nicht einmal wachhalten konnte. Es ergab kein wirklich rundes Bild. »Sind Sie sicher, dass keiner zum Filmen auf dem Dach war gestern Nacht?«

Michael nickte. »Nicht während meiner Wache«, sagte er noch einmal.

»Und im August haben Sie als Einziger Wachdienst?«, fragte Ben.

»Ich bin verantwortlich für meine Sünden«, entgegnete Michael. »Ich tue, was ich kann, obwohl die Zeit gegen mich arbeitet. Bin froh, den Job zu haben.«

Einmal draußen auf dem Gehsteig, nachdem sie sich von Michael verabschiedet hatten, der nur zu bestrebt wirkte, auf seine Couch zurückzukehren, und seine vorherige Gesprächigkeit gänzlich eingebüßt hatte, wandte sich Ben an Kiara. »Vermutlich gibt es genug Studenten, die im Kreis um diesen alten Mann rumlaufen. Wir werden wohl erst zur Filmpremiere erfahren, was sich genau ereignet hat.«

»Eine Frau wird von einem Mann bedroht, misshandelt, ermordet – passiert doch andauernd.« Sie lächelte, wiewohl eine Schärfe in ihrer Stimme lag.

»Genau was meine Tochter sagt. Bedauerlich, dass sie

sich in ihrem Alter mit so was auseinandersetzen muss. Danke, dass Sie mir zugehört und die Sache ernst genommen haben, auch wenn es mir leidtut, wenn ich Ihre Zeit vergeudet habe.«

»Schauen Sie, ich will hier einen Dienst leisten, egal, ob es nun um Bewohner geht, die ständig oder nur zeitweise hier leben. Es war interessant, mal über mein Revier hinauszukommen. Passiert mir nicht alle Tage. Und zu sehen, was Studenten heutzutage so anstellen. Viel Spaß noch bei Ihrem Aufenthalt. Oh, und wie gesagt: Nehmen Sie die Mädchen unbedingt ins Tenement Museum mit, wenn sie etwas über das Viertel lernen sollen, wie es früher zuging. Da öffnen sich einem mal richtig die Augen.«

»War toll, Sie kennenzulernen.« Ben streckte seine Hand aus. Sie schüttelten sich etwas verlegen die Hände und gingen dann in unterschiedlichen Richtungen auseinander. Er nahm an, dass Kiara froh war, hier weg und zurück in die richtige Welt und ihr Revier zu kommen. Während er das Ende des Häuserblocks erreichte, konnte er allerdings nicht anders als einräumen, dass sie beide allerhand unterstellt hatten. Er wusste um die Neigung von Fakten, mit Fiktion zu verschmelzen und umgekehrt.

Ihm blieben Zweifel, ob das mögliche Geschehen letzte Nacht auf dem Dach ein ausschließlich künstlerisches Unterfangen gewesen war. Zumindest schien es kein reines Hirngespinst Natalies und Hannahs zu sein. Er pfiff erleichtert vor sich hin und fragte sich, wozu seine Tochter wohl gerade aufgelegt war, und konnte nur hoffen, dass sie sich von ihm ernst genug genommen gefühlt hatte. Er dachte an Kiara, wie sie mit allen möglichen Situationen zurechtkommen musste, ganz zu schweigen von Fehleinschätzungen.

Ehe er die Straße überqueren konnte, glitt ein blauweißer Streifenwagen vorbei. Neben dem NYPD-Schriftzug prangte auf der Hintertür mit CPR eine weitere Abkürzung: *Courtesy, Professionalism, Respect.* Höflichkeit, Professionalität, Respekt. Hideaway wäre nicht schlecht beraten, sich eine ähnliche Leitlinie zu eigen zu machen, dachte er.

Dann sah er ihn – den schlagenden Beweis. Dem Streifenwagen folgte langsam ein riesiger Mülllaster. Mein Gott – es kostete ihn Mühe, nicht lauthals wie ein Irrer loszulachen. Er schaute hinter sich, zurück in Richtung Filmschule, doch Kiara war außer Sicht. Zu gern hätte er ihr das hier gezeigt. Im Heck des Lasters lag etwas, das der Presse irgendwie entgangen war: Kopf und Rumpf einer Schaufensterpuppe, ohne Kleidung oder Perücke. Doch es blieb eine weibliche Schaufensterpuppe.

Schleunigst kramte er sein Telefon hervor und knipste drauflos, als der Müllwagen an den Rand fuhr und zwei Männer aus dem Führerhaus stiegen. Sie machten sich daran, weiteren Abfall vom Gehsteig in die Mulde zu laden, oben auf die Puppe. Ben sah dabei zu, bis der Laster wieder anfuhr und diesmal die Presse alles wegschaufelte, hinein in seinen gewaltigen, stinkenden Schlund.

Er konnte sich natürlich nicht sicher sein, wo sie die Puppe aufgegabelt hatten, doch in Sichtweite des Maverick ging Ben mit einer Art niederschmetternder Unausweichlichkeit durch den Kopf, dass diese verrückten Filmstudenten verdammt verschwenderisch waren. Wozu so ein Requisit wegschmeißen? Aber vielleicht war ja die untere Körperhälfte beim Sturz vom Dach irreparabel beschädigt worden.

10

Es ging schon gegen Mittag. Ben wusste nicht, wo die Zeit geblieben war. Ebenso wenig wusste er, wo sich Natalie und Hannah aufhielten. In ihrem Zimmer nicht – zumindest gingen sie nicht an die Tür. Natalie hätte es ihm wirklich mitteilen können, sollten sie zu einer Erkundung der umliegenden Straßen aufgebrochen sein.

Als ihn erneut der Jetlag packte, ließ er sich auf eines der schweren Ledersofas in der Lobbybar plumpsen. Ein wiederum stark tätowierter Kellner kam geradewegs auf ihn zu, um sich nach seinen Wünschen zu erkundigen. Ben wusste dessen Aufmerksamkeit zu schätzen, wobei es ihn überraschte, dass das Hotel Leute mit derart auffälliger Körperkunst auf exponierten Posten beschäftigte. Nicht einmal die lohfarbene Tunika konnte über die Tattoos auf Hals und Händen des jungen Mannes hinwegtäuschen.

Natalie hatte an ihrem letzten Geburtstag den Wunsch nach einer Tätowierung angemeldet, wogegen Alex und er sich einhellig gesperrt hatten. Doch Ben behielt das Gefühl, keiner von beiden würde sie davon abhalten können, sich früher oder später ein Tattoo stechen zu lassen und diverse Bodypiercings obendrein. Fußläufig entfernt von ihrem Londoner Zuhause gab es eine Anzahl Tattoostudios, die sich nicht um irgendwelche Altersbeschränkungen scherten, wie Natalie ihnen frohgemut auftischte. Und einen nachgemachten Ausweis hatte sie sowieso.

Ben bestellte einen Flat White-Cappuccino, erhoffte sich Auftrieb davon. Er sah erneut auf sein Handy – noch immer nichts von Natalie. Dann öffnete er die Nachricht von Olly. Es sah ihm ähnlich, dass Olly ein Selfie von sich an einem seiner Restauranttische neben einer Flasche Bâtard-Montrachet Grand Cru 2015 geschickt hatte. Holla, er ließ es echt krachen. Ben sandte im Gegenzug das Foto, das er gestern spätabends in der Lounge des Maverick geschossen hatte. *Sieh mal, wo ich logiere*, schrieb er und war sich bewusst, dass er ein eigenes Selfie an Ort und Stelle hätte aufnehmen sollen. Ben machte bloß niemals Selfies.

Er nahm Ollys Foto genauer unter die Lupe. Die Flasche war beinahe leer. Er fragte sich, ob es die Reste von Mittagsgästen waren, die die Flasche nicht ganz geschafft hatten. Hoffentlich tat sich Olly nicht an den Vorräten seines eigenen Ladens gütlich. Zuzutrauen wäre es ihm.

Rasch ging Ben dazu über, sich durch seine E-Mails zu wischen, die er bis jetzt ignoriert hatte. Es fand sich die freundliche Nachfrage von Wendy Spurling, der leitenden Buchungsangestellten, die seinen Reiseplan verwaltete, ob alles gut laufe und er als auch Natalie gut angekommen seien. Er brachte es nicht über sich zu antworten.

Eine weitere Nachricht stammte von Marc Hoffman, dem unlängst wiedereingesetzten Sicherheitschef, und war an alle drei Inspektoren gerichtet, der Vorstand im CC. Sie behandelte das neue Vorgehen Hideaways im Umgang mit Klimaaktivisten. Höchste Zeit. Eine wachsende

Zahl angeschlossener Hotels war Ziel von Online-Trollen und gefakten Bewertungen auf Tripadvisor geworden. *Es trifft beileibe nicht nur Hideaway*, schrieb Hoffman, *sondern ist im Luxushotelsegment weit verbreitet. Offenbar gehen manche Angaben und Falschangaben (!) auf Insider zurück, unzufriedene Mitarbeiter, die sich als Gäste ausgeben. Die PR-Abteilung arbeitet an einer einheitlichen Konzernlinie, aber sollten Sie bei Ihren Reisen auf irgendetwas Ungewöhnliches stoßen, teilen Sie es mir bitte mit. Wachsamkeit ist es, wofür wir Sie bezahlen.*

Ben blickte hoch und versuchte auszuknobeln, was Hoffman mit »Ungewöhnliches« meinte. Vermutlich eine lausige Bewertung, die allerdings auf Tatsachen beruhte. Tatsachen, die sich am ehesten von Inspektoren feststellen ließen.

Cool. Du passt da gut rein?, erwiderte Olly. *Deinen nächsten Besuch in New York machst du besser mit mir. Vielmehr deinen nächsten Besuch egal wo.*

Im gewaltigen modernistischen Sofa saß es sich weit weniger bequem, als es den Anschein erweckte. Als wollte es ihn möglichst weit in seine Tiefe ziehen und hinterher nur widerwillig freigeben.

Er mühte sich ab, an seinen Kaffee zu langen. Als er endlich den ersten Schluck genommen hatte, war er enttäuscht: zu schwach und zu milchig, aber wahrscheinlich genau richtig für den amerikanischen Gaumen. Ben war den hiesigen Ess- und Trinkgepflogenheiten stets mit Vorsicht, wenn nicht gar mit Verachtung begegnet. Die Riesenportionen waren das eine, die mangelnde Verfeinerung zur Haute cuisine das andere. Freilich waren die

Speisen im *Bar, Bistro and Bonanza* des Maverick bislang ausgezeichnet gewesen und fielen unter das Label Avantgarde; und seit er von der großzügigen Tafel-Politik des Maverick wusste, konnte er zumindest die Frühstücksportionen beinahe verzeihen.

Was ihm gerade weiteres Unbehagen bereitete, war das zu seinen Füßen lodernde Kaminfeuer. Die Holzscheite waren eindeutig Attrappe, die Gasflammen aber nicht. Die kräftig abstrahlende Hitze kämpfte gegen die kalte Luft von einem Auslass der Klimaanlage an, der unmittelbar auf seinen Nacken angewinkelt zu sein schien. Mit so etwas brauchte man nicht lange auf einen dieser Öko-Verrisse auf Tripadvisor zu warten.

Eben brachte er ein paar Feststellungen zu Papier, als sein Telefon zum Leben erwachte und laut klingelte. Zuvor hatte er die Lautstärke aufgedreht, um keinen Anruf von Natalie oder Warnton zu überhören. Eilig sah er sich im Raum um und entdeckte lediglich einen weiteren Gast zwei Sofas entfernt. Es war die zierliche Frau, die ihm tags zuvor bei seiner Ankunft aufgefallen war. Jetzt funkelte sie ihn erbost an, obwohl sie selbst ein riesiges Handy am Ohr kleben hatte. Es überraschte ihn, dass sie hier unten war statt oben in ihrem Penthouse mit ihrem berühmten Partner, in die Meditation vertieft. Oder vergnügt im Whirlpool.

Er ließ sein Telefon ein weiteres Mal klingeln, ehe er den Touchscreen kontrollierte. Eine unbekannte Nummer wurde ihm angezeigt. Er nahm das Gespräch an, sagte Hallo und versuchte zugleich, sich den Blicken der Frau zu entziehen.

»Ben? Sind Sie das?«

»Ja. Wer spricht da?«

»Hier ist Katie. Katie Farrell, Hannahs Mum.«

»Oh, hi Katie.« Ben schaute auf seine Armbanduhr. Es war jetzt siebzehn Uhr in England. »Ist alles in Ordnung?«

»Das wüsste ich selbst gern. Ich versuche schon stundenlang, Hannah zu erreichen. Oder Natalie. Alex geht es genauso. Allmählich verlieren wir die Nerven. Besonders nach dem, was die armen Mädchen gestern Nacht mitangesehen haben.«

Ben bezweifelte, dass Natalie Alex auf irgendetwas so Dramatisches oder womöglich Besorgniserregendes aufmerksam gemacht hätte, wusste er doch zu gut, wie ungern sie den vermeintlich überfürsorglichen Zug ihrer Mum reizte. Alex war nämlich nicht im Mindesten überfürsorglich. Eigentlich war sie eine bemerkenswert gelassene Mutter. Einfühlsam, doch für gewöhnlich ruhig und überlegt. Sie hatte ihn heute auch noch gar nicht kontaktiert. Dagegen hatte er keine Ahnung, was Hannah ihren Eltern ohne Bedenken anvertraute.

»Ach, dem bin ich auf den Grund gegangen«, sagte Ben heiter. »Sie werden es kaum glauben, aber anscheinend haben die Mädchen Dreharbeiten beobachtet. New York eben, wo jeder erdenkliche verrückte Kram vorkommt.« Er lachte. »Sie hätten nicht so spät noch auf sein dürfen, um so was mitzukriegen, aber sie haben Ferien, und hier ist ja alles irre spannend.«

»Hier muss es acht Uhr morgens gewesen sein«, sagte Katie, »wenn ich recht verstehe.«

»Sieben, glaube ich«, stellte Ben richtig.

»Ganz normal also, wach zu sein und aus dem Fenster zu schauen, hätte ich gedacht«, fuhr Katie unbekümmert fort. »Was Jetlag anrichten kann, wissen wir ja alle. Jedenfalls versuche ich heute schon geraume Zeit, Hannah zu erreichen. Wo ist sie? Geht es ihr gut?«

»Wir haben alle zusammen gefrühstückt. Phantastische Pfannkuchen – oder eigentlich Crêpes. Dazu einen Berg knusperkrossen amerikanischen Bacon.«

»Hannah ist Vegetarierin.«

»Ja, stimmt«, sagte Ben. »Ich muss von Berufs wegen alles testen. Der Bacon war für mich.«

»Bitte halten Sie Fleisch von ihr fern.«

»Werd mir Mühe geben.«

»Und – wo ist sie jetzt?«

Ihr Tonfall war unmissverständlich. Ben warf einen Blick über seine Schulter. Die Frau hatte ihr Gespräch beendet, starrte ihn aber immer noch ungehalten an. Der tätowierte Kellner schaute hinter der Bar auf ein iPad. Ben hoffte, um dic Musik zu wechseln. Was jetzt an Heavy Metal aus den Lautsprechern schmetterte, wirkte weder der Tageszeit sonderlich gemäß noch, dachte Ben, der Lounge eines Hideaway-Hotels.

Er drehte sich wieder dem Feuer im Kamin zu. »Sie sind das Viertel erkunden gegangen, glaube ich. Die Gegend ist sehr sicher. Die haben hier ganz tolle Kontaktbereichsbeamte. Die Lower East Side ist nicht mehr das, was sie mal war. Ist überall ganz groß im Kommen und sehr hip und glamourös, mit phantastischen Indie-Boutiquen«, Ben hielt sich den *Hemp Garden* vor Augen, »und Filmschulen und coolen Eckrestaurants und Bars.«

»Die beiden sind fünfzehn«, sagte Katie. »Außerdem hat es auch da Telefonmasten, nehme ich mal an. Warum sind die Mädchen nicht erreichbar?«

»Wir gehen dann das Empire State Building ansehen und heute Nachmittag auf die High Line«, vermeldete Ben, ohne auf ihre Frage einzugehen.

»Sehr schön, ganz bestimmt. Wo sind sie?«

Katie arbeitete, wie Ben sich entsann, als hochgestellte Beamtin für das Wirtschaftsministerium. Hannahs Vater, fiel Ben auf einmal auch wieder ein, war Möbeltischler und Alex zufolge eine Art Hippie. Angeblich war ihre Beziehung ausgesprochen unstet. »Sie sind bald wieder zurück. Sobald ich sie sehe, werde ich dafür sorgen, dass Hannah Sie anruft.«

»Diese ganze Reise ist Irrsinn«, sagte Katie. »Keine Ahnung, wieso in aller Welt ich sie habe fahren lassen.«

Kaum war der Anruf beendet, stand Ben auf, schüttelte die Falten aus seiner schweren Drillichhose und stampfte mit den Budapestern auf dem Holzboden auf. Sein rechtes Bein war eingeschlafen. Ihm saß die Arbeit für Hideaway im Nacken, bei der es viele weitere Dinge zu überprüfen und in Formulare einzutragen galt, doch seine Sorge um den Verbleib der Mädchen wuchs. Zumal er jetzt Katie im Nacken sitzen hatte.

Als er erwog, Officer Kiara Williams anzurufen, wurde ihm klar, dass er blöderweise keine Durchwahl für sie hatte. Er hatte es für ungebührlich erachtet, nach so etwas zu fragen – da er ihre Zeit an jenem Morgen scheinbar lange genug vergeudet hatte. Er würde die Gegend selbst zu Fuß durchkämmen müssen.

Während er Kraft sammelte, sah er einen Mann in die Lounge joggen, der vor Schweiß nur so tropfte. Er trug Baseballmütze, Trikothemd, Laufshorts und riesige Turnschuhe ohne sichtbare Socken. AirPods steckten in seinen Ohren. Er hatte einen rötlichgelben Hautton und das Aussehen jemandes, der es für sein Alter mit dem Training übertrieb. Alles an ihm sprach für einen Mann, der die eigene Spannkraft verbissen unter Beweis stellen wollte.

Er kam geradewegs auf die schöne Frau zugejoggt, die aufsprang und dazu auf ihre Smartwatch zeigte, was keinen Zweifel ließ, dass er sich verspätet hatte. Sehr sogar, ihrer Miene nach zu schließen. Wahrscheinlich war er gerade eine Runde um ganz Manhattan gelaufen.

Er joggte immer noch auf der Stelle, als er sie an sich zog und fest auf die Lippen küsste. Sie wollte sichtlich nicht von seinen schweißigen Händen als auch seinem verschwitzten Körper berührt werden und stieß ihn zurück. Etwas aufgesetzt begann sie, sich abzuwischen, war alles andere als glücklich über die feuchten Flecken, die er auf ihrer Seidenbluse zurückgelassen hatte. Ben sah es ihr nach. Die Bluse war ihr schickstes Stück am Leib. Dazu trug sie eine winzige, fransig abgeschnittene Jeans und Jesuslatschen.

Jetzt sah sie sich in der Lounge um und blickte Ben ohne Umschweife an, der sich sofort abwandte. Er hätte nicht hinstarren sollen, aber es tat ihm leid, dass dieses schweißtriefende Untier sie hatte warten lassen.

»Dad?«

Ben fühlte etwas an seinem Arm ziehen. Er sah über seine Schulter. »Natalie! Wo zum Teufel bist du gewesen? Wo ist Hannah? Ich habe versucht, euch zu erreichen.«

»O mein Gott, weißt du, wer die sind?« Sie zeigte auf das Paar, das sich weiterhin einen angeregten Wortwechsel lieferte.

Könnte er nicht einfach unter die Dusche gehen?, dachte Ben. »Keinen Schimmer«, sagte er, »und es ist unhöflich, so auf Leute zu starren oder gar auf sie zu zeigen.« Gleichwohl er sich fast das Gleiche hatte zu Schulden kommen lassen. Wobei, manche Leute legten es ja regelrecht darauf an.

»Wir sind in einem Hideaway, Natalie, das sich als solches durch seine Diskretion auszeichnen soll«, sagte er, auch um sich selbst daran zu erinnern. »Und ich soll hier eigentlich zum Arbeiten sein.«

»Dad, mach dich mal locker. Ist doch voll spannend hier.«

»Wo ist Hannah?«, fragte er. »Ihre Mum hat mich gerade voll panisch angerufen.«

»Sie ist gleich aufs Zimmer gegangen – sie musste dringend. Ich habe dich hier drin lauern sehen. Ich dachte, ich komme rüber und sage Hallo.«

»Nett von dir. Soll ich dir mal erzählen, was die Polizistin und ich entdeckt haben?«

»Jetzt ist der falsche Augenblick, weil, da drüben, Dad, steht Cory Myerson in echt. Jetzt kann ich erfüllt sterben.«

»Du bist ein wenig zu jung, um auf die Art zu denken«, sagte Ben, während beide zusahen, wie das Paar die Lounge in Richtung der Aufzüge verließ. Unterwegs schienen sie ihre Auseinandersetzung fortzusetzen. Natalie knuffte ihm mit dem Ellbogen in die Seite. »Hinstarren ist unhöflich, Dad.«

Er lachte. »Danke für die Erinnerung. Wer ist denn Cory Myerson?« Der Name brachte vielleicht ein fernes Glöckchen zum Läuten.

»Er macht Tech-Kram und andere Sachen im Silicon Valley. Aber gutes Zeug, ökomäßig. Er ist superreich, Multimilliardär, und finanziert nur so was, das nachhaltig ist und gut für den Planeten. Er macht sogar Turnschuhe aus Bambus statt Plastik. Tragen alle – außer mir.«

Natalie sah hinunter auf ihre Sneaker, die für Ben wie gewöhnliche Sportschuhe aussahen – vermutlich Überbleibsel aus dem Zeitalter fossiler Brennstoffe –, sich aber gut hielten. Er war über jeden Verdacht erhaben, Kunstfasern zu tragen, schon gar keine Turnschuhe gleich welcher Machart.

»Ich hätte wahnsinnig gern ein Paar. Sind gar nicht so teuer. Es gibt einen Laden hier in der Nähe – in SoHo. Habe ich online gesehen. Da kann man sich die Farben selbst aussuchen und die Sohlen und Schnürsenkel und so, und dann fügen sie alles vor Ort zusammen, sodass jedes Paar einzigartig ist.«

»Es sieht nicht danach aus, als bräuchtest du ein neues Paar Turnschuhe, und im Übrigen kommt mir der unnötige Kauf von Neuware nicht eben nachhaltig vor.«

»Außerdem«, fuhr Natalie fort und ließ den letzten Punkt außer Acht, »unterstützt er all diese Aktivisten und zahlt ihnen den Anwalt, wenn sie verhaftet werden. Du weißt ja, weil sie demonstrieren, Straßen besetzen und Gebäude und so weiter. Cory Myerson ist irgendwie voll der Hammer. O mein Gott, eben habe ich geschnallt, wieso er hier ist. Wir sehen uns nachher.« Natalie wetzte ebenfalls zu den Fahrstühlen.

»He«, rief Ben ihr nach. »Wo um alles in der Welt gehst du jetzt hin? Hannah muss dringend ihre Mum anrufen. Ich habe dir immer noch nicht erzählt, was Officer Williams und ich entdeckt haben. He, Natalie, warte doch mal.« Ihr auf den Fersen, kam ihm die Ausgabe für ein Paar Turnschuhe immerhin sinnvoll vor, um schneller zu scin, wenn er schon nicht mit der Zeit gehen wollte. »Warum ist dieser Cory Myerson wirklich hier?«, keuchte er. »Wir haben heute noch was vor, Natalie.«

Als er bei den Aufzügen eintraf, war sie schon entschwunden. Vielleicht fuhren die Fahrstühle nur mitten in der Nacht langsamer?

Während er auf die nächste Kabine wartete und wieder zu Atem kam, sah er nach der Uhrzeit und wischte sich durch weitere E-Mails. Keine war sonderlich wichtig oder dringend, zumeist handelte es sich um konzerninternes Rauschen. Er war kein Multimilliardär und darauf aus, den Planeten zu retten. Er war Hotelinspektor und darauf aus, dass Laken knitterfrei waren, Kissen prall aufgeschüttelt und Besteck in genau der richtigen Reihenfolge ausgelegt wurde. Überdies war er gegenwärtig alleinstehender Vater einer Tochter. Was war daran verkehrt?

Zu akzeptieren, wer man war und was man beruflich

gut beherrschte, ebnete den Weg zu einem friedlichen, ausgefüllten Leben. Beziehungen verkomplizierten die Dinge.

Es gab da draußen eine Frau, nicht ganz Multimilliardärin, aber höchst anziehend, klug und genügend erfolgreich, die ihn interessierte und die sich für ihn zu interessieren schien. Dass sie sich selten gleichzeitig auf demselben Erdteil aufhielten, war problematisch. Dass sie seine Chefin war, umso mehr.

Außerdem gab es da eine sehr faszinierende Kontaktbereichsbeamtin des NYPD, die ihm gerade jetzt verdammt viel näher war.

11

Fürs Empire State Building kam wenig Begeisterung auf. »Ich check's ja, Dad, aber das ist Geschichte.« So drückte es Natalie aus. »Ich will in der Gegenwart sein.«

Ben hatte gesagt, dass es nicht nur darum gehe, das Schöne und Bahnbrechende am Bauwerk zu bewundern, sondern die Aussicht. Worauf Natalie schlagfertig erwidert hatte: »Unser Hotel hat eine Aussicht. Die ist an Dramatik schwer zu übertreffen. Wie jemand umgebracht wird, sieht man nicht alle Tage.«

Ben fragte sich sowieso, ob ihnen ein Nachmittag für das Empire State Building und obendrein die High Line reichte, worauf sie in einem Uber-Taxi von überraschend bescheidener Größe, das alsbald in fürchterlichem Verkehr stecken blieb, direkt zur High Line aufbrachen. Er nutzte die Zeit, um genau zu beschreiben, was Officer Williams und er, unterstützt von Wachmann Michael, herausgefunden hatten. Es schien Natalie wie Hannah dennoch nicht zu überzeugen, die weder Kameras noch Crewmitglieder gesehen haben wollten – nur gut beleuchtet zwei Leute, einen Mann und eine Frau im Streit, den aber nur eine Person überlebt hatte. Ein großer, hagerer Mann blieb auf dem Dach zurück und verschwand dann auch, bloß diesmal ganz gewiss nicht über die Dachkante.

Ben wollte geltend machen, beide hätten womöglich

nur deshalb die Szene überhaupt sehen können, weil sie fachgerecht ausgeleuchtet worden sei. Die Gedanken der Mädchen kreisten jedoch vornehmlich um die Sichtung Cory Myersons.

Natalie war sicher, dass die zierliche Brünette bei ihm Zoey Pine war, seine ehemalige Assistentin, der er sich nach dem tragischen Drogentod seiner Frau zugewandt hatte. Das Internet war voll davon. Jetzt war sie seine Geliebte – es war schon die Rede von Hochzeitsglocken. Das wirkte eher altmodisch auf Ben und mitnichten progressiv. Ben hatte zudem angemerkt, dass jemand von Myersons Rang keine Romanze mit einer Untergebenen anzetteln sollte. Es könnte als Ausnutzen gesehen werden.

»Woher weißt du, dass er sie angezettelt hat?«, hatte Natalie gekontert. »Was ist, wenn sie auf ihn aus war? Er ist sehr reich und ganz gut in Form.«

Natürlich wusste Ben nicht, wer da was in Gang gebracht hatte. Bis vor ein paar Stunden hatte er gar nichts über sie gewusst, doch für einen Moment hinterfragte er die Dynamik und Ethik seiner Liebäugelei mit Emily Muller.

Am Union Square schwangen sie sich aus dem Uber hinein in eine klebrige Suppe aus feuchtschwüler Luft und Gedränge. »Zu Fuß sind wir viel schneller unterwegs«, sagte Ben und schirmte seine Ohren vor dem Verkehrslärm und den Sirenen ab. »Nur ein paar Querstraßen noch.« Er beäugte Google Maps auf seinem Handy und versuchte, sich zurechtzufinden. Früher hatte er sich mal richtig gut in Manhattan ausgekannt – sogar in den Villagewinkeln.

Zu Fuß ging es allerdings quälend langsam voran. Er konnte Natalie und Hannah schwerlich daran hindern stehen zu bleiben, um Fotos zu schießen oder Neuigkeiten zu posten. Zu sehr freute es ihn, dass die beiden in ihrer Umgebung aufgingen und anderen davon berichten wollten.

Ben beschloss, sie von der 14th Street weg und etwas abseits durch die stilleren Straßenzüge südlich der Hauptverkehrsachse zu führen. Irgendwann schlurften sie dabei am Museum of Illusions vorbei, das Ben für einen geeigneten Boxenstopp hielt, nur um von Natalie mit einigem Recht belehrt zu werden, dass Illusionen üblicherweise ein Schwindel seien, den die Unkundigen allzu bereitwillig gelten ließen.

»Was ist mit Dichtung?«, fragt Ben die Mädchen. »Was mit Kino? Das sind doch alles auf ihre Art Illusionen, oder nicht?«

»Was machen wir morgen?«, überging Natalie unhöflich die Frage und wechselte das Thema, ehe sie Hannah verschwörerisch zuschmunzelte.

Wie hätte irgendwer eine bündige Antwort darauf geben können?

Ben überflog im Geiste sein Pflichtenheft für den Folgetag. Sein Zimmer musste gründlich geprüft werden. Er war weder im Spa gewesen noch hatte er die Tagungsräume gesehen, und ganz sicherlich reichten seine Erfahrungen mit dem Restaurant und der Bar längst nicht aus, auch wenn er schon einige Belegschaftsmitglieder kennengelernt hatte.

Allmählich bekam er einen tieferen Einblick in das Hotel und dessen Arbeitsweise. Jay Jay war auf jeden Fall ein Star.

»Morgen muss ich als Erstes etwas arbeiten«, sagte er, »und dann dachte ich, könnten wir Midtown angehen. Uns das Museum of Modern Art gönnen, gleich um die Ecke von der Fifth Avenue – das müsst ihr gesehen haben –, und dann vielleicht hoch zum Park schlendern und zum Met. Die New Yorker Museen sind einfach überirdisch. Wir könnten sogar weiterlaufen bis zum Guggenheim, wenn wir noch die Puste haben. Das Gebäude macht dermaßen Spaß – es ist rund und hat innen diese verblüffende Spiralrampe.«

»Dad«, sagte Natalie und täuschte ein Gähnen vor, »ich will ja nicht meckern, aber es sind Schulferien. Wir sind nicht auf Klassenfahrt.«

»Ist okay«, sagte Hannah, »das können wir tun.« Dann fing sie an, mit Natalie zu tuscheln, nicht gar so leise wegen des Verkehrs, sodass Ben nahezu alles mithören konnte. »Mittags wollen wir sowieso in der Gegend sein. Ich habe die Stelle gesehen. Es ist an der Fifth Avenue.«

Ben versuchte, sie zur Gansevoort Street zu lotsen. Irgendwie landeten sie jedoch auf der Little West 12th Street, die kaum klein zu nennen und von unlängst ausgesprochen prachtvoll sanierten Lagerhäusern gesäumt war. Ebenerdig waren sie zu eindrucksvollen Geschäften, Bars und Restaurants ausgebaut worden, allesamt brechend voll. Herden von Touristen wurden auf den Gehsteigen hierhin und dorthin getrieben, und Ben beschlich der Verdacht, dass die High Line am Ende keine so gute Idee gewesen sein könnte. Mochten auch Einheimische die Stadt den August über verlassen haben, traten dafür mehr als genug Touristen in ihre Fußstapfen.

Als Ben dann einen Reklameaufsteller für die *Sex & The City Walking Tour* sah, verließ ihn der Mut noch ein wenig mehr. Sie waren mitten im Meatpacking District, und angesichts der dicht gedrängten Leiber mutmaßte er mit säuerlichem Witz, dass der Begriff kaum passender für ihre Umgebung sein könnte.

Sie blieben an der Ecke Washington Street stehen und sahen zur High Line hoch, die von einer dahinkriechenden Menschenmenge gekrönt wurde, was Ben an tropische Ameisenstraßen erinnerte. Gleißendes Sonnenlicht fiel auf die alte Hochbahntrasse, die auf und ab wippenden Köpfe sowie das üppige, seitlich austreibende Blattwerk, bevor es vom Standard Hotel zurückgeworfen wurde.

Eine Wand aus Stahl und Glas, war das Hotel vollends beherrschend. Ben hatte von den Geschichten über nackte Exhibitionisten gehört, die sich nachts in den raumhohen Fenstern zur Schau stellten. Tags wie nachts kam es einem Gegenpol gleich zu allem, wofür Hideaway stand oder hätte stehen sollen.

»Warum wollt ihr morgen in Midtown sein?«, fragte Ben. Hannahs Bemerkung hatte ihn beunruhigt. »Was passiert morgen Mittag auf der Fifth Avenue?«

»Nichts«, sagte Natalie viel zu schnell.

»Freunde«, murmelte Hannah mit Achselzucken.

»Ach ja«, sagte Natalie. »Ganz vergessen. Zwei Mädchen von zu Hause sind auch in New York, und wir wollten uns treffen.«

»Wirklich? Was ist mit den Museen?«, fragte Ben. »Was ist damit, Zeit mit deinem Dad zu verbringen?«

»Der Tag ist doch lang«, sagte Natalie. »Wir werden sie nur so auf eine Stunde oder zwei treffen.«

»Was ist morgen mit Mittagessen?«, fügte Ben an.

»Warum denkst du immer ans Essen?«, fragte Natalie.

»Weil das mein Job ist.«

»Das waren leckere Pfannkuchen«, sagte Hannah höflich.

So lecker, stellte sich heraus, dass die Mädchen beschlossen hatten, heute ohne Mittagessen auszukommen. Sie waren immer noch pappsatt. Ben fühlte sich unterdessen langsam hungrig. Ein kühles Bier wäre ebenfalls sehr willkommen gewesen. Dann fiel ihm die Markise des Pastis ins Auge, ein Restaurant, von dem er gehört hatte. Europäische Raffinesse musste man in New York nie lange suchen, dachte er, zumal ihn ein guter Teller Essen als auch ein guter Drink schon immer viel zu leicht hatten locken können.

»Mädels, wie wär's mit einem Imbiss, einem erfrischenden Getränk, ehe wir die High Line in Angriff nehmen? Es sieht wirklich voll aus da oben.« Er machte eine Handbewegung zur blau-weißen Markise des Pastis. »Gleich da drüben ist ein gutes Lokal. Seht ihr?«

»Toll«, sagte Natalie. »Diese Hitze ist beinahe unerträglich. Alles klebt.«

»New York im August«, sagte Ben. »Also los, auftanken und abkühlen, und dann schauen wir mal, wie es uns geht. Die High Line soll ja phantastisch sein.«

Er führte sie über die Straße, die noch Kopfsteinpflaster

hatte. Oder vielmehr waren alte Pflastersteine offensichtlich aufgearbeitet und neu verlegt worden. Das ließ sich sehen – noch so eine Art Illusion. Doch diesmal wusste er um den Schwindel. Als er draußen vor dem Eingang zum Pastis stehen blieb, war er schon nicht mehr ganz so entschlossen, ging es drinnen doch ausgesprochen gedrängt und geschäftig zu. Zudem wirkte es aber ungeheuer einladend. Ihnen fehlte bloß ein Tisch.

Als ein gewaltiger schwarzer Tesla Model X neben ihnen an den Bordstein glitt, verließ ihn fast vollends der Mut. Sollte noch ein Tisch frei sein, würde er ihn haben wollen. Ein weiterer schwarzer Tesla hielt gleich dahinter. »Los, Mädels, rein mit uns, schnell.«

Sie waren nicht schnell genug, da mehrere Leute aus den Teslas sprangen, einschließlich zwei bulligen Personenschützern. Ben und den Mädchen wurde der Weg regelrecht versperrt, während man die Insassen zügig einließ. »So was von unverschämt«, sagte Ben und unternahm nicht einmal den Versuch, durch die menschliche Mauer zu stoßen. Darauf verschwanden die Leibwächter ebenfalls im Inneren.

»Wisst ihr was, ich bin dies Restaurant schon leid. Gehen wir woanders hin. Bestimmt gibt es was in der Nähe.«

»Dad, ich glaube gerade nicht, dass wir noch einen Meter weiterlaufen können«, sagte Natalie. »Ich sterbe buchstäblich gleich an einem Hitzschlag. Wir müssen hier rein.« Sie strebte zur Tür, hielt inne und sah über ihre Schulter nach Ben. »Ich besorge uns einen Tisch.«

»Wenn du meinst.«

»Du hast aber gesehen, wer das war?«

Ben schüttelte den Kopf. »Nein – ist mir auch ziemlich schnurz.«

»Dad, das waren Cory Myerson und Zoey Pine. Komm jetzt, gehen wir rein.«

»Die haben uns noch gefehlt«, sagte Ben.

12

Innen war es herrlich kühl, und die Geräuschkulisse zufriedener Gäste stimmte zuversichtlich. Ben konnte nicht erkennen, wohin der prominente Aktivist, seine neue Flamme und sein Anhang gegangen waren. Zweifellos entrückt in eine gesonderte Ecke.

»Danke, dass du uns eine Pause gönnst«, sagte Natalie. »Ist so was von besser, als draußen zu sein.«

»Unverhoffte Reize der Stadt New York, was?« Ben sah sich nach dem Oberkellner um, ohne großen Erfolg. Anscheinend lag es doch bei ihm, einen Tisch zu ergattern. Auch gut. Er hatte jahrelange Erfahrung.

Was dieser Laden brauchte, war ein Jay Jay. Schließlich tauchte ein junger Mann auf, doch nicht, ehe Ben das Tagesgericht in Handschrift auf einem großen Spiegel hinter dem Tresen entdeckt hatte. *Bouillabaisse*. Ben schwärmte für guten Fischeintopf mit einem ordentlichen Schlag perfekt abgeschmeckter Rouille und dem einen oder anderen knusprigen Croûton. Er fragte sich, wie sich hier die französische Küche ausmachte verglichen mit der Brasserie des Maverick oder einem Lokal in Marseille gleich hinter dem Hafen, das er schon einmal besucht hatte und für die beste Bouillabaisse auf dem Planeten bekannt war.

Diese Frage würde er sich noch länger stellen müssen,

denn der junge Kellner teilte Ben mit, dass die Küche nun für den Nachmittag geschlossen habe, sie sich jedoch sehr gern auf einen Drink oder Kaffee an die Bar setzen könnten. Zum Abendessen ab siebzehn Uhr öffne die Küche wieder. *Siebzehn Uhr?*

Wer aß um siebzehn Uhr zu Abend? Ben sah auf seine Armbanduhr. Zwei Stunden bis dahin. Er schaute nach den Mädchen, wollte ihre Meinung dazu hören, was sie unterdessen tun könnten. Eben noch an seiner Seite, waren sie aber erneut verschwunden. Diesmal ahnte er jedoch ziemlich genau, wohin. »Kann ich wohl rasch Ihre Toilette benutzen?«, fragte er den Kellner. »Und dann setzen wir uns an die Bar. Wir sind zu dritt.«

»Natürlich. Ist hinten rechts.«

Würde man Cory Myerson und Zoey Pine eine herzhafte Mahlzeit ausschlagen, selbst wenn sich beide an ein veganes Gericht hielten? Er hatte da seine Zweifel.

Ben ging durch das Restaurant, vorbei am verzinkten Tresen und über farbenfrohe französische Bodenfliesen – wie sie früher vor allem im Süden verbreitet waren –, während sein neidischer Blick auf Tische voll dampfender Speisen und kleine Grüppchen von Leuten fiel, die heute Nachmittag sichtlich nicht zurück zur Arbeit mussten. Noch nie hatte er eine Gruppe Amerikaner gesehen, die sich so entspannt und europäisch gab. Dann ging ihm auf, dass die meisten wahrscheinlich keine Amerikaner waren.

Er lief an den Toiletten vorbei einen Korridor hinunter, der mit alten Reklameplakaten für Gitanes und Pernod dekoriert war. An seinem Ende führte eine offen stehende Doppeltür auf einen hübschen Innenhof mit weiteren Tischen. Auch sie waren voll besetzt einschließlich eines großen in einer Ecke, vor dem Natalie und Hannah standen. Am Tisch saßen Cory Myerson, Zoey Pine und zwei junge Männer in todschicken Anzügen. Es war viel zu feuchtheiß für Anzugjacken.

Myerson trug ein weites weißes T-Shirt und verwaschene Jeans, Pine hatte sich seit vorhin nicht umgezogen.

Ben hielt sich zurück. Er wollte nicht, dass sie ihn wiedererkannte und für eine Art Stalker hielt. Dass das Promipaar gewissermaßen ihnen ins Pastis gefolgt war, spielte dabei keine Rolle.

Die Mädchen hingegen gaben sehr gut zwei ehrfürchtige Fans ab, die Fotos von und Selfies mit Myerson schossen. Weder Pine noch die beiden Anzugträger wirkten sonderlich angetan. Ben machte kehrt und hatte vor, mit einem Pastis auf Eis an der Bar auf die Mädchen zu warten.

Lautes Geschepper gefolgt von einem erstickten Aufschrei und Anschwellen erschrockener Stimmen ließen ihn jäh innehalten. Er eilte zurück in den Hof. Myersons Ecktisch war umgekippt, und Myerson und die anderen Männer wischten sich im Stehen hektisch Wasser oder womöglich Weißwein vorn von den Kleidern. Auch Zoey Pine war auf den Beinen, wirkte jedoch bemerkenswert cool und unbeirrt. Natalie und Hannah waren zurückgewichen und besaßen immerhin den Anstand, keine weiteren Bilder mit ihren Telefonen zu knipsen.

Eine kleine Heerschar von Kellnern stieß eilig zum Tisch und seinen Inhabern, während die übrigen Gäste im Hof allmählich zu glotzen aufhörten und ihr Geplauder zur späten Mittagsmahlzeit wieder aufnahmen. Ben zog es zur Bar, er hatte genug gesehen. Es dauerte einige Minuten und ein halbes Glas Pastis, ehe die Mädchen sich ihm zugesellten.

»Was zum Henker ist da passiert?«, fragte er. »Du hast doch wohl nicht wieder einen Krug Wasser umgekippt, Natalie, oder?« Er lachte.

»Zoey wurde von einer Biene attackiert«, sagte Natalie. »Und sie stieß aus Versehen den Tisch um. So!«

»Gestochen hat die Biene sie dann doch nicht«, fügte Hannah hinzu.

»Wenn denn da eine war. Gesehen habe ich keine«, meinte Natalie. »Cory hat uns aber erzählt, dass Zoey gegen Stiche allergisch und deshalb sehr schreckhaft ist.«

»Zoey redet echt wenig, finde ich«, sagte Hannah.

»Da wäre ich mir nicht so sicher«, sagte Ben und dachte daran, wie er ihr am Empfangstresen des Maverick zum ersten Mal begegnet war. Er hatte auch einen schnellen Blick ins Internet geworfen, und Zoey Pine schien eine Art Stammgast in den Klatschspalten zu sein, der sich nur zu gern über jeden und alles ausließ, einschließlich des plötzlichen Ablebens von Mrs Myerson.

»Also, ich finde Cory nett«, fuhr Natalie fort. »Er hat sich mächtig entschuldigt, obwohl wir nicht viel abgekriegt hatten. Er war klatschnass und die Männer mit ihnen auch – und die steckten in Anzügen.« Sie unterbrach sich, warf einen prüfenden Blick in den Raum und holte tief Luft. »Und dann rate mal.«

Ben schüttelte den Kopf. Er hatte keinen Schimmer, was als Nächstes käme. Nur sagte ihm irgendetwas, dass es keine guten Nachrichten sein würden.

»Er hat uns auf eine Party eingeladen, in seinem Penthouse, heute Abend. Weil wir ihm erzählt haben, dass wir im Maverick wohnen – dass ich ihn in der Lobby gesehen hätte. Er meint, es sei sein Lieblingshotel in New York. Das coolste der ganzen Stadt.«

»Es hat erst vor Kurzem eröffnet«, sagte Ben und hatte das Gefühl, wenigstens etwas richtig gemacht zu haben, nämlich dort mit Natalie und Hannah abzusteigen.

»Drum hat er uns natürlich eingeladen«, fuhr Natalie fort.

»Natürlich«, wiederholte Ben.

»Freust du dich nicht für uns?«

»Ich weiß nicht, ehrlich gesagt. Was für eine Sorte Party ist das? Kann ich mit?«

Natalie schenkte ihm einen ihrer vernichtenderen Blicke. »Es ist ein Treffen Gleichgesinnter – Corys Worte. Ich bin nicht sicher, ob du auch eingeladen bist. Cory hat nichts davon gesagt, dass wir noch wen mitbringen können.«

Es hieß jetzt auf einmal Cory, registrierte Ben. Als ob sie schon per du miteinander waren. »Was sucht er in diesem Restaurant, diesem Stadtteil?«

»Hat er nicht gesagt und haben wir nicht gefragt. Es ist unhöflich, Leute mit Fragen zu löchern, Dad.«

»Ich glaube, er hat einen Laden hier in der Gegend aufgemacht«, sagte Hannah. »Für seine Sneaker. Den neuen weltweiten Flagship-Store.«

»Ach ja«, sagte Natalie. »Das wird's sein. Er macht ja so viel, solange er in der Stadt ist, mit morgen und allem.« Sie warf Hannah ein verschwörerisches Lächeln zu.

»Was meinst du mit ›morgen und allem‹?«, fragte Ben.

»Weiß nicht«, murmelte Natalie unbestimmt. »In New York geht doch immer was ab, schätz ich.«

13

Die Mädchen tranken frisch gepresste Limonaden, während Ben ein weiteres schlankes Glas Pastis auf Eis bewältigte. Alle Getränke hatten in etwa die gleiche Farbe.

Erfrischt, nur immer noch mit ziemlich leerem Magen – Ben jedenfalls – zogen sie wieder hinaus in die nachmittägliche Gluthitze. Die Begegnung mit Myerson hatte ihn weitaus weniger denn Natalie und Hannah begeistert. Vielmehr hatte sie ihn ausgesprochen genervt, nämlich Myersons dreiste Art, zwei junge Mädchen zu einer Party im Zehntausend-Dollar-pro-Nacht-Penthouse des Maverick einzuladen. Ben würde alle seine Branchenkenntnisse und Beziehungen einsetzen, damit die Mädchen nur ja nicht unbegleitet oder unbeaufsichtigt wären. Ihn beschlich der Verdacht, dass Myersons Großmut auch Zoey Pine nicht sonderlich behagte.

Ben war nur zu gern vom Restaurant aufgebrochen. Als er jedoch draußen im Getöse zu dem hinaufblickte, was er von der New Yorker Skyline sehen konnte, wurde ihm erst wieder bewusst, wie aufreibend das Touristenleben sein konnte. Oder welches Unheil es in Stoffwechsel und Verdauung anrichtete. Niemals aß oder trank man zur rechten Zeit das Richtige.

Um neue Kraft zu tanken, holte er tief Luft und

schmeckte das Meer und eine Qualmwolke rußige Dieselabgase. »Okay, Mädels, hier lang.« Er führte sie zum Anfang der High Line, nur um ihren Haupteingang und die Treppe mit polizeilichem Flatterband abgesperrt anzutreffen und bewacht von einer Anzahl schwer bewaffneter Cops, die sehr nach Sondereinsatzkommando aussahen. Sie trugen Abzeichen einer Anti-Terror-Einheit und schienen nicht in Plauderlaune zu sein. Das Publikum wurde zügig nach hinten gedrängt.

Irgendwie war Ben die Unmenge an Polizeiwagen entgangen, als sie die Gansevoort Street überquert hatten, doch jetzt konnte er sie aufgereiht längs der Washington Street sehen. Zuschauer sammelten sich ebenso schnell an, wie sie wieder zerstreut wurden, und Ben musste Natalie und Hannah bei den Händen nehmen, um sicher zu sein, dass sie nicht getrennt wurden.

Sie wurden nach Downtown abgedrängt. Ein Polizeihubschrauber ging unmittelbar über ihnen in die Schwebe und trug zum Panikgefühl bei. »Alles wird gut«, sagte Ben. »Bestimmt nur falscher Alarm. Ihr seid beide okay?« Sie überquerten die Jane Street, und als Ben sich umdrehte und zurückschaute, erhaschte er einen Blick auf den futuristischen Wald einiger Türme der Hudson Yards in mittlerer Entfernung. Er war sich alles andere als sicher, dass es sich um falschen Alarm handelte.

»Ja, natürlich«, sagte Natalie. »Kein Vergleich mit London, der letzten Extinction-Demo. Das waren richtige Krawalle.«

»Mal abwarten, was morgen sein wird«, sagte Hannah leise.

»Was meinst du damit?«, fragte Ben, dem nicht klar war, dass Natalie an der letzten Kundgebung der Extinction Rebellion in London teilgenommen hatte oder insofern an überhaupt einer Demo. Doch ehe er eine Antwort bekam, hatte er ein altes Paar vor sich, das ihn fragte, was da vor sich ging.

»Die Polizei hat den Hauptzugang zur High Line gesperrt«, sagte Ben höflich. »Ich glaube, sie räumt gerade die ganze Anlage.« Der Hubschrauber kreiste erneut in der Nähe. Er wartete ab, bis er sich entfernte.

»Terroristen?«, fragte der Mann.

Ben zuckte die Schultern. »Bestimmt falscher Alarm.«

»Man kann nie vorsichtig genug sein«, sagte die Frau.

Er sah sie davoneilen, vermutlich auf demselben Weg, den sie gekommen waren. »Was wollt ihr jetzt unternehmen?«, erkundigte er sich darauf bei Natalie und Hannah. »Doch noch Lust auf Midtown heute?« Er checkte die Uhrzeit. Wenn sie sich beeilten, schafften sie noch das MoMA.

»Bitte, Dad, können wir das morgen machen? Wir sind ganz schön geschlaucht. Können wir nicht einfach zurück zum Hotel gehen?«

Auf einmal schien das wirklich eine gute Idee zu sein. Bens Hemd und Hose klebten an ihm, und seine Füße fühlten sich auf das Doppelte angeschwollen an. »Wir haben erst ganz wenig gesehen«, widersprach er teilweise sich selbst.

»Wir haben noch den ganzen Tag morgen und Sonntag«, sagte Natalie. »Und hast du nicht sowieso im Hotel zu arbeiten? Für deinen Job?«

»Hannah, geht das für dich in Ordnung?«

Hannah schoss gerade Fotos von einem vorbeiziehenden Fahrzeug – eine Sonderkonstruktion der Polizei, die den schlichten Chevrolet Suburban wie ein Spielzeugauto aussehen ließ. Natalie knuffte sie sachte an. »Du willst doch jetzt zurück ins Hotel gehen, oder?«

Hannah nickte überschwänglich und fotografierte dann weiter. »Habt ihr das gesehen? Hoffentlich kommen die morgen nicht zum Einsatz. Kann schon sein, dass die Polizei einem hier mehr Angst macht als in London.«

»Okay«, sagte Ben. »Ihr verratet mir jetzt, was da morgen vor sich geht – ihr beide.«

Natalie zuckte die Achseln. »Es ist eine globale Reaktion – auf die Klimakrise. Das bedeutet nicht zwingend körperlichen Einsatz. Richtig so, Hannah?«

»Nein, an sich nicht«, entgegnete Hannah leise. »Wir werden die da benutzen.« Sie hielt ihr Telefon hoch.

Auch Natalie hielt nun ihres hoch. Sie winkten damit Ben zu. »Man kann voll verblüffende Sachen damit machen«, sagte Natalie. »Irre gut kommunizieren und koordinieren. Sich im Reallife zu treffen, verbraucht Unmengen Energie, und die versuchen wir zu sparen.« Sie lächelte, als hätte sie das Glückslos gezogen.

Ben holte sein Telefon hervor, da ihm klar wurde, dass ihm die volle Wahrheit vorenthalten bliebe, und winkte damit zurück. »Ich habe auch eins. Ich kann noch dazu ein Uber mit meinem bestellen.« Der Gehsteig war auf einmal entwaffnend nachgiebig, als ihn der Jetlag erneut heimsuchte. Zudem dieses Gefühl, viele Stockwerke tief zu fallen.

Die sanierten Lagerhäuser auf der anderen Straßenseite schienen nun über ihn hereinzubrechen, während der Himmel wegkippte und das Gewummer des Hubschraubers bis in die Tiefen seines Schädels trommelte.

»Danke, Dad«, sagte Natalie, »du bist der Hit. Wir müssen uns eh noch für heute Abend zurechtmachen. Was sollen wir anziehen, Hannah?«

Ben atmete aus. »Da würde ich mir nicht allzu viele Sorgen machen. Der Bursche scheint mir locker zu sein. Was ich hingegen tragen soll, könnte einige Überlegung kosten.« Er versuchte sich an einem Lachen.

»Du kommst nicht mit, Dad«, sagte Natalie. »Auf keinen Fall. Versau uns nicht die Ferien.«

Ben schaute auf seinen Bildschirm. Suchte ein Uber aus. Eines befand sich nur zwei Minuten entfernt. An der Ecke West 12th und Washington Street, wo das Uber sie einsammeln sollte, ertappte sich Ben bei einem Blick nach Süden auf das One World Trade Center, das wie verrückt in der Sonne glänzte.

Er wusste noch, wie früher in New York die Zwillingstürme vor ihm aufragten, als er dann und wann um die Ecke gebogen war, scheinbar so unvergänglich, unbezwingbar, mächtig. Die Welt war seitdem eine andere geworden – sie forderte beständig Aufmerksamkeit und Sorgfalt ein. Vor allem, wenn man ein Elternteil war.

14

Als sie das Maverick an jenem späten Nachmittag betraten, fühlte es sich an wie eine sehr willkommene Zuflucht. Unbedingt verdiente es das Hotel, zum Klub der Hideaways zu gehören. Flammen züngelten sachte im großen Natursteinkamin. Melodiöse Takte und leise, gepflegte Unterhaltungen erfüllten die wunderbar kühle Luft zum Anbruch des Wochenendes.

Kleine Gruppen sehr gutaussehender und schick gekleideter Leute hielten die kunstvolle Anordnung von Sofas, Sesseln und Hockern besetzt – manches Möbelstück war sogar mit exotischer Tierhaut bezogen. Oder vielmehr, wie Ben hoffte und unterstellte, Kunstleder.

Das Hotel gehörte einer kleinen, unabhängigen Kette namens Design Cooperative an. Diesmal würden Marc Hoffman und sein Team ihre Sorgfaltspflicht tunlichst erfüllt haben, ehe sie die Mitgliedschaft und Beitragszahlung des Maverick annahmen. Ben hatte es den Finanz- und Sicherheitsabteilungen von Hideaway überlassen, den gewohnten geschäftlichen Weg einzuschlagen; nun vor Ort aber reizte es ihn zu erfahren, wie das Geschäft tatsächlich vor sich ging und wer eigentlich zu bestimmen hatte. Alle schienen entweder vollauf zufrieden bis begeistert zu sein, hier zu arbeiten, oder waren überaus lässig wie Walter, der lyrikverliebte Nachtportier.

Falls dies ein Vorbild für moderne, fortschrittliche Hotellerie war, ließ Ben sich gern überzeugen. Die Frage der Nachhaltigkeit dürfte jedoch vertiefte Beachtung erfordern.

Die Mädchen flitzten auf ihr Zimmer, zweifellos um sich für Myersons Penthouse-Rummel bereit zu machen. Was könnte in einer so luxuriös ausgestatteten Räumlichkeit mit einem Ökokrieger, wenn auch einem sehr reichen Ökokrieger, und seinen Mitstreitern schon schiefgehen? Auf alle Fälle hatte der Mann eine neue Lebensgefährtin, die ihn fest im Auge behielt. Ben nahm nicht an, dass Zoey Pine viel entging. Sollte ihr etwas missfallen, konnte er sich bildlich vorstellen, dass sie es klarstellte.

Ihm war bewusst, dass er selbst sein Zimmer aufsuchen sollte, um es fachgerecht zu überprüfen und damit anzufangen, die Formulare auszufüllen, aber er war noch immer durstig und ertappte sich dabei, die Bar anzusteuern. Schließlich gehörte das auch zu seinem Job, sagte er sich. Er sah den tätowierten Barkeeper in beflissener Habachtstellung. Ben fragte sich, welche zeitgenössische Note das Maverick einem klassischen Cocktail wie dem Manhattan verleihen könnte. Nun ja, Probieren ging über Studieren …

»Mr Martin?«

Ben wandte sich um und sah einen jungen Mann in der Tunika des Hotels. Der Haarschnitt des Burschen wirkte etwas zu kurz, säuberlich und traditionell für die Garderobe. »Ja?«

»Am Empfang liegt eine Nachricht für Sie, Sir. Ich sah

Sie hier stehen und hielt es für das Beste, es Ihnen gleich mitzuteilen.«

»Oh, gut, danke.« Ben hatte diesen Angestellten bisher noch nicht gesehen. Ihn beeindruckten die Initiative und der Service. Beides würde vermerkt werden. Nur: Weshalb war die Nachricht nicht einfach unter seiner Tür durchgeschoben worden?

»Die Nachricht wurde von Hand übergeben«, fuhr der junge Mann fort.

»Schön.« Nachrichten wurden heutzutage nicht mehr in Hotels abgeliefert. Wie hatte ihn der Mitarbeiter überdies erkannt? Unter vermutlich Hunderten Gästen.

»Von einem Cop. Wir hielten es für das Beste, sie sicher aufzubewahren und Ihnen persönlich auszuhändigen.«

»Oh, okay.«

»Soll ich sie Ihnen bringen?«

Ben schaute zum langen, einladenden Tresen. Zum Barkeeper, der darauf wartete, zu mixen und zu servieren und seine Tattoos spielen zu lassen. »Schon gut, ich komm sie mir abholen.« Er wusste, dass er auf sein Zimmer zurückkehren sollte und das mit hinreichend klarem Kopf.

Er begleitete den jungen Angestellten zum Empfang. Beim Gang durch die sich rasch füllende Lounge bekam Ben plötzlich das Gefühl, eingehend gemustert zu werden. Wussten sie alle, wer er war?

Der Mann schlüpfte hinter den Tresen und förderte die Nachricht zutage, die in einem zugeklebten Umschlag mit dem Schriftzug des Hotels steckte. Ben schob ihn in seine Tasche und strebte umgehend zu den Aufzügen, nicht ohne halb damit zu rechnen, dass ihn jemand zurückrief, womöglich der Generaldirektor.

Im Aufzug wurde sich Ben bewusst, immer noch nicht den Namen des Generaldirektors zu kennen. So ein Jetlag war aufreibend genug, die Elternschaft jedoch umso mehr. In der Abgeschiedenheit des Fahrstuhls riss er den Umschlag auf.

Rufen Sie mich an, ich habe eine Frage und Neuigkeiten. Kiara Williams.

Dazu eine Handynummer. Sie hatte eine schöne, klare Handschrift. Ben hatte keine Ahnung, ob es sich um eine dienstliche oder private Nummer handelte. Es fehlte jeder Hinweis, dass sie Officer Kiara Williams, NYPD war. Ging es hier um Arbeit oder Vergnügen? Kaum war er in seinem Zimmer, tippte er die Nummer in sein Telefon. Er wurde sofort mit der Mailbox verbunden, einer unpersonalisierten Ansage mit Bitte um Nachricht.

»Hi, hier Ben Martin, danke für Ihre Mitteilung. Ich versuche es bald noch mal, oder rufen Sie mich bitte zurück. Ich bin jetzt im Hotel – dem Maverick.« Außerdem nannte er ihr seine Nummer, falls sie in ihrem Protokoll nicht erscheinen sollte.

Er legte sein Telefon auf dem kleinen Rundtisch ab, der nicht ganz zum Schreibtisch taugte. Er befand sich zwischen zwei bequemen, mit blauem Samt bezogenen Sesseln vor dem raumhohen Fenster. Ehe er sich hinsetzte, zog er den Lamellenvorhang weit auseinander und griff nach seinem Laptop.

Er konnte eben noch die jenseitigen Dachkanten der Filmschule ausmachen und den Wassertank, nicht aber die Stühle. Sein Zimmer lag nicht hoch genug für eine Draufsicht. Dennoch versuchte er, die Szene im Kopf nachzuspielen, während die Sonne am Himmel herabzusinken begann und New York einen weichen, gelblichen Farbton annahm. Es war hoffnungslos, selbst in der Vorstellung. Alles erschien so warm und harmlos.

Er drehte den Kopf, nahm das Zimmer in sich auf, sein großes Bett, säuberlich gemacht und so überladen mit Kopf- und Zierkissen, dass sie fast die ganze Fläche bedeckten. Seufzend stand er auf, zog die Bettdecken zurück, prüfte nach, wie gut das Laken darunter festgesteckt war. Schaute unters Bett. Fuhr mit dem Finger eine Reihe Oberflächen entlang. Alles war mustergültig. Er nahm Platz und verliebte sich abermals in die Aussicht.

Kam wieder auf die Beine. Betrat das Badezimmer. Sogar das erste Blatt Toilettenpapier war gefaltet worden. Es war makellos. Er ging zurück zu Sessel und New Yorker Skyline, weichgezeichnet von tiefstehender Sonne und Hitze. Ohne Zweifel war der kleine Sessel, in den er gesunken war, sehr bequem.

Um wach zu bleiben, klickte er sich aus den Hideaway-Berichtsformularen heraus, sah es als viel zu spät an dafür, sich heute noch als David Slavitt am Kriminalromanschreiben zu versuchen, und öffnete Safari, um seine Recherche zu Cory Myerson fortzusetzen. Er umschiffte das reißerische Zeug über den Tod seiner Frau und wandte sich Finanznachrichten und Insidergetratsche zu. Niemand verdiente so viel Geld einfach so, ohne jede Spur eines Unternehmensskandals, außer vielleicht in Amerika. Nein, nicht mal in Amerika. Schnell fand

Ben einen Artikel einer unerschrockenen Wirtschaftsnachrichtenseite, die er seinerzeit, als er noch Journalist gewesen war, nachzuschlagen gepflegt hatte.

Myersons erstes nennenswertes Unternehmen war eine Wagniskapitalgesellschaft, die in die Ausbeutung fossiler Brennstoffe investierte. Oftmals in beunruhigend instabilen Ländern. Die Seite legte nahe, dass Myerson oder zumindest seine Firma mehr als einem widerwärtigen Despoten gute Dienste geleistet hatte.

Myersons Kehrtwende hingegen schien sehr zügig vonstattengegangen zu sein. Als er sich einen grünen Katalog auf die Fahnen schrieb, stieß es anfangs auf großen Vorbehalt in den Kreisen, die für Wagniskapital und internationale Finanzen standen. Was eignete sich besser zur Ablenkung von bisherigen, unüberlegten Vorhaben, zu schweigen von ausgesprochenen Vergehen, wenn nicht eine Wette auf das gegnerische Pferd – sozusagen? Es war keine in Geschäftswelt wie Politik gänzlich unbekannte Taktik, dachte Ben.

Interessanterweise schien die Wandlung mit dem Erscheinen Zoey Pines an Myersons Arm zusammenzuhängen.

Dann stolperte Ben über einen älteren Eintrag, der eine Auseinandersetzung zwischen weiland Mrs Myerson, Nina Devin, und Zoe Pine in einem bekannten Restaurant in San Francisco schilderte. Nina bezichtigte Zoey, ein Glas Kräutertee über ihr ausgeschüttet und dann den Tisch umgeworfen zu haben. Die Anschuldigungen wurden rasch fallengelassen.

Ben sah zum Fenster hinaus, wo das verlöschende Sonnenlicht über die Dächer streifte und auf Stahl und Glas schimmerte.

Sein Telefon klingelte. Aufgeregt schnappte er sich das Handy, als er die unbekannte Nummer sah. »Hallo«, sagte er und rechnete mit Kiara Williams.

»Jetzt hat sie einen Terroranschlag mitgemacht«, ertönte eine aufgewühlte weibliche Stimme, eine, die Ben nur allzu gut kannte. »Das ist gänzlich unzumutbar. Sie müssen Hannah unverzüglich heimbringen.«

15

Katie, bitte glauben Sie mir«, sagte Ben, »die Mädchen waren nie in irgendwelcher Gefahr. Es war falscher Alarm.« Er unterstellte, es sei falscher Alarm. Gegenteiliges hatte er weder gehört noch gesehen. Keine Geschichten von echten Schießereien oder Explosionen oder sonst irgendwelchen Blutbädern. Dafür war nicht das richtige Wetter, dachte er mit Blick nach draußen.

»Nächstes Mal nicht mehr«, sagte Katie bestimmt. »Das muss uns eine Warnung sein. Es hätte auch ganz anders ausgehen können. Da waren ganze Sondereinsatzkommandos. Männer mit Maschinengewehren, Hubschraubern, Panzern, nichts hat gefehlt. Ich habe Hannahs Beiträge gesehen.«

»Den Mädchen geht es gut«, sagte Ben und fragte sich, ob Hannah wusste, dass ihre Mutter Zugriff auf TikTok oder dergleichen hatte. Er vermied es mit Absicht, sich Natalies Aktivitäten auf den sozialen Medien anzuschauen, um ihre Privatsphäre zu wahren. »Sie sind auf ihrem Zimmer und ruhen sich aus.«

»Ich weiß genau, wo sie sind, Gott sei Dank, und das so ziemlich zum ersten Mal, seit sie in New York angekommen sind«, schnaufte Katie. »Hannah war so gut, eine Runde mit mir durch ihr Zimmer zu drehen, mit freundlicher Genehmigung von FaceTime. Es sieht ja nach einem anständigen Hotel aus, das muss ich Ihnen lassen.«

»Katie, bitte machen Sie sich keine Sorgen. Wie spät ist es da drüben? Muss doch bald Mitternacht sein.«

»Ich hätte unmöglich schlafen gehen können, bevor ich mit Hannah gesprochen habe.«

Ben sah abermals prüfend nach der Skyline. Er vermisste Natalie schmerzlich, wenn er nicht bei ihr war, glaubte aber, keine so akute Trennungsangst zu leiden. Selbiges galt wohl auch für Alex, nahm er an.

»Ich entschuldige mich dafür, Ben, Sie gestört zu haben. Ich hab's bei Alex versucht, weiß aber nicht, wo sie ist.«

Geht dir aus dem Weg, dachte Ben. »Irgendwo im Freien das Wochenende über – wahrscheinlich wandern«, sagte er. »Es ausnutzen, dass sie keine Natalie-Pflichten hat.«

»Noch mal Entschuldigung, es ist so eine Woche«, hängte sie an. »Die Arbeit ist ein einziger Albtraum, und offen gesagt, zu Hause ist es ebenso. Haben Sie meinen Mann kennengelernt?«

»Nein.«

»Na, ein Glück für Sie, sonst würden Sie mich vielleicht verstehen, wenn Sie's hätten. Ich bin das reinste Nervenbündel.«

»Das tut mir leid. Schauen Sie, wir bleiben ja nicht für lange. Hannah wird in null Komma nichts zurück sein.« In jenem Augenblick, in seiner behaglichen, wiewohl etwas klein geratenen Juniorsuite mit ihrer atemberaubenden Aussicht – vorläufig alles ganz ruhig und harmlos –, fühlte sich Ben Lichtjahre entfernt von derlei häuslichem

Zwist. Sogar mit Natalies Mum verstand er sich gut, besser denn je wahrscheinlich. »Für nachher können Sie sich Sorgen um die beiden machen«, sagte er beschwingt. »Den Mädchen steht ein ganz aufregender Abend bevor. Sie sind von einem Öko-Superstar zu einer Party eingeladen worden.«

»Was?«, sagte Katie. »Eine Party, in ihrem Alter? Sie machen hoffentlich Witze.«

»Das findet im Hotel statt, die beiden müssen nicht mal vor die Tür. Jedenfalls nicht auf die Straße. Keinerlei Grund zur Sorge.« Er schrieb dem Penthouse irgendeinen Außenbereich zu. Den hatten sie doch alle. »Außerdem ist es was am frühen Abend. Und ich behalte alles fest im Blick.«

Ihm wurde klar, dass er den genauen Zeitpunkt der Party nicht kannte – da er nicht eingeladen war. Er musste noch austüfteln, wie er alles im Blick behalten würde. Da ging ein weiterer Anruf von einer weiteren unbekannten Nummer ein. »Ich muss auflegen, Katie. Ich bin gerade bei der Arbeit.«

»Welcher Öko-Superstar? Was zum Teufel hat das zu bedeuten?«

»Hannah kann Ihnen da bestimmt mehr erzählen. Ich muss jetzt wirklich auflegen.«

Schnell nahm er das anklopfende Gespräch an. »Hallo?«

»Ben?«

Sofort erkannte er die Stimme. Welche Erlösung. »Kiara, wie schön, von Ihnen zu hören. Danke für Ihre Rückmeldung. Was möchten Sie wissen? Was gibt es Neues?«

»Wissen Sie, wie lange es das Hotel schon gibt – also als Hotel?«

»Etwas über ein Jahr, glaube ich.«

»Unter derselben Direktion?«

»Ja. Wüsste gar nicht sicher, ob es davor schon ein Hotel war.«

»Jetzt ist es eine Art Genossenschaft, so weit richtig? Weil ich nämlich nicht rauskriegen kann, wer es führt. Sie kennen nicht zufällig den Namen des Generaldirektors?«

»Tatsächlich habe ich gerade keinen Namen griffbereit. Kann ich aber ohne Weiteres erfahren. Wozu brauchen Sie ihn?«

»Ist mehr eine Ahnung«, sagte sie. »Ich häng mich da weit aus dem Fenster, denn das Fünfte hat zu viel zu tun. Die Sache geht auch das Siebente an, verstehen Sie.«

»Ich helfe, wo ich kann.«

»Es gab einen Todesfall an der Filmschule vor einem Jahr. Eine Frau fiel vom Dach. Seinerzeit wurde es als Selbstmord behandelt. Aber es blieben Ungereimtheiten.«

»Der Wachmann hat nichts darüber gesagt, oder?«

»Nein – und er meinte, er sei schon ewig dort.«

»Glauben Sie, jemand könnte etwas gehört oder gesehen haben von dem Vorfall vor einem Jahr?«

»Das ist ohne Frage weit hergeholt. Vielleicht jemand aus der Belegschaft?«, fragte Kiara.

»Keiner hier hat irgendwas erwähnt – nicht, als ich letzte Nacht dem Schichtleiter berichtete, was Natalie und Hannah gesehen hatten. Der Kerl war echt schräg, muss ich sagen. Ich kann mich umhören. Zwei solche Vorkommnisse wären mehr als ein Zufall.«

»Genau mein Gedanke. Ich muss noch mal zur Filmschule gehen.«

»Wir müssen beide«, warf Ben ein, der nicht außen vor bleiben wollte. »Aber wir haben keinen Hinweis darauf gefunden, dass jemand letzte Nacht vom Dach gefallen oder gestürzt worden sein könnte. Keine Spur von Blut oder so was in der Art.«

»Wir könnten was übersehen haben. Das Blatt mit dem Drehplan hat uns in die Irre geführt. Vielleicht war es zu einfach und bequem anzunehmen, dass da bloß ein paar Studenten einen Film gemacht haben. Ich habe vorschnell geurteilt. Gehört zu meinen Gewohnheiten. Schauen Sie, ich kannte Sie nicht und war auf Streife. Wir müssen bei jedem Streifengang eine gewisse Strecke zurücklegen. Und jetzt kommen mir bei alledem Zweifel.«

Ben hatte den Drehplan irgendwo aufbewahrt und noch einen anderen Trumpf im Ärmel. »Ich habe aber eine ramponierte Pflanze bemerkt.«

»Pflanze? Wie meinen Sie das?«

»Eine Palmlilie – unten im Hof.«

»Warum haben Sie nichts gesagt?«

»Wohl aus Furcht, Ihre Zeit zu verschwenden, schätze ich. Wobei ich dann auch noch eine Schaufensterpuppe sah. Kurz nachdem wir die Filmschule verlassen hatten und getrennte Wege gegangen sind. Sie war in einem Müllwagen, der die Straße entlangfuhr. Diese Schaufensterpuppe ragte da hinten raus. Ich habe zwei und zwei zusammengezählt und kam auf den Gedanken, dass sie genau diese Puppe vom Gebäude heruntergeworfen haben – anstelle der Frau – und sie auf die Palmlilie traf. Offensichtlich ging die Puppe zu Bruch, weshalb sie weggeworfen wurde.«

»Somit kein Blut, und weil sie ihre Requisiten nicht rumliegen lassen und den Wachmann darauf bringen wollten, dass dort Studenten zur falschen Zeit am falschen Ort filmten?«, kam Kiara für ihn zum Schluss.

»Nur dass jemand unter verdächtigen Umständen vor einem Jahr starb, sagen Sie«, fügte Ben hinzu.

»Genau.«

»Sehen Sie zu, was Sie an Ihrem Ende rausfinden können, und ich hör mich hier mal um.«

»Ich bin dabei«, sagte Kiara mit einer gewissen Erregung in der Stimme.

»Gut.« Ben hatte das Gefühl, diese Ermittlung würde alles andere als bald abgeschlossen sein.

»Wie geht's übrigens Ihrer Tochter und deren Freundin?«

»Oh, gut, danke der Nachfrage. Ehrlich gesagt, sind sie etwas geplättet. New York hat die beiden ruckzuck alle gemacht.«

»Liegt am Wetter. So heiß und feucht wie jetzt – das haut jeden um.«

»Wobei sie heute Abend noch was vorhaben. Der Tag ist noch nicht vorbei. Hoffentlich wird es keine lange Nacht.«

»Ich würde nicht drauf setzen. Treffen wir uns an der Filmschule morgen Früh Punkt acht. Ich will mir diese Palmlilie ansehen.«

Kaum hatte Ben die Verbindung getrennt, ging ein weiterer Anruf ein, ebenfalls von einer unbekannten Nummer. »Hallo?«

»Ich bin's, Trottel.«

»Oh, hi Alex. Mir wurde ›Unbekannte Nummer‹ angezeigt.«

»Unbekannt? Du doch nicht, Liebling.«

»Hast du was getrunken?«

»Gabby und ich sind in den Cotswolds – heute Abend runtergefahren. Der Verkehr war Horror, aber hier ist es richtig schön. Und ja, wir haben eine Flasche Wein entkorkt.«

»Red mir nur nicht von Verkehr. Du solltest das hier mal sehen inzwischen. Fast schon lächerlich.«

»Alles okay bei euch? Ich habe einen Bogen um Katie gemacht – tut mir leid.«

»Braucht es nicht«, sagte Ben. »Ich bin hundert Pro für sie zuständig, solange wir hier sind.«

»Bloß gesimst hat sie zweimal. Hochdramatisch alles. Einmal über einen Mord und das andere Mal über einen Terroranschlag. Oh, und dann noch eine Nachricht – über diesen Ökomilliardär. Sie war sich nicht sicher, was Natalie und Hannah nachts im Fernsehen geschaut haben.«

»Den Mädchen geht es gut. New York ist halt aufregend.«

»So wird's sein«, sagte Alex. »Ich weiß, dass du ganz klasse auf sie aufpassen wirst.«

»Danke. Auf das Theater von Hannahs Mutter könnte ich allerdings verzichten.«

»Sie macht gerade einiges durch.«

»Hast du ja erzählt. Ich fühle mit ihr.«

»Ich wollte mich auch nur mal kurz melden.«

»Die beiden gehen heute Abend auf eine Party«, sagte Ben gut gelaunt. »Der Ökomilliardär – er wohnt hier im Hotel, und sie haben es so gedeichselt, zu einem Event eingeladen zu sein, oben in seinem Penthouse im sechzehnten Stock.«

»Wow, diese Glückspilze. Hört sich wie Spaß an.«

»Ich kann mich hoffentlich dazumogeln«, sagte Ben. »Mir ist schon so, als sollte ich sie im Auge behalten.«

»Verdirb es ihr bitte nicht.«

»Würde ich nicht im Traum dran denken. Aber sie sehen nun mal deutlich älter als fünfzehn aus. Da könnte wer weiß wer sie anbaggern.«

»In einem deiner noblen Hideaway-Hotels? Sind doch sicher alles sehr ehrenwerte Leute.«

»Sollte man meinen.«

»Da ist was, das du wissen musst«, sagte Alex jetzt mit ernster Stimme.

»Ja?«

»Natalie nimmt die Pille.«

»Was?«

»Erspart uns die Sorge über etwaige ungewollte Schwangerschaften.« Sofort hatte sich ihr Tonfall aufgehellt.

»Höre ich gerade richtig? Ist ja kaum zu glauben. Was ist mit Geschlechtskrankheiten? Was ist, wenn Natalie genötigt, missbraucht wird und noch Schlimmeres?« Ben meinte das mitnichten im Scherz.

»Jetzt hörst du dich wie Katie an. Sie soll ihr vor allem bei ihrer Periode helfen. Auf ärztlichen Rat. Sie hat fürchterliche Regelschmerzen gehabt – so richtig zermürbend.«

Ben holte tief Luft.

»Vielleicht hätte ich dir das besser nicht erzählt«, sagte Alex. »Natürlich sollte es nichts dran ändern, wie sie sich auf einer Party in New York oder sonst wo benimmt. Wobei sie zügig erwachsen wird, und sie ist sehr gesellig, und wir wohnen nun mal in einem angesagten Teil von London. Keine große Sache also. Vergiss einfach, dass ich was gesagt habe. Da hat der Wein gesprochen.«

»Tja. Trotzdem danke, dass du's mir gesagt hast.« Ben wollte über dergleichen Bescheid wissen, selbst wenn ihm unbehaglich dabei wurde. »Hoffentlich hast du noch ein schönes Wochenende.« Er beendete das Gespräch und fühlte sich seltsam eifersüchtig auf Alex und Gabby in ihrem rustikalen Ferienhäuschen in friedlicher englischer Landschaft mit einer offenen Flasche Wein. Er wäre nicht so erlesen wie einer von Ollys werten Tropfen gewesen, aber genießbar schon.

Europa nun in Dunkelheit getaucht, alles dort im Sommerwochenende, die Frankfurter Büros von Hideaway verwaist bis Montag, die Mädchen sieben Geschosse über ihm dabei, sich für ihre Party zurechtzumachen, zu der er nicht eingeladen worden war, fühlte sich Ben jäh von Einsamkeit überkommen.

Er stand auf und stieg aus seinen ausgetretenen Budapestern. Sie pflegten seine treuen alten Freunde zu sein und waren ideal dazu geeignet, ihn über allerlei physisch wie emotional unwegsames Gelände zu tragen. Seit er jedoch in New York gelandet war, hatten sie sich weitaus weniger bequem oder behaglich angefühlt.

Etwas Muße, um wieder zur Ruhe und zu einem klaren Kopf zu kommen, die hatte er nötig. Er stellte seine Schuhe ordentlich ans Fußende und krabbelte aufs Bett. Schüttelte zwei der Gänsedaunenkissen hinter seinem Kopf auf und schloss die Augen.

Sogleich fühlte er sich zu ermattet, um nach seinem Telefon oder seinen AirPods zu langen. Olly hatte ihm für die Reise eine weitere Playlist zusammengestellt, er aber bisher kaum Zeit gehabt, sich damit zu beschäftigen. Er wusste, sie würde aus neu gemixten Evergreens bestehen und ein paar Ausreißern – Punkhymnen womöglich, etwas von den Ramones oder Blondie –, damit er ganz sicher hinhörte und nicht wegdöste. Denn Olly würde ihn bestimmt später dazu abfragen.

Einen angefangenen Krimi hatte Ben ebenfalls dabei, einen Klassiker von Georges Simenon – den einzigen Maigret-Roman des Belgiers, der in New York spielte. Maigret und New York gingen überraschend gut zusammen, fand Ben. Vielleicht war das ja die Sache mit New York – es passte sich allen und jedem an.

Zudem galt es natürlich, an seinem eigenen Roman weiterzuschreiben – oder eher wieder nach mehreren Monaten Auszeit mit dem Schreiben zu beginnen. Er seufzte schwermütig. Der Träger seines Künstlernamens David Slavitt wurde zusehends faul auf seine alten Tage.

Und wie immer waren weitere Formulare von Hideaway auszufüllen und die Pflichten eines Hotelinspektors zu erledigen …

16

Ben fuhr aus dem Schlaf hoch, setzte sich auf, lauschte. Das Zimmer war düster, lag einzig im fahlen Licht von draußen, dem Abglanz einer Trillion LED-Birnen. Je länger er hinsah, umso deutlicher traten die Konturen aus der tief gestaffelten Gebäudelandschaft der Stadt hervor. Darüber zogen Flugzeuge und Hubschrauber lautlos dahin wie Sternschnuppen in Zeitlupe auf höchst bescheidenen, erdverhafteten Bahnen. Er lauschte noch etwas länger. Weder klingelte sein Telefon noch klopfte es an der Tür. Für den Augenblick war alles friedlich.

Er war noch immer angekleidet, bis auf die Schuhe. Das Licht reichte eben aus, um die Zeit von seiner Armbanduhr abzulesen. »Zum Teufel«, rief er. Es war bereits nach Mitternacht.

Er schnellte aus dem Bett, griff nach seinem Telefon, suchte und fand einen Lichtschalter. Sein Display zeigte nichts an, selbst als es zum Leben erwachte. Keine versäumten Anrufe, nicht eine SMS oder E-Mail. Keine Nachrichten sind gute Nachrichten, meldete sich eine alberne Stimme in seinem Kopf.

Einen Moment lang überlegte er, ob es zu spät war, um Natalie anzurufen. Sein Herz pochte laut. Natürlich war es nicht zu spät. Nur dass ihr Rufzeichen ertönte, um zur Mailbox zu wechseln. Er versuchte es noch einmal. Das

Gleiche. Er hatte Hannahs Nummer – sicherheitshalber, für den Notfall. Dafür hatte Katie gesorgt, ehe sie in England aufgebrochen waren. Jetzt fühlte es sich unversehens wie ein Notfall an. Hannahs Anschluss verband ihn sofort mit der Mailbox.

Hastig versandte er Nachrichten an beide, wo sie seien, ob alles in Ordnung sei und ob sie ihm bitte entsprechend zurückschreiben könnten. *Tut mir leid, wenn ihr schon schlaft*, hängte er an. *Will nicht stören, muss aber wissen, ob ihr wohlbehalten von Party zurück seid.* Er musste sich beruhigen. Es war ganz allein sein Fehler. Wäre er bloß nicht vor so vielen Stunden eingenickt.

Seinem Telefon zufolge war es 00:17 Uhr. Seine altertümliche Jaeger-LeCoultre zeigte beinahe ein Uhr an. Sie lief seit dem mallorquinischen Abenteuer sogar noch ungenauer, in dessen Verlauf sie erst in der Wildnis verloren gegangen und dann von einem miesen Ganoven grob behandelt worden war. Sie gehörte in die Schweiz zur vollständigen Revision und Reinigung, sobald er sich das leisten konnte. Käme ihn billiger als der Kauf einer neuen iWatch.

Er zog sich die Schuhe an, wenn auch zögerlich. Sobald er sie mit seinem gewohnten Doppelknoten zugebunden hatte, wackelte er mit den Zehen. Sie waren immer noch zu eng. Noch ein Blick zum Fenster hinab auf die Straße teilte ihm mit, ja, es war die Stadt, die niemals schlief. Große schwarze Vehikel standen da unten Stoßstange an Stoßstange. Leute waren auf dem Gehsteig, schlenderten von Restaurant zu Bar oder Club, genossen sorglos ihre Jugend.

Bestimmt lagen Natalie und Hannah sicher eingemummelt in ihrer Juniorsuite, und Myersons Party im Penthouse war längst vorbei.

Ein weiterer rascher Blick aus dem Fenster schien zu bestätigen, dass das Dach der Filmschule weder von Schauspielern und einer Crew noch einem Mörder und neuerlichen Opfer bevölkert war. Zumindest soweit er es einsehen konnte. Da waren keine Scheinwerfer. Keine Filmausrüstung.

Auf anderen Dächern hingegen konnte er kleine Menschentrauben ausmachen – die Leute standen in Gruppen beisammen oder fläzten sich in Liegestühlen, tranken, feierten, genossen die laue Nacht. Kiara Williams hatte über den anderen Zeugen nichts preisgegeben, der den Polizeiruf gewählt hatte. War dem nachgegangen worden?

Ben verließ sein Zimmer und begab sich zum Aufzug. Die Stille im fünften Stock war ihm unheimlich. Warum brauchte der Fahrstuhl so verflucht lange? Reiß dich am Riemen und bleib mal schön auf dem Teppich, sagte er sich.

Die Türen öffneten sich endlich, und Ben betrat die Kabine, um diesmal ein junges Paar anzutreffen. Die zwei flüsterten auf Japanisch miteinander. Sie trugen ausgebeulte, asymmetrische Jeanshosen zu neonfarbigen T-Shirts und den seltsamsten Turnschuhen, die er je gesehen hatte. Sie erinnerten ihn an Hauspantoffeln, aber auf weißen, hartgeschäumten Plateausohlen. Als sich die Türen geschlossen hatten, erkannte Ben, dass es abwärtsging statt aufwärts. Er sah keinen Sinn darin, auf der nächsten Etage wieder auszusteigen und die Rückkehr des Lifts abzuwarten, um zurück und hoch in den zwölften Stock zu fahren.

Als sich die Türen zur Empfangshalle öffneten, schlug ihm ein Schwall Lärm entgegen – laute Musik, Gesprächsfetzen, Gläserklirren. Menschheit, Normalität. Ben trat nach draußen, um das japanische Paar vorbeizulassen. Es strebte geradewegs zum Ausgang, während Ben sich dabei ertappte, nach rechts zu schwenken und die Lounge Bar aufzusuchen. Wenn er schon mal hier unten war, könnte er genauso gut einen kurzen Blick riskieren, dachte er bei sich. Der Sog hin zu solcherart Bühne war noch immer sehr stark, trotz seines Alters und dem, was immer Olly dazu zu sagen hätte.

Die Bar war brechend voll. Sämtliche Stühle und Sofas schienen besetzt zu sein, viele Leute standen. Das Gedränge am Tresen war zwei, drei Reihen tief. Alle sahen hinreißend und hochmodisch und ein gutes Jahrzehnt oder zwei jünger aus als er.

Jetzt schien ein kleines Heer tätowierter Tresenkräfte am Werk. Ein Getränkewunsch allerdings sah nach Geduldsprobe aus.

In einer Ecke links vom Kamin hatte eine DJane ihr Equipment aufgestellt. Sie hielt sich eine Kopfhörermuschel ans Ohr. Ihre Afrofrisur war so riesig und üppig, dass Ben sich nicht vorstellen konnte, wie sie einen Kopfhörer normal tragen sollte. Sie spielte eine Art elektronischen Drum 'n' Bass mit hochfliegenden weiblichen Gesangsstimmen, und einen Augenblick lang wünschte sich Ben aufrichtig, noch mal unter dreißig zu sein.

Nach einem weiteren wehmütigen Blick zur Bar, wo

zwei tätowierte Angestellte Cocktailshaker im Takt der Musik schüttelten, machte er kehrt und ging zurück zu den Aufzügen. Er würde oben bei Natalie und Hannah anklopfen müssen, keines der Mädchen hatte ihm zurückgesimst oder eine Sprachnachricht hinterlassen. Jetzt war er an der Reihe, jemanden mitten in der Nacht aufzuwecken.

»He«, sagte eine Stimme.

Ben war gegen eine ziemlich große und weiche Wand geprallt. Er blickte auf und wich zurück. »Huch, tut mir so leid. Wie tollpatschig von mir. Ich war mit den Gedanken woanders.« Er war schnurgerade in Jay Jay hineingelaufen. Ein Jay Jay in aller Pracht eines schimmernden Anzugs von edlem Weinrot. Die Farben seiner Anzüge wechselten eindeutig mit den Tageszeiten und Räumlichkeiten im Hotel.

»Macht gar nichts, mein Freund«, sagte er. »Ich bin gut gepolstert.«

»Übrigens«, Ben klammerte sich regelrecht an Jay Jays Arm fest, »Sie wissen nicht zufällig etwas von einer Party, die im Penthouse stattfindet, oder?«

Jay Jay schaute ausdruckslos drein, dann ein wenig verdutzt, bevor er langsam seinen großen Kopf schüttelte.

Ein Antlitz eingeübter Diskretion, dachte Ben und erwog dann, ob Jay Jay tatsächlich zum Beat nickte, der das gesamte Erdgeschoss des Hotels erfüllte. »Nur weil meine Tochter und ihre Freundin zu einer Party da oben gehen wollten. Auf persönliche Einladung von Cory Myerson selbst, und jetzt bekomme ich sie nicht ans Telefon. Wahrscheinlich sind sie längst im Bett. Aber ich wüsste lieber Bescheid, ehe ich mitten in der Nacht durchs Hotel laufe und an Türen trommle.«

»Das wollen wir ja nicht – erneut«, sagte Jay Jay und sah Ben geradezu in die Augen.

»Nein.« Ben zog eine Grimasse.

»Mr Cory Myerson – ja, mir war bekannt, dass er einen Empfang im Penthouse gegeben hat. Herrliche Aussicht da oben. Es sind phantastische Räume, sehr verschieden vom übrigen Hotel. Wir stellen wie stets das Catering und die Security. Der Ort ist heiß begehrt für gesellige Anlässe, als Penthouse in ganz Downtown unschlagbar, wenn ich mich mal so ausdrücken darf. Mr Myerson hat eine gute Wahl getroffen, wobei er selbstredend ein Mann mit beträchtlichem Geschmack ist und mit Einfluss – ein guter Freund unseres Planeten und hochgeschätzter Gast.«

»Wissen Sie, ob die Party noch im Gang ist?« Ben hatte genug von dem Gedöns.

»Es ist eine Privatsuite«, sagte Jay Jay. »Wir schreiben unseren Gästen nicht vor, wann sie ins Bett müssen.« Er lächelte breit.

»Was ist mit dem Catering, der Security, bis wann waren die gebucht?«

»Das sind Einzelheiten, die nur von Belang für den fraglichen Gast sind, wie Sie gewiss einsehen. Privatsache mit anderen Worten – ein Hotel wie dieses kann sich keine derartigen Auskünfte erlauben. Sie hätten es auch nicht gern, wenn wir Details Ihres Aufenthalts für jedermann offenlegten. Was machen Sie beruflich, wenn ich fragen darf? Sie sind auf Urlaub in New York mit Ihrer Tochter und deren Freundin, ist das richtig?«

»Ich bin zur Arbeit und zum Vergnügen hier.« Ben fand nicht, dass der Oberkellner ihm so persönliche Fragen stellen sollte, und würde es im Abschnitt »Allgemeine Bemerkungen« in seinem Bericht vermerken. Könnte Jay Jay ihn verdächtigen, ein Hideaway-Inspektor zu sein? Unter den gegebenen Umständen käme das Ben gar nicht so ungelegen. »Auf meine Tochter und ihre Freundin aufzupassen, muss ich schon sagen, ist wirklich nicht ohne. Sie sind noch nie in New York gewesen.«

Jay Jay nickte wieder. »Und meines Wissens haben sie schon allerhand gesehen!« Er strahlte regelrecht dazu.

»Wollen Sie mir dann helfen, bitte?«, sagte Ben. »Ist die Party noch im Gang? Können Sie mich reinlassen?«

»Sie haben es noch nicht auf ihrem Zimmer versucht, sagen Sie?«

»Der Fahrstuhl brachte mich direkt hier runter – ungewollt. Ihre Aufzugsanlage ist keine sehr leistungsfähige für so ein Hotel, muss ich schon sagen. Ich hätte eine Ewigkeit drauf warten können, dass sie mich wieder hoch bis zu ihrer Etage bringt, dachte mir aber, schau hier mal kurz vorbei. Zum Glück bin ich Ihnen in die Arme gelaufen.« Im selben Augenblick fühlte Ben, wie sein Handy in der Hosentasche vibrierte. Er riss es hervor, Natalie hatte ihm geschrieben. Er holte tief Luft. Sein Kopf schwirrte ihm nicht länger. Sein Herz beruhigte sich.

Wir liegen im Bett. Tschau bis zum Frühstück. xx

»Oh. Gut«, sagte Ben beim Ausatmen und blickte zu Jay Jay auf, »offenbar ist alles in Ordnung.« Er winkte Jay Jay mit seinem Display. »Sie sind im Bett.« Ben war von den beiden X für Küsse gerührt, die sie ihm schon seit vielen Monaten nicht mehr in ihren Textnachrichten angehängt hatte. »Falscher Alarm.«

»Oh, das ist ja wunderbar«, sagte Jay Jay. »Ich verstehe Ihre Besorgnis, schon gar nach Ihrer ersten Nacht hier.« Er klopfte Ben aufs Freundlichste auf die Schulter. »Auf dieser Welt weiß man ja nie, wem man wirklich vertrauen kann. Doch sind wir hier im Maverick. Sie können unbedingt darauf bauen, dass wir für alles angemessen Sorge tragen. Darf ich Ihnen einen Schlummertrunk anbieten aufs Haus? Sie sehen aus, als könnten Sie einen Drink gebrauchen.«

»Ja, das wäre ganz reizend«, sagte Ben.

»Kommen Sie hier lang – im Restaurant wird es schneller gehen und vielleicht auch etwas gemütlicher sein als an der Bar. Die Lounge ist an Freitag- und Samstagabenden ziemlich angesagt.«

Jay Jay führte Ben in die Brasserie, die gleichwohl auch noch gut besucht aussah. »Da«, sagte er und zeigte auf die Ben schon allzu vertraute Sitznische. »Wollen Sie reinschlüpfen? Ich kümmere mich um die Getränke – vielleicht setze ich mich sogar dazu.«

»Ich bitte darum«, sagte Ben.

»Wir haben einen ganz herrlichen Calvados.«

»Perfekt.« Ben merkte, dass er ein Grummeln im Magen verspürte. Er hatte nichts zu Abend gegessen und tatsächlich auch nichts zu Mittag. Ebenso wenig die Mädchen. Zweifellos hatte Cory Myerson aber dem *Bistro, Brasserie and Bonanza* im Maverick zu Dank reichlich edle, ökogerechte Appetithappen aufgefahren. Ben selbst bevorzugte Schnittchen mit tierischem Fett oder erlesenen Meeresfrüchteproteinen drapiert. »Übrigens, wem gehört das Hotel eigentlich? Und überhaupt, wer ist Generaldirektor? Dazu finden sich kaum Angaben. Meines Wissens wird das Hotel genossenschaftlich geführt, wobei so eine Konstruktion seine Haken hätte.«

»Lassen Sie mich die Drinks holen, und dann verrate ich Ihnen ein Geheimnis, mein Freund.«

Ben war sich nicht sicher, weshalb Jay Jay davonstrebte, um den Calvados zu besorgen – ungeachtet mehrerer wartender Kellner, die offenbar noch arbeiteten. Er hätte schlicht mit den Fingern schnippen und »Garçon« rufen können wie zuvor schon. Wobei Ben den Umstand würdigte, dass der Oberkellner ebenso dazu bereit war, die Gäste zu bedienen, wie seine übrige Belegschaft. Mit anzupacken war stets Merkmal eines guten Vorgesetzten.

Während er langsam in der Sitznische versank, leckte sich Ben erwartungsvoll die Lippen und seufzte erleichtert. Den Mädchen ging es gut, und er hatte als Erstes morgen Früh eine Verabredung mit Kiara Williams, indes Jay Jay augenblicklich nicht nur mit einem Calvados zurückkehren würde, sondern mit einem Geheimnis obendrein.

17

Ich habe vier Jahre in Paris verbracht«, erzählte Jay Jay, »als ich im Hôtel de Crillon arbeitete. Dann war ich für zwei Jahre auf der Île de Porquerolles im entzückendsten Boutique-Hotel der Welt. Es war CO_2-neutral – seiner Zeit weit voraus. Wir pflanzten, sammelten, fischten, gärten und brannten so gut wie alles selbst, was wir in Restaurant und Bar zu bieten hatten. Ich fand es herrlich. Und da habe ich die Zukunft gesehen.«

»Ich kenne die Insel«, sagte Ben. Er hatte das Glück gehabt, im Le Mas du Langoustier abzusteigen, als es zur Hideaway-Gruppe gehört hatte. Einer seiner ersten Aufträge. Er war zum Saisonende im September angereist, und es hatte einen furchtbaren Sturm gegeben. Strände wurden fortgespült, uralte Steineichen gefällt, und das Hotel war vierundzwanzig Stunden lang ohne Strom.

»Aber mir fehlte die Stadt«, sagte Jay Jay. »Hier ist meine Heimat. Hier bewegt sich alles so viel schneller. Richtig nachhaltig können wir aber nicht über Nacht werden – das wird Jahre brauchen und eine gänzlich neue Weltordnung.« Er verzog die Miene. »Wir tun, was wir können. Dass Leute wie Cory Myerson unser Hotel unterstützen, ist sehr wichtig.«

»Und das Geheimnis, das Sie mir verraten wollten?«

»Ach ja.« Jay Jay hielt sich sein bauchiges Brandyglas

unter die Nase. Roch am außerordentlichen, abgelagerten Aroma.

Es war ein Busnel X.O. 12 ans. Ben war mit Boulard V.S.O.P. vertraut, zog aber im Allgemeinen Brandy und Cognac einem Calvados vor. Dieser Busnel jedoch war ungemein komplex und doch bestens abgerundet. Ben schmeckte Quitte und Stachelbeere gefolgt von einem Hauch Birne heraus. Er nahm einen weiteren kleinen Schluck. »Der ist sehr gut.« Er deutete auf sein Glas.

»Wissen Sie, was uns noch fehlt, mein Freund?«, fragte Jay Jay. »Ein Stück Tarte Tatin. Wir backen eine sehr gute Variante, entschuldigen Sie das Eigenlob, die das Kopfüber-Konzept umkrempelt.«

»Mir fehlt jede Vorstellung.«

»Ich darf Ihnen ein Stück holen. Augenblick.« Jay Jay erhob sich und eilte sehr wendig für seinen raumgreifende Statur davon.

Ben nutzte die Zeit, um den Speisesaal zu überfliegen, der sich jetzt zügig leerte. Nur drei oder vier Tische waren noch besetzt – zumeist mit Paaren, die anscheinend in intime, sehr zugeneigte Gespräche vertieft waren. An einem Tisch saß jedoch eine Runde junger Frauen, die nicht gerade viel am Leib trugen, musste Ben unweigerlich denken. Er entsann sich der Geschichten von Vorstädtern aus New Jersey und Long Island, die an Wochenendabenden in Manhattan einfielen und versuchten, hippe Vibes in den neuesten Ausgehvierteln aufzuschnappen. Sollen sie ihren Spaß haben, hatte er immer gedacht. Eine Stadt war für alle da.

Das Leben vollzog sich mit solchem Drang und Nachdruck in Städten wie New York – nichts stand je still, auch wenn es nicht immer den eigenen Geschmack traf.

Ben konnte verstehen, weshalb Jay Jay ein winziges französisches Eiland gegen eine der aufregendsten Städte der Welt tauschen wollte. Doch wo zum Henker blieben er und sein Geheimnis, das er noch preiszugeben hatte? Er konnte ihn nirgends sehen und warf einen Blick auf seine Armbanduhr. Es war nach ein Uhr morgens – sieben Uhr früh in Frankfurt. Er unterdrückte ein Gähnen. Immerhin rundete sich sein Bild von dem Hotel ab. Wo war sein verflixtes Notizbuch?

Während er sich am Kopf kratzte, bekam er einen großen Teller vorgesetzt, gefolgt von einem kleinen Krug. Jay Jay selbst war mit den Leckereien zurück.

Die Nachspeise war allerdings bemerkenswert und sah kein bisschen nach Tarte Tatin aus. Karamellisierte Apfelschnitze lagen auf einer Seite des Tellers über Kreuz. Die Mitte wies einen dünnen Kranz vollendet knusprigen Blätterteigs auf. Rings um den Tellerrand lag, was verdächtig nach Apfelkernen aussah. Der Krug musste mit Vanillesamen gesprenkelte Crème anglaise enthalten.

»Sind das echte Apfelkerne?«, fragte Ben.

»Probieren Sie einen«, schlug Jay Jay vor und setzte sich ihm gegenüber.

»Wo ist Ihr Dessert?«

»Für mich ist das viel zu gehaltvoll. Außerdem achte ich auf mein Gewicht.« Er tätschelte seinen Bauch. »Ich habe so viele herrliche Anzüge, alle in derselben Größe und von gleichem Schnitt, nur verschiedenfarbig. Es wäre jammerschade, könnte ich sie nicht mehr tragen.«

Ben gebrauchte seine Finger, um sich einen Kern in den Mund zu schieben. Er war aus kalter, dunkler Schokolade und barg ein oder zwei Salzkristalle und eine Chiliflocke, wenn er sich nicht täuschte. »Wow, das ist wirklich überraschend für etwas so Kleines.«

»Eigene Herstellung und alles in Handarbeit«, sagte Jay Jay. »Bio-Kakao aus der Dominikanischen Republik, das Salz aus Salinen in Florida und der Chili von einem Hof in Massachusetts – bio natürlich. Etwas Ähnliches hatten wir schon im Crillon, nur waren die Zulieferer nicht so sorgfältig ausgesucht. Wahre Erneuerer sind in Gastronomie und Hotellerie rar gesät. Wir borgen uns ständig neue Kniffe aus.«

Ben wusste, dass manche Küchenchefs und Hoteliers Diebstahl dazu sagten. Eine Reihe größerer Unternehmen war sogar der Industriespionage bezichtigt worden, aber er wollte die Stimmung nicht verderben, indem er darauf zu sprechen kam. »Ist Ihnen vor allem an Speisen, an Restaurants gelegen oder am Hotelwesen?«, fragte Ben.

Jay Jay hob theatralisch die Hände hoch, zur Decke, die entweder ursprünglich war oder nachgemachtes New Yorker Zierblech alter Schule. Sie sah toll aus. »An allem. Das hier ist meine Leidenschaft, meine Welt.« Er beugte sich vor und flüsterte: »Das hier ist mein Hotel. Das ist mein Geheimnis.«

»Ihr Hotel?« Ben flüsterte nicht. »Sie sind der Besitzer?«

Jay Jay nickte lächelnd. »Ja, es gehört mir. Aber das verrate ich ungern jedermann, und ganz sicher geb ich nichts drauf, den großen Chef zu markieren und in einem Büro meilenweit entfernt beim Diktat zu sitzen. Ich bin viel lieber draußen bei meinen Angestellten und Gästen, vorneweg im Restaurant – für jetzt. Ich habe in der Bar gearbeitet, am Empfang, sogar in der Wäscherei. Wie soll einer sonst rausfinden, wie gut sein Laden läuft? Ich bin gern unter Leuten. Schauen Sie«, er lehnte sich zurück, »ich mach Ihnen nichts vor, ich habe einige einflussreiche Freunde und Verwandte, die in der Welt der Finanzen von Wagniskapital und Hedgefonds arbeiten. Das habe ich selbst, ehe ich vom Virus namens Gastgewerbe angesteckt wurde und nach Frankreich ausriss. Früher flog ich zwischen den wichtigen Geldmärkten hin und her, wohnte in diesen großartigen Hotels, und da hatte ich einen Einfall. Wobei wir eher eine Genossenschaft sind – ebenso hält die Belegschaft einen Anteil, und Kunden können das auch, gemeinsam mit den wesentlichen privaten und institutionellen Anlegern. Unternehmen wie dieses erfordern natürlich enorme Aufwendungen, das können meine Leute nicht alles allein stemmen. Hier hat ein Aufsichtsrat das eigentliche Sagen. Hoffentlich sind wir eines Tages die Geldleute los – leider immer noch überwiegend Männer, jedenfalls in dieser Stadt!«

»Wow«, sagte Ben, während er gleichzeitig versuchte, verschiedene Bestandteile der dekonstruierten Tarte Tatin aufzugabeln und zu begreifen, dass Jay Jay den Laden schmiss, von vorn bis hinten. Solch ein Geschäftsaufbau oder Generaldirektor war ihm noch nie begegnet – kein Wunder, dass er nicht recht hatte feststellen können, wer verantwortlich war. Außerdem ging Jay Jay einigermaßen verdeckt vor, wenngleich glanzvoll im Auftritt. Das war allerdings seine Tarnung. Was für ein »Maverick«. Weiterhin unterstellte Ben, dass Marc Hoffman und andere wichtige Führungskräfte von Hideaway Bescheid wussten. Auch Wendy Spurling? Sie hätten es ihm sagen können, oder hatte er es selbst austüfteln sollen? War es eine Art Inspektorenprüfung? Natürlich hätte er schärfer nachfragen sollen, aber über den ganzen Aufwand damit, Natalie und Hannah mitzubringen, muss er wohl mit den Gedanken woanders gewesen sein.

»Fällt es Ihnen leicht, mit den Gästen und Angestellten umzugehen und allen Erwartungen und Anforderungen gerecht zu werden?«, fragte Ben.

»Diese Branche dreht sich um Menschen. Was viel einfacher ist, als sich tagein, tagaus um die Märkte zu kümmern – solange man Menschen aufrichtig gern hat. Das Spiel mit Wagniskapital? Das ist abgefeimt. Hier können die Anleger sehen und schätzen, wo sie ihr Geld hineinstecken. Viel mehr Transparenz geht nicht.« Erneut öffnete er seine Arme, seine großen Hände zum Raum.

»Nun, sie müssen großes Vertrauen in Sie setzen«, sagte Ben und fragte sich, ob Cory Myerson eine dieser Personen gemischt aus Gast und Anleger sein könnte.

»Natürlich hängt es nicht bloß an mir – sondern an der Belegschaft, sämtlichen Teams. Sie sind ebenso Teil hiervon wie ich. Gemeinsam arbeiten wir hart. Und dem kommt zugute, dass sie noch ein Geschäft dabei machen. Alle Festangestellten erhalten Anteile.«

»Es scheint zu funktionieren, Glückwunsch«, sagte

Ben, nachdem er einen weiteren Happen genommen hatte. Liebe Güte, war das gut. Er trank ein Schlückchen Calvados. Die perfekte Ergänzung. »Ich bin nur ungemein hilfreichen und freundlichen Angestellten begegnet. Großartige Leute. Mir gefällt, dass alle Altersstufen vertreten sind.«

»Größen und Hautfarben auch«, fügte Jay Jay stolz hinzu. »Und ein paar der Tattoos und Piercings? Sind sie nicht einfach herrlich?«

»Ihr Betrieb läuft also gerade mal gut ein Jahr?«, fragte Ben.

»Ja.«

»Das müssen recht einprägsame zwölf Monate gewesen sein.«

Jay Jay nickte. »Die wie im Flug vergingen. Ich habe jede Minute davon genossen.«

»Bestimmt haben Sie ähnlich viele freudige Mienen gesehen und reichlich anderes dazu.«

»Wir haben viele Veranstaltungen – in der Brasserie, der Lounge, den Tagungsräumen und im Penthouse. Ohne einen großen Skandal bis heute, darf ich sagen – andernfalls hätten Sie wahrscheinlich davon gelesen. Ist eben ein angesagtes Hotel.«

Und es gehört zu Hideaway, soll heißen ist diskret, ruhig, kein Rummel, wollte Ben ihn erinnern. Er würde Emily Muller darauf ansprechen, sobald er zurück war. Welche Sorte Hotel genau nahm die Gruppe mittlerweile auf? Er erkannte die Notwendigkeit an, eine neue Generation anzuziehen, eine jüngere Kundschaft. Doch sein Gefühl sagte ihm auch, dass so manch älterer, eher traditionelle Gast ziemlich entgeistert sein dürfte, würde er im Maverick einchecken.

»Ja«, sagte Ben. »Habe ich gemerkt.« Er sah hinunter auf sein steifes Hemd von Old Town und seine derbe Drillichhose. Ein Relikt war er selbst schon.

»Mode ist eine Geisteshaltung«, sagte Jay Jay, als wolle er auf Bens Unbehagen anspielen. »Keine Frage von Kleidung und Accessoires oder des Umgangs, den man pflegt. Ihr Stil gefällt mir jedenfalls sehr. Er ist so englisch.«

»Prost«, sagte Ben und wusste nicht recht, ob er das wirklich hören wollte. Er war nicht allzu erfreut davon, wie sein Geburtsland den Brexit gehandhabt hatte oder die Pandemie. Eigentlich beschämte ihn beides zutiefst. »Übrigens, Sie haben nicht zufällig irgendwas von einem Todesfall genau vor einem Jahr im Gebäude gegenüber mitbekommen?«

Jay Jays Blick wanderte hoch zur Decke. Senkte sich wieder. Er hätte einen guten Schauspieler abgegeben. »Warum kommt es mir so vor, als hat das etwas mit der letzten Nacht zu tun?«

»Weil es das tut. Was wissen Sie?«

»Sie haben mir nicht gesagt, was Sie beruflich machen. Sie stellen eine Menge Fragen. Ich sah Sie sogar Notizen machen. Wie komme ich nur darauf, dass es was mit Ermittlung zu tun hat oder, darf ich es aussprechen, mein Freund, mit Inspektion?«

Ben schaute auf seinen geleerten Dessertteller. »Ich bin so was wie ein Krimiautor. Von Natur aus neugierig. Dichtung ist genau mein Ding, bloß kommt mir das echte Leben, kommen mir immer wieder Tatsachen in die

Quere.« Er musste auf ein anderes Gleis. »Fühlen Sie sich als Teil des Gemeinwesens, der Nachbarschaft?«

»Ja, sehr sogar«, sagte Jay Jay. »Wir unterhalten eine große Tafel für Bedürftige.«

»Habe ich schon gehört.«

»Uns liegt auch daran, benachteiligte Menschen aus der Umgebung zu beschäftigen. Auf Gemeinschaftsgeist kommt es ganz entscheidend an. Wir sind hier, um allen zu helfen, nicht nur den wenigen Privilegierten, die sich dieses Hotel leisten können.«

»Anscheinend kam jemand vor genau einem Jahr auf der anderen Straßenseite zu Tode. Zumindest hinter einem der Gebäude gegenüber. Irgendwer war auf einem Dach gewesen, das sich von hier aus überblicken lässt. Jemand, der mit der Filmschule auf der anderen Seite des Häuserblocks zu tun hatte. Ich helfe der hiesigen Polizei festzustellen, was gestern passiert sein könnte unter den Augen meiner Tochter und ihrer Freundin, und da kommt dieser tragische Vorfall hoch.«

»Manhattan hat außerordentliche Dramatik zu bieten, das ist wahr. Sehr häufig aber stellt sich der Wahrnehmung ein Problem – wir sehen, was wir sehen wollen«, sagte Jay Jay leise. »Unser Denken und das unserer jungen Leute ist zu eilfertig auf Tod und Vernichtung ausgerichtet. Wir haben unseren Sinn für Hoffnung eingebüßt. Vielleicht verständlich in diesen Zeiten – mit dem Planeten Erde am Abgrund. Mein Ziel ist es, wieder etwas Frohsinn und Glück zu stiften, ein wenig Spaß im Leben meiner Gäste, meiner Mitarbeiter, meiner Mitstreiter, wenn Sie so wollen, und ja, all jener, die in der Lower

East Side leben und atmen. Sie ist meine Nachbarschaft, meine Gemeinde.«

Warum mauerte er? Womit hielt er hinterm Berg? »Vor einem Jahr gab es einen Todesfall – und vergangene Nacht sahen meine Tochter und ihre Freundin etwas sehr Verstörendes. Bloßer Zufall oder was anderes? Ein Muster?«, fragte Ben mit mehr Nachdruck. Nun war es an ihm, Jay Jay fest in die Augen zu sehen.

»Eine Einbildung?«, schlug Jay Jay keineswegs hilfreich vor.

Die Wahrheit, das ganze Bild, Fakten, *wenn Sie so wollen*, schienen sich Ben entzogen zu haben, seit er einen Fuß in Amerika aufgesetzt hatte. »Das glaube ich nicht«, erwiderte er.

»In der Filmschule, sagen Sie?«, fragte Jay Jay. »Der Schuppen ist mehr oder weniger am Ende, soweit ich weiß. Ich meine, dass wir sogar eine ihrer alten Lehrkräfte beschäftigen.«

»Was ist mit der Filmschule?«, hakte Ben nach. Sein Treffen morgen als Erstes mit Kiara konnte gar nicht früh genug kommen.

»Wie es sich verhält«, sagte Jay Jay langsam, »bin ich mir eines Todesfalls hier gegenüber vor einem Jahr bewusst. Tatsächlich bin ich mir mehr als eines Todesfalls bewusst.« Er beugte sich wieder vor. »Ich erzählte Ihnen das nur, weil Sie wie jemand aussehen, der weiß, wie und wann man sensible Informationen ruhen lässt, und der den Ernst der Mortalität begreift.«

»*Mortalität*? Sie meinen wohl Mord?«, fragte Ben.

»Lassen Sie mich darlegen, was ich weiß.«

18

Die abgetretenen Ledersohlen von Bens Budapestern blieben fast schon am Gehsteig kleben. Ein strahlender Morgen mochte es ja sein, aber die Temperatur hatte – verglichen mit gestern um diese Uhrzeit – bereits einige Zacken zugelegt. Die wenigen, überraschend verkehrsarmen Minuten Fußweg zum Ende des Häuserblocks fühlten sich an, als sei ein weiterer großer Brocken des antarktischen Eisschilds abgebrochen und schmelze zügig dahin.

Solche Hitze und Luftfeuchtigkeit schienen sich weder auf Manhattan noch selbst auf der Nordhalbkugel eindämmen zu lassen. Die ganze Welt war entflammt, und New York schürte mit grimmiger Hingabe den Ofen.

Wie um die sich anbahnende Katastrophe zu unterlegen, schwenkte ein schwarzer Suburban in die Straße ein, beschleunigte an Ben vorbei und ließ eine widerlich dicke, schwarze Qualmwolke samt unsichtbarem, todbringendem Feinstaub zurück. Um ihr zu entgehen, verfiel Ben in Trab und war mehr als außer Atem, als er an der Filmschule eintraf.

Kiara stand vor dem Haupteingang und sah auf ihr Telefon. »Hi«, keuchte Ben und wischte sich die Stirn. »Sorry, ich bin spät dran.«

»Sind Sie nicht«, sagte Kiara. »Ich war zu früh. Ich krieg

den Wachmann nicht hoch.« Wie zum Beweis pochte sie mit ihrem kurzen, schmucken Knüppel laut an die Glasscheibe.

»Ist das Ding ausfahrbar?«, fragte Ben.

»Der?« Sie winkte ihm mit dem Knüppel, der zu schlank wirkte, um echten Schaden anzurichten. Ähnelte eher der Antenne an einem alten Kofferradio. »Schon.« Sie ließ den Knüppel wieder für ihn zusammenfallen und schob ihn in ihren Gürtel zurück. »Wir gebrauchen ihn nicht allzu oft. Meistens um Betrunkene anzustupsen oder Hunde fernzuhalten. Pistolen sind weit effektiver, wenn sich jemand bedrohlich verhält. Spray führen wir auch mit.«

»Taser benutzen Sie keine?«

»Warum einen Taser nehmen, wenn du 'ne .38er hast?«

»Leuchtet ein«, sagte Ben, drückte seine Nase ans Glas und beschirmte seine Augen vor der gleißenden Sonne. »Kann keine Spur von ihm entdecken. Oder sonst wem.«

»Entweder schläft er in seiner Bude. Oder ist nicht da.«

Ben trat zurück. Warf einen prüfenden Blick nach beiden Richtungen auf die Straße. Es war noch früh für die Lower East Side. Geschlossene Geschäfte, runtergelassene Gitter. »Als Wachmann macht er nicht viel her. Ich schätze, er hat keine Ahnung, was hier so läuft. Was genau haben Sie rausgefunden?«

»Vor einem Jahr kam hier jemand ums Leben«, sagte Kiara. »Eine junge Frau. Wurde von der Kripo im Fünften untersucht. Die haben sich jetzt endlich bei mir gemeldet. Selbstmord lautete das Ergebnis. Anscheinend eine Studentin mit psychischen Problemen. Kam aus einem anderen Bundesstaat. Was Ihre Tochter und deren Freundin sahen, könnte eine Art Reinszenierung gewesen sein.«

»Was sie sahen und ich in dem Script las, wirkte und klang nicht so, als würde nachgestellt, wie sich eine junge Frau das Leben nimmt«, sagte Ben.

»Menschen gehen sehr unterschiedlich mit Trauer um. Vielleicht waren es enge Freunde, die sich nach einem Jahr dem Trauma auf sehr eigenwillige Weise gestellt haben.«

»Da war schon mal ein anfängliches Gerangel«, sagte er. »Außerdem war der Todesfall vor einem Jahr nicht der einzige. Anscheinend hat es in drei Jahren drei Todesfälle gegeben.«

»Was? Woher wissen Sie das?«

»Ich bin mit dem Oberkellner des Maverick ins Plaudern geraten. Tatsächlich stellt sich raus, dass Jay Jay – nicht wahr, Sie kennen doch Jay Jay?«

Kiara lächelte.

»Der Laden gehört ihm.«

»Das Restaurant?«

»Ja, und das Hotel ebenso. Alles zusammen.« Darüber musste er mit seinen Kollegen bei Hideaway sprechen.

»Wirklich? Das wusste ich nicht«, sagte Kiara. »Wozu ist er dann am Kellnern? Er muss doch stinkreich sein. Warum sitzt er nicht irgendwo in einem Büro und bellt Anweisungen?«

»Sie haben ihn kennengelernt. Das ist nicht sein Stil. Zugegeben ist seiner auch für mich neu, und ich steige in einer Menge Hotels ab.«

Kiara atmete aus und zog ihren Gürtel hoch. »Ich

dachte, wir könnten hier noch mal neu ansetzen – Sie und ich. Das Fünfte ist zu überlastet, um eine ordentliche Ermittlung einzuleiten, und wie Sie wissen, liegt die Filmschule genau genommen nicht im Siebenten. Ich werde Ihnen ein Geheimnis verraten, wenn Sie möchten.«

»Klar.« Ben gewöhnte sich langsam daran, Geheimnisse erzählt zu bekommen.

»Ich hatte gehofft, diese Sache könnte zu meiner Versetzung beitragen«, sagte Kiara. »Ich möchte für die Kripo arbeiten – egal in welchem Revier. Ich wollte schon immer Detective sein. Den Ehrgeiz habe ich noch. Umzusatteln ist nur nicht so leicht. Ich habe zu wenig Zeit zum Lernen.«

»Ich schätze mal, dass Sie ohne Hausdurchsuchungsbefehl kommen?«

Sie schüttelte den Kopf. »Und ohne Ramme. Ich bin Streifenbulle – aber das mit vollem Einsatz. Nochmals Entschuldigung – gestern war ich zu unwillig. Konnte da nicht schnell genug wieder rauskommen.«

»Sie müssen sich für gar nichts entschuldigen.« Ben holte sein Handy hervor, suchte das Foto der Schaufensterpuppe heraus und hielt den Apparat so, dass Kiara es sehen konnte.

»Sie sieht nicht allzu hübsch aus so völlig nackt, oder?«

»Und sie hat ihre Perücke verloren«, sagte Ben. »Armes Ding.«

Kiaras Blick wanderte die Straße rauf und runter – all die trendigen Boutiquen und Hipstercafés und Hanfverkaufsstellen, die erst noch öffnen mussten an jenem

Morgen. »Diese Kleiderpuppe könnte von überall hergekommen sein.«

»Ja, aber irgendwas sagt mir, dass sie hier nicht in schneller Wegwerfmode machen.«

»Wenn sie als Requisit diente«, überlegte Kiara, »stehen wir wieder am Anfang. Kein Verbrechen. Ein simpler Filmtrick.«

»Abgesehen von der missbräuchlichen Nutzung des Filmschulgeländes«, warf Ben ein. »Einbruch? Aber es heißt ja bekanntlich, dass das Verbrechen keinen Zufall kennt. Gehen wir einen Kaffee trinken – dann erzähle ich Ihnen, was ich über die Todesfälle weiß. Wir können ja wiederkommen, es in einer halben Stunde oder so noch mal versuchen. Wobei ich auch zurückmuss ins Hotel und zu den Mädchen. Sie waren gestern Abend auf einer Party und schlafen sich aus.« Er hatte eine Nachricht hinterlassen, wohin er ging und wann er zurück wäre und dass sie ihn anrufen oder ihm simsen sollten, wenn es dringend sei.

»Heute haben wir groß was vor«, fuhr er fort, während sie die aufgeheizte Straße hinuntergingen. »Wir wollen nach Midtown – Fifth Avenue, MoMA, weltweit mein Lieblingsmuseum – und dann zum Central Park. Vielleicht ins Met und ganz sicher ins Guggenheim, wenn unsere Kräfte reichen.«

»Die Hotdogverkäufer werden sich alle an euch gesundstoßen.«

»Natalie isst kein Fleisch mehr.«

»Brezeln?«

»Eiscreme, vermute ich stark.«

Kiara nickte. »Hoffentlich macht Ihnen die Demonstration keinen Strich durch die Rechnung.«

»Welche Demonstration?«

»Lesen Sie keine Nachrichten?«

»Doch schon, solange es mich nicht zu sehr deprimiert.« Ben war sich im Klaren, dass er an jenem Morgen einzig Schlagzeilen aus Europa überflogen hatte.

»Dann werden Sie's ja gehört haben.«

»Nein – ich meine, nichts von einer Demonstration gesehen zu haben.« Trotzdem fiel da irgendwo der Groschen. Das Bestreben der Mädchen, mittags auf der Fifth Avenue zu sein und sich mit Freundinnen zu treffen. Diese Schlingel.

»Eine von diesen Extinction-Rebellion-Kundgebungen«, sagte Kiara. »Die haben es wieder auf Midtown abgesehen – um so dicht wie möglich zum Trump Tower vorzurücken.«

»Wer wollte es ihnen übel nehmen?«

»Eine Menge Cops sind aus anderen Revieren überall im Stadtgebiet zusammengezogen worden, dazu die Anti-Terror-Einheiten. Zum Glück nicht aus meiner Wache – ein paar von uns sollen im Auge behalten, was in Downtown passiert. Man macht sich auch Sorgen, dass es woanders zu weiteren Demos kommen könnte. Diese Extinction-Rebellen sind gut organisiert.«

»Scheiße«, sagte Ben und überlegte. War es irgend denkbar, dass Natalie nur deshalb nach New York mitzukommen bereit gewesen war, weil sie von solch einer Demo gewusst hatte? Aus demselben Grund war auch Cory Myerson in Manhattan – um seinen Stab bei Champagner und Kanapees einzustimmen. Ben hatte keinen Schimmer, wie er Natalie und Hannah von dem Lärm und der Aufregung und möglichen Gewalt fernhalten sollte, sobald sie sich auch nur in die Nähe von Midtown und MoMA begeben würden. Der Trump Tower lag gleich um die Ecke.

Das Erscheinungsbild der Anti-Terror-Einheit des NYPD sagte ihm kein bisschen zu. Vielleicht könnte er sie ja überreden, stattdessen einen Ausflug zur Freiheitsstatue zu unternehmen. Oder vor Ort zum Tenement Museum, das Kiara gestern erwähnt hatte. Doch irgendetwas sagte ihm, dass es dazu nicht kommen würde.

»Es gibt dieses Café auf der Houston«, sagte Kiara. »Alte Schule. Kein teurer Hipsterquatsch mit raren Bohnen.«

»Ich dachte, Sie dienen vorurteilsfrei der ganzen Gemeinde«, sagte Ben schmunzelnd.

Kiara schenkte ihm ein entzückendes Lächeln.

Das Café war tatsächlich alte Schule mit einem fettig aussehenden Fußboden, viel Resopal und verstaubten, in Folie gewickelten Panettoni, die sich auf Regalen hinter der Theke stapelten. Während die gealterte Belegschaft aus Nachkommen italienischer Einwanderer zu bestehen schien, war der Kaffee ausgesprochen amerikanisch – zu dünn und zu heiß. Ben sah zu, wie Kiara eine ordentliche Portion Zucker aus dem altmodischen Glasbehälter mit Edelstahltülle in ihren Becher beförderte. So ein Gefäß hatte Ben seit Jahren, Jahrzehnten nicht mehr gesehen.

»Um diese Tageszeit«, sagte sie, »brauche ich einen

Wachmacher, für gewöhnlich Zucker. Wenn ich am Wochenende Schicht habe, muss ich vorher meine Tochter bei meiner Mutter abliefern. Sie wohnt jetzt draußen in Queens – ohne Staus eine Stunde zehn Minuten hin und zurück.«

»Und Sie fangen um acht Uhr an?«

»Sechs Uhr. Bei Wochenenddienst sechs bis vierzehn. Immerhin geben sie mir meist die Tagschicht.«

»Wie alt ist sie, Ihre Tochter?«

»Jessie ist sieben. Es war reines Geracker als Alleinerziehende – aber ich würde es für nichts in der Welt eintauschen. Sie bedeutet mir alles.«

Wieder lächelte Kiara. Ben musste wegschauen, sie war schlicht zu einnehmend. Nach einer Weile sah er wieder hin. Es war an der Zeit, ein paar ernste Dinge zu besprechen. »Jay Jay zufolge gab es drei Todesfälle in drei Jahren. Immer um denselben Tag im August. Den letzten vor einem Jahr, kurz nach Eröffnung des Hotels.«

»Der Selbstmord?«

»Wenn es denn einer war.«

»Und vorgestern Nacht noch ein Todesfall? Wow, dann wären es schon vier.«

»Solange wir keinerlei gegenteilige Beweise finden, dürfen wir wohl nichts anderes als irgendeine Art Reinszenierung unterstellen.« Ben war jetzt an der Reihe, den vernunftgeleiteten Ermittler zu spielen.

»Sagten Sie nicht etwas darüber, dass Verbrechen keinen Zufall kennt?«, fragte Kiara.

»Vielleicht eine Reinszenierung des allerersten Todesfalls?«

»Die anderen beiden – die in der Zwischenzeit –, was ist dann da passiert?«, fragte Kiara.

»Reinszenierungen von Reinszenierungen? Wobei einer davon Jay Jay zufolge ebenfalls als Selbstmord eingestuft wurde. Anschuldigungen sind nie welche erhoben worden.«

»Also zwei Selbstmorde?«

»Könnte sein. Aber was haben die Mädchen neulich Nacht gesehen? Ein Ringen, einen Kampf, ob echt oder nicht.«

Sie schüttelte den Kopf. »Wo wurden die Leichen gefunden?«

»Hat Jay Jay nicht gesagt.« Ben trank seinen Kaffee aus, verzichtete aber auf einen weiteren. Er hatte Hunger, wollte es aber nicht darauf ankommen lassen, hier auch noch etwas zu essen, und sei es um der Nostalgie willen. Das Maverick bot ein ausgezeichnetes und umfangreiches Frühstück, und er war dazu verpflichtet, es unter friedvolleren, weniger störenden und ablenkenden Umständen abermals und hoffentlich mit den Mädchen zu testen.

»Alle diese Todesfälle ereigneten sich also in der Filmschule, andere im Viertel wissen davon, und doch hat Michael, der Wachmann, nichts davon gesagt?«

Ben nickte und schaute zum Fenster hinaus auf die mit Sonnenlicht erfüllte Straße. Der lebhafte Verkehr auf der Houston floss gerade zügig. Bens Blick kehrte zurück. Gestern Morgen war Kiara nicht darauf erpicht gewesen, das Maverick zu betreten, bis Jay Jay sie hereinwinkte. Solche Hemmungen hatte sie bei diesem Laden nicht gezeigt. »Was hat die Polizei übersehen?«, fragte er.

»Wahrscheinlich das meiste.«

»Ihre Kumpel von der Kripo?«, fügte er rasch an.

»Ich bin mir nicht sicher, ob Kumpel das richtige Wort ist. Einige von denen gehen in Ordnung, aber reichlich viele andere sind Dreckskerle.«

»Wollen wir nachschauen, ob Michael jetzt da ist?« Ben sah auf seine Armbanduhr. Er empfand die wachsende Notwendigkeit, ins Hotel zurückzukehren. Wurde sich zusehends bewusst, seit den frühen Morgenstunden nichts mehr von Natalie gehört zu haben.

»Klar.«

Ben zahlte, und sie verließen das Café. Draußen in der Gluthitze zog Kiara ihn am Arm. Zog ihn dicht genug an sich, um über dem lärmenden Straßenverkehr gehört zu werden.

»Sie meinen nicht, dieser Jay Jay hat das alles erzählt, um Ihre Aufmerksamkeit abzulenken?«

»Wovon?«, fragte Ben.

»Weiß ich auch nicht«, seufzte Kiara sichtlich. »Weil er ein Sonderling ist? Ich gebe mir Mühe zu verstehen, weshalb ich drüben auf der Wache auf keine dieser Anzeigen hingewiesen wurde.«

»Weil diese alten Dreckskerle ungern irgendwas mit klugen, jungen Polizeibeamtinnen teilen?« Ben lächelte.

»So jung bin ich nicht.« Sie zwinkerte.

19

Michael ließ sich nicht blicken. Zumindest stürmte er nicht zur Eingangstür, trotz Kiaras nachdrücklichem Anklopfen. Sie nahm ihren zierlichen Knüppel gehörig ran.

Die Filmschule war ebenso verriegelt und menschenleer wie zuvor. Grabesstill, konnte Ben nicht anders als denken trotz Hitze und Helligkeit. Insofern die furchtlosen ausländischen Filmstudenten wider die Vorschriften und trotz der Sommerferien zu jeder Tageszeit im Gebäude umherturnten: Frühaufsteher waren es keine. So wenig wie Michael. Seltsam.

»Meinen Sie, das sollten Sie weiter verfolgen? Anordnung einholen, Tür aufbrechen, nachsehen wenigstens, ob's dem alten Knacker gut geht?«

»Das wird einigen Aufwand kosten«, sagte Kiara und schaute etwas hilflos drein.

»Anderes Revier?«

»Yep, und dazu alles andere. Ist keine einfache Sache, zur Kripo versetzt zu werden. Nicht als Frau. Ich muss streng nach Vorschrift handeln.«

»Ich kann kaum glauben, dass es immer noch so läuft – im NYPD?«

»Wo sind Sie gewesen? Nicht in New York. Es war schon Mühsal genug, dahinzukommen, wo ich bin.

Dafür habe ich meiner Mom zu danken – nicht dem Staat.«

»Das schaffen Sie – eher als Sie vielleicht denken, wäre meine Vermutung. Sie wären ein großartiger Detective – mit Ihrer Entschlossenheit.« Und Ihrem Lächeln, hätte er beinahe hinzugefügt.

»Danke schön.«

»Ich sollte dann mal besser ins Hotel zurückkehren«, sagte er. »Sie haben meine Handynummer, ich habe Ihre. Ich halte Sie auf dem Laufenden, falls ich noch etwas herausfinde.«

»Klar«, sagte sie. »Sieht so aus, als müsste ich noch tiefer nachgraben an meinem Ende – ob sich irgendwas erhärten lässt. Mir ist schleierhaft, wie mir so viel entgehen konnte. Wer weiß, und wir bekommen sogar eine richterliche Verfügung in der Sache.«

Hinter Kiara bewegte sich etwas im Fenster der Filmschule, in der Lobby. »He?«, sagte er und trat vor die Scheibe. Doch als er seine Augen vor dem Glast ringsum abschirmte, sah der Raum ebenso leer aus wie zuvor. »Ich dachte, ich hätte jemanden da drin bemerkt.«

Auch Kiara kam näher, spähte ins Innere, trat zurück. »Fangen Sie etwa auch schon an, Dinge zu sehen?«

Während er zum Hotel eilte, behielt Ben das deutliche Gefühl zurück, dass sie ihm glauben wollte. Wobei er nicht mehr wusste, was er glauben sollte.

Als er in die Nähe des Hotels kam, fiel Ben die beträchtliche Unruhe vorm Eingang auf. Eine Menschenmenge wuselte vom Gehsteig bis auf die Fahrbahn, die von vier oder fünf schnittigen Tesla Model X gesäumt wurde. Sie waren nicht viel kleiner als die Chevrolet Suburban, doch Ben wusste, dass sie umweltmäßig in einer ganz anderen Liga spielten. Ein SUV-Streifenwagen parkte auf der anderen Straßenseite, und Ben konnte mindestens zwei Cops beim Versuch sehen, das Gedränge in Schach zu halten und die Lage in den Griff zu bekommen.

Ein schriller, begeisterter Singsang wurde laut: »Myerson, Myerson.« Eine Anzahl Paparazzi hob sich von dem Auflauf ab, weiter hinten versprengt Jugendliche in anscheinend lotteriger veganer Sommerkluft. Die meisten waren Mädchen in Natalies Alter. Wenn Myerson es fertigbrachte, hielt sich Ben umgehend vor Augen, das Denken eines bislang so beeinflussbaren und materialistischen Teils der Gesellschaft zu verrücken, könnte er damit etwas sehr Gutes bewirken.

Ben drängelte sich durch die Menge in Richtung Hoteleingang, als Cory Myerson selbst und Zoey Pine auf den Gehsteig traten. Ein gewaltiger Aufschrei wurde laut. Myerson und Pine hatten beide aufgerissene und ausgefranste Jeans und T-Shirts an – nicht unähnlich dem, was ihre Fans trugen. Auf Zoeys Hemd prangte vorn das Logo der Extinction Rebellion. Beide steckten in absonderlich geformten Turnschuhen, zweifellos seine eigene öko-vegane Ausführung.

Er schaute auf seine Budapester. Widerstandsfähig waren sie ja, aber schwerlich vegan. Als er aufblickte, hatte er nicht übel Lust, Cory Myerson für seine dreiste Selbstgefälligkeit in den Arsch zu treten. Als würde er auf einmal die Welt auf einem Silbertablett serviert bekommen statt ihrer Probleme. Außerdem hatte Ben noch nie etwas von Promis gehalten, die sich für ihre Fans absichtlich leger kleideten und zugleich in einem Penthouse für zehntausend Dollar pro Nacht gastierten.

Auf einmal hatte er Natalie und Hannah vor sich.

»Dad? Was machst du hier?«, fragte Natalie.

»Ich versuche, ins Hotel zu kommen. Was treibt ihr draußen auf der Straße?«

»Cory und Zoey verabschieden«, sagte sie mit einer gewissen Selbstsicherheit. »Sie sind gerade«, sie hielt inne und sah zu Hannah, »na, sie sind gerade im Aufbruch.«

»Das sehe ich auch«, sagte Ben. »Wohin um diese Zeit?« Er sah auf seine Armbanduhr. Es war eben zehn geworden.

Beide Mädchen zuckten die Achseln. »Meetings?«, versuchte sich Hannah und bekam leichte Gesichtsröte.

»Habt ihr schon gefrühstückt?«, fragte Ben. Sie alle wussten, wohin Cory und Zoey fuhren – oder wenigstens, wo sie zu Mittag sein würden. Mit einigem Aufwand gelang es ihm, sich durch die Menge und in die Eingangshalle zu drängeln, zu seiner Freude folgten ihm die Mädchen. Nicht dass sich ihr Verbleib auf dem Gehsteig noch gelohnt hätte. Myersons Konvoi war elektrisch leise davongesurrt. In Vorbereitung auf die Demonstration? Ben mutmaßte, dass Cory und Zoey vorneweg marschieren würden – in ihren sorgfältig verschlissenen Klamotten.

Dann, in der wunderbar kühlen Luft am Empfangstresen, wandte sich Ben an die Mädchen. »Ich glaube, wir sollten Midtown und die Museen aufschieben und heute in Downtown bleiben. Hier in der Nähe ist das Tenement Museum – euch täte es gut, ein Gefühl für die Geschichte New Yorks zu bekommen, wie die Leute hier früher gelebt haben – und dann können wir eine Fähre rüber zur Freiheitsstatue nehmen. Es ist ein herrlicher Tag, um draußen über das Wasser zu schippern.«

Die Mädchen warfen ihm Blicke zu wie Giftpfeile. Ben zuckte zusammen. »Vorher Frühstück?«, bot er an. »Bitte mir zu folgen.«

»Sorry, Dad, wir sind nicht sehr hungrig«, sagte Natalie. »Wir gehen wieder auf unser Zimmer.« Sie machten sich auf zu den Fahrstühlen.

Ben wollte unbedingt, dass Natalie etwas von New York zu sehen bekäme, solange sie hier waren. Es hatte doch unlängst noch so viele Reisebeschränkungen und Ausgangssperren gegeben. Teenager mussten die Welt kennenlernen.

»Okay«, rief Ben ihnen hinterher. »Wir halten uns an den ursprünglichen Plan.« Dabei dachte er auch an Kiara und fragte sich, wie sie damit umgehen würde. Oder so gesehen auch Alex. Zumindest sie wäre weitaus lockerer und aufgeschlossener. Er würde die Mädels nach Midtown mitnehmen, natürlich würde er. Er hatte erfahren, wie eine massive New Yorker Polizeipräsenz aussehen konnte. Diese schlagkräftigen Sondereinsatzkommandos. Natalie und Hannah wären mehr als sicher. Das NYPD war nur dazu da, die Gesetze zu hüten und den Frieden zu wahren – gemäß seinem Motto mit Höflichkeit, Professionalität und Respekt.

20

Sie waren mit der M gefahren und an der 53rd Street und Fifth Avenue aus der U-Bahn gestiegen. Alle hatten die Geschwindigkeit des Zugs und seine starke Klimaanlage genossen. Weniger begeistert war Ben von den anderen Fahrgästen gewesen – die zumeist Anstecker, Abzeichen und Tattoos von Extinction Rebellion aufwiesen und eine Uniform aus eingerissenen, ausgefransten und batikgemusterten Klamotten, die ihm rasch geläufig wurde. Ein paar trugen diese aberwitzigen Turnschuhe. Die Mädchen gerieten zusehends in Aufregung, während sie nach Uptown ratterten.

Oben auf der Straße wirkte alles für ein, zwei Augenblicke unheimlich still, während Ben versuchte, sich zurechtzufinden. Er sah hoch zum strahlend blauen Himmel, der sich zwischen zwei mittelgroße Midtown-Wolkenkratzerklötze zwängte. Erst als sie das Ende des Blocks erreichten und Ben ein Straßenschild bemerkte, wurde ihm klar, dass sie ostwärts gegangen waren und jetzt auf der verstopften Madison Avenue standen. Überdies war ihm ein anderer Lärm bewusst geworden, das Geräusch von Sprechchören, ein tieferer, bedrohlicherer menschlicher Laut als das hysterische Gekreische zuvor vor dem Maverick. Es klang nach Verzweiflung, die in Gewalt umschlägt. Er spürte ein unruhiges Prickeln in der Brust.

Die Mädchen überprüften ihre Telefone und wirkten unempfänglich für die Anspannung, die in der Luft lag. War es Getrommel, das er gleichfalls hören konnte? »Ach so«, sagte er und stellte fest, dass Natalie ihrer kurzen Jeans seit gestern ein paar Risse mehr hinzugefügt zu haben schien, »wir müssen umkehren, es geht da lang zurück.« Sie mussten nichts weiter tun als die Fifth Avenue überqueren.

Sie hatten sich darauf geeinigt, zuerst das Museum of Modern Art zu besuchen, worauf die Mädchen anderthalb Stunden zur freien Verfügung hätten, um die Fifth Avenue auf »Sehenswertes« abzuklappern. Ben konnte das Wort nur in Anführungszeichen denken.

Vom Treffen mit ihren englischen Freundinnen war keine Rede mehr gewesen. Die falsche Fährte wurde nicht weiter verfolgt, da alle wussten, wohin die Reise wirklich ging. Die Mädchen durften der Demo beiwohnen, wenn sie nicht zu dicht herangingen, zusammenblieben und beim ersten Anzeichen von Eskalation sofort das Weite suchten.

Ihn freute ihr Einsatz für bedeutende Anliegen. Überdies setzte er – zumindest im Kopf – immer größeres Vertrauen in das Vermögen des NYPD, eine Kundgebung umweltbewusster Weltbürger umsichtig und achtsam zu überwachen; zudem würde er nie weit entfernt sein und hatte vor, den Mädchen auf den Fersen zu bleiben, obgleich in diskretem Abstand.

Vorher galt aber ihre Zusage, es mit ernster, moderner Kunst aufzunehmen. Umsichtig führte er sie zurück zur Fifth Avenue. »Was war los auf dieser Party gestern

Abend?«, fragte er an einer roten Ampel. Diesbezüglich waren sie bemerkenswert einsilbig gewesen.

»Das Übliche«, sagte Natalie und versuchte, um ihn herumzulinsen. Sie hatte die Geräuschkulisse der Demo wahrgenommen. »Dad, können wir bitte einen Zahn zulegen?«, fragte sie und schlug buchstäblich einen Haken um ihn.

»Sicher.« Er nahm sie sachte beim Arm, als sie die Straße überquerten. Gegenüber, nach ein paar Schritten auf der West 53rd Street mit den Fahnen des MoMA weiter vorn in Sicht, hielt er inne. »Die haben da zwei Gemälde, die ihr euch wirklich ansehen sollt.«

Hannah hatte den ganzen Morgen lang fast nichts gesagt. »Alles in Ordnung, Hannah?«, fragte er.

»Ihr geht's gut, Dad«, warf Natalie ein. »Wir sind nur in Eile.«

»Wisst ihr, wer Claude Monet ist? Sie haben seine Seerosen.«

»Dad, glaubst du, wir wollen uns Gemälde von Seerosen ansehen – ehrlich?«

»Schon mal von Andy Warhol gehört?«

Beide Mädchen schauten ahnungslos drein.

»Am berühmtesten sind seine Bilder von Suppendosen.«

Hannah grinste schief. Auch Natalie sah nicht sonderlich beeindruckt aus.

»Sind alle aufgereiht. Suppendosen der Marke Campbell's. Wenn ich mich richtig erinnere, sind es zweiunddreißig. In ebenso vielen Geschmacksrichtungen. Aber alle gleich groß. Man könnte sagen, dass sie das Gesicht der modernen Kunst verändert haben. Seine Kunst wurde Pop-Art genannt. Wahnsinnig einflussreich.«

»Schon gut, Dad«, sagte Natalie, »wir kommen ja. Ich würde mir, glaube ich, lieber die Suppendosen ansehen als die Seerosen.«

»Ich dachte, die Umwelt wäre derzeit eure größte Sorge. Was ist an Seerosen auszusetzen?« Er zwinkerte. Natalie lächelte zurück, und ehe sie sich's versahen, hatten sie den Eingang zum MoMA erreicht und betraten ein drangvolles Foyer.

Das Chaos schien eine gewisse Ordnung zu haben, und hier und da hatten sich Warteschlangen gebildet. Ben sah sich nach Hinweisschildern um. Dann erspähte er einen ehrenamtlich besetzten Infotisch. »Wartet hier einfach«, sagte er und fragte sich, weshalb der Auskunftsschalter von Freiwilligen versehen wurde. »Ich geh mich nach Eintrittskarten erkundigen.«

Hinter dem Schalter saßen zwei zierliche alte Frauen mit dunkelroten MoMA-Ansteckern, die beide als *Friend of MoMA* auswiesen. »Hi«, sagte Ben angeregt, als er herantrat. »Könnten Sie mir wohl sagen, wo ich Tickets bekomme?«

»Für heute?«, erwiderte eine der Frauen. Vor ihr auf der Tischfläche häuften sich MoMA-Faltblätter mit Einzelheiten zu Sammlung und Sonderausstellungen nebst Lageplan.

»Haben Sie gebucht?«, fragte die andere Dame.

»Muss ich denn vorbuchen?« Ben warf einen Blick über die Schulter und auf die aberwitzig langen Schlangen. Er begriff, wie dämlich er gewesen war. »Sie müssen darauf nicht antworten. Nur konnte ich halt bei meinem letzten Besuch noch ganz einfach hier reingehen.«

»Das ist wohl schon eine Weile her«, sagte eine der Damen. Sie sahen nahezu ununterscheidbar aus.

»Ja. Vor rund dreißig Jahren.«

»Jetzt ist es ratsam zu reservieren, wenn Sie nicht Schlange stehen wollen, vor allem an Wochenenden.«

»Wie lange wäre die Wartezeit heute?«, fragte Ben und deutete hinter sich.

Beide Damen seufzten, ehe eine der beiden meinte: »Derzeit eine Stunde vierzig, eine Stunde fünfundvierzig Minuten.«

Er schüttelte den Kopf. »Danke.« Wandte sich ab. Wandte sich wieder um. »Wenn wir Karten haben wollten, wo bekämen wir die?«

»Der Ticketschalter ist durch die Halle, den Flur hinunter links«, sagte eine von ihnen. »Immer der Warteschlange nach.«

Ben sah in die Richtung. Alles, was er ausmachen konnte, waren Menschen – und mehrere Warteschlangen, die zusammenliefen. »Danke«, sagte er abermals und war sich im Klaren, dass er und die Mädchen in absehbarer Zukunft keinen Blick auf die Suppendosen werfen würden.

»Natalie, Hannah«, sagte er, als er wieder zu ihnen stieß, »wir haben ein Problem. Allein meine Schuld. Ich hätte vorbuchen sollen. Wir werden eine Stunde vierzig Minuten brauchen, um Eintrittskarten zu bekommen.«

»Macht gar nichts«, sagte Natalie fröhlich. »Du kannst dich anstellen, und wir gehen solange spazieren.« Dabei zwinkerte sie ihm zu. »Wir treffen uns in anderthalb Stunden hier wieder, gut so?«

»Moment mal.« Plötzlich fühlte sich Ben eingeengt. Wie sollte er ein Auge auf sie haben, wenn er hier festsäße? »Vielleicht kommen wir besser morgen wieder? Ich kann online buchen.«

»Wollten wir nicht morgen diese Sache mit der Freiheitsstatue machen?«, fragte Natalie. »Und dann in Downtown bleiben, damit wir abends leichter zum Flughafen kommen?«

Ben schaute auf seine altmodische Armbanduhr. Das vertraute Zifferblatt zählte ohne jede Rücksicht auf sein Dilemma die Sekunden. Laut dem alten mechanischen Werk war es jetzt nach halb eins, die tatsächliche Uhrzeit blieb im Unklaren. Er wollte sich der grausamen Wirklichkeit nicht auf seinem Handy versichern.

»Das macht voll Sinn«, sagte Natalie. »Du bleibst hier, und wir gehen unser Ding durchziehen.« Sie lächelte entzückend. »Dann treffen wir uns hier wieder, und alle sind glücklich.«

Ben sah hinüber zu den Ehrenamtlichen, die ihm nachgespäht zu haben schienen, wie es neugierige alte Leute oftmals tun. Auch sie lächelten ihm zu. Auf einmal lächelte ihm jeder zu. »Na schön«, sagte er zu Natalie und Hannah. »Wir treffen uns hier wieder um zwei. Ich besorge Eintrittskarten.«

»Danke, Dad«, sagte Natalie. »Ich habe dich lieb.«

Das hatte sie schon eine Weile nicht mehr gesagt. Er hatte jedoch keinerlei Absicht, für die Tickets anzustehen. Er würde versuchen, das Vierzehn-Uhr-Zeitfenster online zu buchen, während er den Mädchen hinterherging. Wenigstens hätte er damit etwas zu tun, während sie in die Sprechchöre einstimmten oder die Straße besetzten oder was immer sie heutzutage taten, um zu protestieren. Er fühlte ein Flattern in seiner Brust. Tausende würden da sein, Zehntausende mit Cory Myerson und Zoey Pine an vorderster Front. Der *Front?*

Natalie und Hannah rannten buchstäblich zum Ausgang. »Ihr kennt die Regeln«, rief Ben ihnen nach. »Das ist eine Großstadt. In Großstädten können schlimme Sachen passieren.«

»Nicht unter unseren Leuten«, rief Natalie zurück. »Wir wissen, wie wir aufeinander aufpassen. Wir lassen uns nicht in Straßenkämpfe verwickeln oder irgend so was Blödes.«

»Hoffentlich habt ihr recht. Wie treffen uns wieder hier an genau dieser Stelle«, er zeigte auf seine Füße, »um Punkt zwei.«

Sie winkten ihm über ihre Schultern hinweg. Ben sah ihnen beim Verlassen des Gebäudes, dann durch die große Glaswand auf der sonnenhellen Straße hinterher und versuchte dabei, sich tunlichst zu zügeln, um ihnen nicht zu früh nachzueilen. Keinesfalls durfte er sie auf der West 53rd Street verlieren.

Er blickte auf sein Handy und wünschte sich zum ersten Mal, Natalies Handy nachverfolgen zu können. Obwohl er an so was nicht glaubte, nicht bei seiner Tochter. Alex und er hatten immer darin übereingestimmt, sie nicht zu bespitzeln. Jetzt aber tat er genau das.

Er verspürte den jähen Drang, Kiara anzurufen, nur

um ihre zuversichtliche, vernünftige Stimme zu hören. Doch er wusste nichts Neues über die Todesfälle in der Lower East Side und sie ja anscheinend auch nicht. Überdies würde ihre Schicht gerade zu Ende gehen und sie sich anschicken, den restlichen Tag mit ihrer Tochter zu verbringen. Familienzeit, da wollte er nicht dazwischenfunken. Er wusste, wie wichtig und gleichzeitig rar gesät sie für manche war.

Wenn er wieder die Gelegenheit bekäme, Natalie auf eine Reise mitzunehmen, beschloss Ben, nunmehr unterwegs zum Ausgang, würde er ganz sicher allein mit ihr fahren. Vielleicht könnte er es so einrichten, dass irgendeine mitgebuchte Aktivität eingeschlossen wäre wie Skilaufen. Einige Hideaway-Hotels waren für derlei ausgelegt, insbesondere für Wintersport. Es sei an der Zeit, dass er einmal eine solche Wintersportanlage durchprüfe, hatte Wendy Spurling neulich vorgeschlagen. Er versuchte, sich Natalie auf einem Snowboard vorzustellen. Sie wäre begeistert, sofern sie den Umweltfrevel ignorieren könnte, den der Skizirkus anrichtete.

Er musste einen Schritt beiseitetreten, während sich eine große Besuchergruppe ins Gebäude schob. Rasch blickte er hinter sich und zur Schlange, die sich offenbar verlängert hatte. Gott sei Dank würde er da nicht anstehen.

Das Gedränge um ihn herum ließ nach, und er strebte entschlossener dem freien Himmel entgegen, nur um von einer Stimme angehalten zu werden, die seinen Namen rief, einer nicht allzu beruhigenden Stimme angesichts der Umstände. Wenn auch einer sehr überraschenden.

21

Ben«, wiederholte sie laut und trat näher, »bist das wirklich du?«

Ben versuchte zu begreifen, was da Knall auf Fall vor ihm Gestalt angenommen hatte, vielleicht einen Meter nahe der Drehtür. Das Wort POP! kam ihm in den Sinn. Es war ein bemerkenswert hübscher Anblick, keine Frage. Er holte tief Luft. Nur waren bei diesem Kunstwerk weder Wiederholung noch Ironie im Spiel – gepflegte, zeitlose Schönheit traf es eher. Sie steckte in einem eng anliegenden, blassgelben, ärmellosen Kleid, an einem Arm eine rote Handtasche, am anderen einen kleinen, glatzköpfigen Mann. Sein Gesicht wies eine ähnliche Farbe wie Emily Mullers Handtasche auf. Er war uralt und seine gefleckte Haut faltig wie ein Schildkrötenhals. Ben gab ihm nicht mehr allzu lange zu leben. Emily andererseits sah wie das blühende Leben selbst aus. Er konnte nicht einfach davonlaufen. Sie war seine Chefin.

»Emily?« Ben schüttelte den Kopf, musste immer noch verarbeiten, wer da vor ihm stand und wen in aller Welt sie bei sich hatte. »Ja, ich bin's.« Er bemühte sich um ein hinreichend entspanntes Lächeln, obwohl die Panik in ihm zügig wuchs. Seine Hände waren schon klamm. Er fühlte erste Schweißperlen auf seine Stirn treten.

»Ich hatte keine Ahnung, dass du in New York bist. Machst du Urlaub?«

»Ich bin tatsächlich zum Arbeiten hier.« Ben wusste, dass die Kommunikation zwischen den Abteilungen bei Hideaway trotz des neuen Sicherheitsprotokolls nach dem mallorquinischen Abenteuer nicht gut war. Vielleicht erlaubte es ihm der Hinweis, dass er arbeite, hier schneller herauszukommen. Er war zur falschen Zeit am falschen Ort, wie man es auch drehte und wendete.

»Oh!«, rief sie aus.

Ben schaute zum alten Mann und fragte sich, wie viel er sagen sollte. Ob es in Ordnung wäre preiszugeben, was es mit seinem Job auf sich hatte.

»Tut mir leid«, sagte Emily rasch. »Darf ich dir Felix vorstellen, meinen lieben Onkel.«

Der Mann streckte eine ledrige Hand aus. Ben schüttelte sie leicht. Der Mann nickte, ehe er seine Hand am Hosenbein abwischte.

»Früher war er im Gastgewerbe«, fügte Emily hinzu, »bevor er sich dem Immobilienmarkt zugewendet hat.«

»Als ich nach New York kam«, sagte der Mann mit dünner Raspelstimme, »wurde ich Hotelpage. Mit irgendwas muss man ja anfangen.«

»Und jetzt sieh ihn sich einer an«, sagte Emily.

»Mit einem Fuß und Arm im Grab«, hustete er. »Für niemanden was nütze.«

»He, Felix. Ich liebe dich. Du bist so gut zu mir.« Sie wandte sich Ben zu. »Höre nicht auf ihn. Er bemitleidet sich dafür, dass ihm sein Arzt Zigarren und Whisky verboten hat. Ich bemühe mich, ihn aufzuheitern.«

Ben musste unwillkürlich denken, dass Emily Muller so ziemlich jeden ausgesprochen schnell aufheitern könnte.

»Du arbeitest also?«, fragte sie ihn. »Auftragssache?«

»Ja, ich wohne im Maverick«, erwiderte Ben und schaute zugleich auf die Straße. Wie weit waren die Mädchen gekommen? »Das neue Hideaway, Downtown«, hängte er an. »Ich wollte mich mal für ein, zwei Stunden verkrümeln.« Die Inspektoren waren nicht verpflichtet, jede Minute des Tages in einem Hotel zu verbringen. Umfeld und nahe gelegene Einrichtungen waren ebenso zu berücksichtigen. War das MoMA eine nahe gelegene Einrichtung?

»Aha, das leuchtet ein«, sagte sie. »Ich war vor einem Jahr dort, kurz bevor es an Bord kam. Genau zur gleichen Zeit letzten Sommer sogar. Wie ist es? Ach, klingt viel zu sehr nach Arbeit. Sag nichts dazu. Das kann warten, bis ich wieder im Büro bin und den Bericht lese.«

»Ich kümmere mich darum, dass er so umfassend wie immer wird.«

»Aber natürlich, und bitte verzeih mir, dass ich nichts von deinem Aufenthalt hier wusste. Weißt du, ich war nicht im Büro und habe E-Mails zu meiden versucht. Eigentlich soll ich den ganzen August lang Urlaub machen, aber mal sehen, wie weit ich damit komme. Meine Kinder sind zurzeit bei ihrem Vater, und ohne sie kommen mir Strandferien unsinnig vor, also ab in den nächsten Flieger, um Felix zu besuchen und so viele Museen, wie ich kann. So was geht am besten ohne Kinder, fand ich immer. Jedenfalls bei meinen.«

Jetzt nickte Ben. Er hatte starke Zweifel, ob Wendy Spurling dem Leitungsstab mitgeteilt hatte, dass er mit seiner Tochter und ihrer Freundin reiste. Er würde das nicht nachholen, außer es wäre unbedingt notwendig. »Ich sollte wohl besser zurück – an die Arbeit zurück«, brachte er vor. »Ich reise morgen ab.«

»So bald?«, sagte Emily. »Wie reizend jedenfalls, dich zu sehen, Ben. Ich hätte mich sofort bei dir gemeldet, hätte ich dich in New York gewusst. Mich zum Abendessen verabredet.«

Wenn Ben sich nicht täuschte, flirtete sie gerade.

»Was hast du dir angesehen?«, fuhr sie rasch fort. »Auf der ganzen Welt ist das mein Lieblingsmuseum hier.«

»Meines auch«, sagte Ben. »Aber es ist wirklich ziemlich voll.« Er nickte zur Warteschlange. »Ganz New York scheint heute hier zu sein. Ich dachte, alle suchten im August das Weite.«

»Felix gehört zu den Schirmherren. Wir haben Riesenglück und müssen nicht anstehen. Wir dürfen auch ins Patron's Café.«

»Glück nenne ich das keineswegs«, schaltete sich Felix ein. »Das Privileg hat mich viele Millionen Dollar gekostet.«

»Du kannst es dir leisten, Schatz«, sagte Emily, ehe sie wieder Ben ansah. »Es gibt keinen großzügigeren Menschen als ihn.«

»Ich muss los.« Ben fühlte sein Telefon vibrieren und die Panik, die er zu unterdrücken versucht hatte, als wachsenden Kloß im Hals. Er würde beide Beine unter den Arm nehmen müssen. »Viel Vergnügen mit der Kunst.«

»Werden wir haben«, sagte Emily. »Wie schade, dass wir uns so flüchtig begegnen, Ben. Vielleicht sollte mich das Büro künftig genauer informieren.«

»Du sollst doch Urlaub machen«, erinnerte Ben sie. Außerhalb des Büros hatte er Emily zuletzt auf Mallorca gesehen, wo sie als »Eingreiftruppe« während der brisanten Entwicklung um das *Amagat* aufgeschlagen war. Einmal spätabends hatten sie sich geküsst, nachdem sie ihn gebeten hatte, sie bis zu ihrem Zimmer zu geleiten. Ben hatte gedacht, dass auch mehr daraus hätte werden können. »War reizend, dich zu sehen, Emily, und Sie kennenzulernen, Felix. Viel Vergnügen mit den Privilegien«, scherzte er noch, ehe er sich umdrehte und durch eine weitere Touristengruppe hastete, die sich ins Gebäude schob.

Draußen auf der Straße rannte er den ganzen Block hinunter bis zur Fifth Avenue. Die Ampel an der Straßenecke war rot, sodass er ein wenig Atem holen konnte. Er sah nach links und rechts und dann rüber zur anderen Seite und wieder nach links und rechts. Es wimmelte von Leuten auf den Gehsteigen, sie quollen aus den Geschäften. Dazu wilder Autoverkehr, über ihm trug ein Hubschrauber zum Krach bei. Als er zum Himmel zwischen den Gebäuden emporschaute, entdeckte er zwei Helikopter.

Nirgends eine Spur von Natalie und Hannah. Er beschloss, nach Norden Richtung Trump Tower und Central Park zu gehen, wo die Sprechchöre und das Getrommel herschallten. Bald sah er Polizeiketten, Barrikaden und einen riesigen Stau. Auf Höhe der 55th Street war die Fifth Avenue abgesperrt worden. Noch Karten für das Vierzehn-Uhr-Fenster im MoMA zu buchen, würde schwierig werden.

Er kam an der Fifth Avenue Presbyterian Church mit ihrem massiven Sandsteingepränge aus dem neunzehnten Jahrhundert vorbei. Sie vermittelte eine eigentümlich ruhige, gleichmütige Note. Weiter vorn, hinter den Absperrungen, konnte er die Gucci-Hauptfiliale einer anderen Epoche gemäß drauflosprotzen sehen, und darüber erhob sich wie ein dunkler, glitzernder Dämon der Trump Tower. Wer konnte es diesen jungen Rebellen verübeln? Er war das genaue Gegenteil der Fifth Avenue Presbyterian Church, die schon so viele Jahrzehnte als festes Gefüge still und ruhig dagestanden hatte.

Mitten auf der Fifth Avenue, ein kurzes Stück vor der Straßensperre und das zornige Knurren umgeleiteter Fahrzeuge im Rücken, wurde er sich bewusst, nicht die einzige verirrte Seele auf der – abhängig von Weltanschauung und elterlichen Pflichten – entweder richtigen oder falschen Seite des Gitters zu sein.

Sein Telefon meldete eine SMS von Kiara. *Müsste bis morgen Hausdurchsuchungsbeschluss haben. Muss Sie um etwas bitten. Rückruf bitte sobald möglich. Ich hoffe Sie stecken nicht in Demo fest – höre sie ist am Kippen. Bleiben Sie Midtown fern und passen Sie auf sich auf!*

Es gab keine weiteren Kurzmeldungen. Er setzte schnell eine an Natalie ab. *Wie läuft's? Bitte geht nicht bis nach vorn.*

Barrikaden wurden hastig in den Querstraßen errichtet, während immer mehr Cops erschienen, viele in SEK-Montur. Ben beschlich das mulmige Gefühl, in der Falle zu sitzen. Da erzitterte gleichsam der Erdboden von einem lauten Knall, wie bei einem Auto mit Fehlzündung. Oder einer kleinen Explosion. Es war eine kleine Explosion. Er konnte dicken, weißlichen Rauch jenseits der Hauptbarrikade aufsteigen sehen. Setzten sie Nebelgranaten ein? Tränengas?

Hektisch funkte er eine weitere Nachricht an Natalie. *Bleibt mir bloß von der Demo weg. Sie schießen mit Tränengas.*

Die gestrige Begegnung mit den Sondereinsatzkommandos an der High Line war im Vergleich dazu Kinderkram – kaum eine Kostümprobe. Als einziger Mensch überhaupt hatte sich Hannahs Mum Katie davon erschrecken lassen, und die war fünftausend Kilometer weit weg gewesen; gut, vielleicht noch das ältere Paar, das nicht mehr zu seinem Hotel zurückfand. Hier aber wurde es verflucht ernst. Da brach ein ausgewachsener Krawall los.

Als er das Telefon in seine Tasche zurücksteckte, fühlte er es summen. *Ich dachte du kaufst Tickets. Spionierst du uns nach? Uns geht's gut.* Natalie. Wo zum Geier steckte sie?

Ben sah von seinem Display auf und betrachtete die Cops und den Massenauflauf und das Chaos. Er stellte sich auf die Zehenspitzen. Ob Natalie ihn sehen konnte? Völlig ausgeschlossen, dass er sie in dem Meer aus Ökokriegern und ihren milliardenschweren Unterstützern erspähen würde. Könnten sie und Hannah es irgendwie an die vorderste Front geschafft haben?

Es gab einen weiteren Knall, noch eine Rauchwolke, diesmal hellrosa. Beinahe schön sah es aus, wie sie ins makellose Himmelsblau emporwaberte. Ben wusste, was er zu tun hatte. Er musste zwischen die Demonstranten gelangen, rein ins Eingemachte. Er musste Natalie und Hannah beschützen.

22

Auf keinen Fall konnte er sich geradewegs durch die Absperrgitter und die Mauer aus Polizisten quer über der Fifth Avenue schlagen, weshalb er kehrtmachte, zurück zur Kreuzung 55th Street hastete und sich nach Osten wandte, um vor lauter Herzrasen am St. Regis zu verschnaufen, das im frühen zwanzigsten Jahrhundert erbaut worden war. Zu einer anderen Zeit wäre er vielleicht von dem großen, altehrwürdigen Hotel beeindruckt gewesen, mit seiner schmucken Reihe aus einem Sternenbanner und Flaggen in Blau und Gold mit dem Logo des Hotels über dem ausladenden, goldfarbenen Vordach. Verschnörkelte Steinmetzarbeiten und prächtige, zinnenbewehrte Fenster schichteten sich scheinbar endlos viele Geschosse hoch hinauf in den nun von Rauchschlieren durchzogenen blauen Himmel.

Auf einmal hatte Ben furchtbare Sehnsucht nach dem vom Maverick gebotenen, dezent modischen und augenzwinkernd kuratierten Charme der Lower East Side im einundzwanzigsten Jahrhundert. Ihm fehlten auch die eigenwilligen Belegschaftskittel des Maverick und Jay Jays Anzüge. Vor dem St. Regis standen zwei ältliche Pagen in steifen schwarzen Uniformen samt funkelnden Messingknöpfen und auf Hochglanz polierten Schnürschuhen. Die Welt hatte sich weitergedreht, war sich Ben mehr denn je im Klaren, während er seinen Weg zur Madison Avenue nahm.

Auf der Madison joggte er nach Norden los, vorbei an den heillos feststeckenden, hupenden Autos, und hoffte, über die 58th oder 59th Street einen Bogen zurück zur Fifth Avenue schlagen zu können. Beide Straßen wurden jedoch auf halber Strecke von New Yorker Polizeikräften blockiert. Er fragte sich, welche Mannschaftsstärke das NYPD heutzutage eigentlich aufwies, ungeachtet Kiaras Rede von mangelnden Ressourcen. Gedanken an einen Polizeistaat in der neuen Weltordnung gingen ihm durch den Kopf. Bisher war sein Aufenthalt in der Stadt höchst verwirrend gewesen. Nichts war so, wie er es sich vorgestellt hatte.

Die East 60th war zum Glück für Fahrzeuge und Fußgänger frei, und er legte einen Zahn zu, während er auf Fifth und Central Park zustrebte und sich immer mehr farbiger Rauch, der hierhergezogen war, mit den Baumkronen vermengte und allmählich die Wolkenkratzer an der anderen Parkseite verschleierte.

Einmal auf der Fifth, fand er sich anscheinend in der Nachhut der Demo wieder, eine Mischung aus Nachzüglern von Extinction Rebellion und versprengten Touristen. Ehe er sich's versah, wurde er im Halbkreis um den Platz vor dem Plaza Hotel getrieben, einem weiteren wuchtigen Relikt aus vergangenen Tagen mit Flaggenschmuck, vergoldeten Zinnen und steingemeißeltem Fensterwerk.

Auf einmal kam hinter ihnen eine Polizeikette näher, ebenso vor ihnen. Ben blickte sich um, schaute nach den

Demonstranten in seiner unmittelbaren Nähe. Erneut stellte er sich auf die Zehenspitzen, doch vor ihm waren es viel zu viele Menschen bis hin zum Anfang der Demo.

»He«, sagte er und schnellte herum, als es ihm heftig gegen die Rippen schlug. Das war mehr als ein Ellbogen. Es war ein ausziehbarer Knüppel, wie ihn Kiara zuvor am Tag so entschieden geschwungen hatte. Richtig und mit der festen Absicht benutzt, größtmöglichen Schmerz zu bereiten, hatte er reichlich Wums. »Was sollte das denn?«, rief Ben dem Cop entgegen, der die Schlagwaffe führte.

Zur Antwort wurde Ben beim Arm gegriffen und den ganzen Weg zurück zur Ecke des Parks und über die Fifth Avenue zur East 59th Street gezogen. »Lassen Sie mich los«, rief Ben und versuchte, den Polizisten abzuschütteln. Der aber packte nur noch fester zu und zerrte ihn umso rabiater fort von der Kundgebung, hinein in eine verschattete 59th Street.

Ben strauchelte, während er auf den Beinen zu bleiben versuchte. »Was zum Teufel soll das werden?«, gab er so laut und bestimmt wie möglich und mit betont britischem Akzent von sich.

Auch andere Cops beförderten einzelne Demonstranten die Straße hinunter bis zu einer weiteren Polizeikette, durch die Ben gestoßen wurde. Wohl fünfzig, sechzig Leute waren hier zusammengedrängt. Manche hockten auf dem Pflaster, andere skandierten Sprechchöre. In einer Falle steckten sie allesamt.

»Was passiert jetzt?«, fragte er eine schmächtige, grauhaarige Frau, die sich neben ihm noch aufrecht halten konnte. Sie war mit einem Flickenteppich aus Abzeichen von Extinction Rebellion und selbst gebastelten Symbolen ausstaffiert.

»Erst kommt die erkennungsdienstliche Behandlung, und je nach Platzbedarf bringen sie uns dann auf eine Wache oder in ein Untersuchungsgefängnis.«

»Ein Untersuchungsgefängnis?«, sagte Ben ungläubig.

»Könnte Rikers sein. Liegt am nächsten.«

»Weshalb die erkennungsdienstliche Behandlung?«

»Wegen Demonstrierens.«

»Ich war nicht demonstrieren.«

Die Frau musterte ihn von Kopf bis Fuß und ziemlich abschätzig. »Unsere Kirche steht jedem offen. Abstreiten hat keinen Sinn. Bringt dir gar nichts. Nicht bei diesem Haufen.« Sie wedelte mit ihrer schmalen, knochigen Hand in Richtung der allernächsten Traube aus Polizisten. »Im Übrigen kennst du ja den Plan – wir müssen das System fluten. Hast du gehört – flutet das System, flutet das System. Dem muss sich jeder verschreiben, sonst ist in der Rebellion kein Platz für dich. Diese Welt ist neofaschistisch, und wir bekämpfen sie.«

»Ich will gar keinen Platz in der Rebellion, besten Dank«, sagte Ben. »Ich will bloß meine Tochter und ihre Freundin finden. Ich muss raus aus diesem Polizistenkordon oder was immer das ist.«

»Einkesselung«, gab die Frau zurück, ehe sie wegschaute und geschmeidig zu Boden sank, um die Beine unterzuschlagen. Das Gespräch war beendet.

Er nahm es ihr nicht übel. Hier hatte er nichts verloren. Schnell ein prüfender Blick auf sein Telefon. Nichts Neues von Natalie, aber noch eine SMS von Kiara. Was könnte sie jetzt wollen? Hatte sie ihm nicht eben erst geschrieben? Er ließ die Nachricht ungeöffnet und versuchte stattdessen, Natalie anzurufen. Sofort sprang ihre Mailbox an. Er versuchte es mit Hannahs Nummer. Auch bei ihr kam sofort die Mailboxansage.

Jetzt war der falsche Zeitpunkt, um sich mit Kiara zu besprechen. Sie hatte davor gewarnt, Midtown aufzusuchen und in die Demo zu geraten, und wo war er gelandet? Er hätte sich in keine schlimmere Lage bringen können, außer sie schleiften ihn tatsächlich noch nach Rikers Island.

Er eilte hinüber zu den Cops in nächster Nähe. »Entschuldigen Sie«, sagte er so höflich und gepflegt britisch im Ton, wie er konnte. »Ich glaube, es liegt ein Irrtum vor. Keine Ahnung, warum ich von einem stämmigen Beamten hierhergezerrt wurde, aber ich bin Tourist. Ich bin mit meiner Tochter und ihrer Freundin auf Sightseeingtour in New York. Wir wurden getrennt. Sie sind irgendwo auf der Fifth Avenue. Ich muss hin zu ihnen und nachsehen, ob sie wohlbehalten sind. Die beiden sind minderjährig.«

Einer der Cops, beleibter noch als jener, der ihn hergeschafft hatte, trat vor und ließ sich Zeit dabei, Ben zu betrachten, fast schon so abfällig wie die alte Hippiefrau. »Du musst schon warten, bis du drankommst, Kumpel. Wir wickeln jeden ab, so schnell wir können. Meinst du etwa, wir wollten euch alle hierbehalten, wo's noch massenhaft von deiner Sorte festzunehmen gibt?« Er schüttelte den Kopf. »Tanz mal nicht aus der Reihe, stell dich wieder brav zu deinen Freunden.«

Ben konnte nirgends eine Reihe sehen, nur einen immer überfüllteren Behelfspferch. Die alte Hippiefrau war in einem Meer aus jüngeren und quirligeren Demonstranten verschwunden. Jemand in der Nähe schlug eine Trommel, und zügig setzte der Sprechchor ein. »Flutet das System, flutetet das System!«

Er sah hoch zum rauchgeschwängerten blauen Himmel, als suchte er eine göttliche Eingebung. Keine ergab sich. Er sah wieder auf sein Telefon. Musste es festhalten, da soeben eine weitere Welle Demonstranten in den Kessel gepresst wurde. Nicht ein Windhauch regte sich, und die Luftfeuchtigkeit war so drückend wie das Gedränge um ihn.

In Gedanken blendete er zurück auf die merkwürdige Zufallsbegegnung mit Emily Muller und ihrem reichen Onkel. Jetzt gerade würden sie die Privilegien genießen, die dessen Schirmherrschaft für das MoMA mit sich brachte. Wenigstens waren sie außerstande, ihn hier in diesem Schlamassel zu erleben.

Er musste hier raus. Mit frischem Elan drängelte er sich zwischen den zerlumpten Häftlingen durch bis an den Rand der Umzingelung. Die Sprechchöre hatten sich etwas gelegt, doch aus einiger Entfernung war weitere Knallerei zu hören, begleitet von tosendem Gebrüll und dem Knattern von Rotorblättern.

Dann sah er seine Bresche – eine schmale Lücke zwischen den Absperrgittern. Zu eng für irgendeinen der fülligen Cops, aber breit genug für einen schlankeren Demonstranten oder unglückseligen Zaungast. Er rückte dicht auf. Dahinter waren weder SEK-Einheiten noch sonstige Beamte des NYPD in unmittelbarer Nähe.

Ein in edelsten marineblauen Feinköper von Old Town gehülltes Bein durch die Lücke, ging ihm auf, weshalb er sich als Einziger auf diese riskante Mission begab. Die anderen wollten ihre Freiheit gar nicht zurück. Das gehörte nicht zu ihrem Plan. Sie wollten erkennungsdienstlich erfasst werden, Rikers Island verstopfen, das System fluten. Statt sich ihm zu entziehen.

Noch ein Schritt, dann war er draußen auf der 59th Street und zurück zur Madison unterwegs. Nur nicht schnell genug oder unsichtbar.

»He, Sie da«, hörte er es hinter sich rufen. »Sie da, wo soll's hingehen? Halt. Keine Bewegung!«

Langsam kam Ben zum Stehen und drehte den Kopf. Es war eine Weile her, dass jemand eine Schusswaffe auf ihn gerichtet hatte.

23

Der Fond des Streifenwagens, in dem er sich wiedergefunden hatte, war wie ein Rückfall auf seine Streifzüge durch New York vor so vielen Jahren gewesen. Er glich haargenau den alten gelben Taxis mit seiner Plexiglastrennscheibe, ausgeleierten Federung und den klebrigen Kunstlederbezügen. Damals hatte er die Bars abgeklappert, berauscht vom Leben selbst, und war immer weiter nach Downtown vorgestoßen. Der Streifenwagen hatte ihn hingegen nach Norden gebracht in die East 67th Street, wie er auf der Rückbank durch die verschmierten Scheiben gesehen hatte. Er war umstandslos in der schäbigen Wache des neunzehnten Reviers ausgespuckt worden.

Dies war ein nobles Stadtviertel. Nur an der Einrichtung der Polizeiwache war nichts nobel. Sie war ebenso vergammelt wie der alte Streifenwagen, in dem er hergebracht worden war. Dazu roch sie nach scharfem Putzmittel, ungewaschenen Körpern und Fast Food. Die Klimaanlage röchelte kläglich vor sich hin. Er vermisste die kühle Brise im Maverick ungemein. Ebenso vermisste er Jay Jays Brasserie mit Pfiff. Wann würde er endlich wieder etwas Anständiges zu essen bekommen?

Er hatte über eine Stunde lang auf einer harten Bank in einem überfüllten, schmuddeligen Empfangsraum gewartet. Tatsächlich war die Tür verriegelt. Ihm war gesagt worden, dass es keinen Weg nach draußen gebe, bis er von einem Detective hinausgeführt und in ein Vernehmungszimmer gebracht würde, und er es sich darum auch gleich gemütlich machen könne. Er hatte den Ausdruck unpassend gefunden, doch als er sich seine Mitinhaftierten besah, die zumeist ausgesprochen zerzaust aussahen, fragte er sich, ob der Raum für manche doch eher eine gemütliche Alternative sein mochte.

Er hatte über seine privilegierte Lebenslage nachgesonnen und darüber, welche Art Bericht er wohl über diese spezielle Lokalität und ihr Personal abfassen würde, und dann geriet er in Zorn und Angst. Freiheit war ein flüchtiges Gut für so viele.

Es war vierzehn Uhr geworden. Es war fünfzehn Uhr geworden. Und sein Handyakku war nahezu leer. Wenigstens hatten sie es ihm nicht abgenommen. Nur war es ihm noch immer nicht gelungen, Verbindung mit Natalie oder Hannah aufzunehmen, obwohl er sie beinahe ständig anzurufen oder ihnen zu schreiben versucht hatte. Er konnte es einfach nicht verstehen. Sie hätten am MoMA sein und auf ihn warten müssen. Wieso hatten sie ihn nicht zu erreichen versucht, als er nicht auftauchte, mit oder ohne Eintrittskarten?

Befanden sie sich womöglich in einer ähnlichen Zwangslage wie er, eingesperrt im Gewahrsamsraum einer Polizeiwache oder noch schlimmer einer Zelle auf Rikers, die Handys eingezogen? Ben nahm den Kopf aus den Händen, stand auf und ging zum Tresen hinüber.

»Nicht Sie schon wieder«, sagte die übergewichtige Polizistin dahinter, ohne aufzublicken.

»Ich fürchte, doch«, sagte Ben so freundlich, wie er konnte. »Mir ist klar, dass Sie zu arbeiten haben und nur Ihre Vorschriften befolgen, aber da läuft etwas schrecklich schief mit Ihren Vorschriften, insbesondere im Hinblick auf die unzulässige Inhaftierung ausländischer Bürger. Anders gesagt kann ich hier keine Zeit mehr mit Warten verbringen, während meine Tochter und ihre Freundin in schrecklicher Gefahr sein könnten. Ich muss sie finden. Wir wurden in der Demonstration getrennt.«

»Sie hätten sich nicht an der Demonstration beteiligen dürfen«, wiederholte sich die Polizistin. »Sie war nicht genehmigt.«

Ben hob abermals zu einer Erklärung an, wonach er nur mitgerissen worden sei. Er wählte seine Worte sorgfältig, wollte nicht über Natalies und Hannahs Beteiligung lügen. Doch es führte einmal mehr zu nichts. Er kehrte zu seinem Platz auf der Bank zurück und betrachtete zum x-ten Mal sein Telefon. Auf einmal erwachte es zum Leben, eine unbekannte Nummer.

»Hallo?«, sagte er, noch während er hektisch über das Annahmefeld wischte.

»Ben?«

»Oh, hallo Katie.«

»Ich bin nicht überbesorgt, glauben Sie mir, Ben. Aber wo ist meine Tochter? Ich habe sie seit Stunden nicht mehr erreichen können.«

Er sah auf seine Armbanduhr, in London waren es zwanzig Minuten nach acht abends. »Katie, ich kann gerade nicht sprechen. Ich habe nur noch ganz wenig

Akku.« Er beendete die Verbindung und tat, was er schon vor mindestens einer Stunde hätte tun sollen.

Kiara antwortete zügig genug. »So was, der geheimnisvolle Fremde. Spielen Sie das Rührmichnichtan, Ben? Haben Sie meine Nachrichten bekommen?«

»Kiara, ich brauche Ihre Hilfe.«

»Ich wollte Sie um Ihre Hilfe bitten – da ist noch was vorgefallen, das mich und die Filmschule und das Hotel betrifft. Ich würde mir das wirklich gern genauer ansehen, ehe sich erst die richtigen Detectives einmischen.«

»Sie wollen denen zeigen, wir man's macht?«, fragte Ben zerstreut.

»Wollen wir doch beide, nicht wahr?«

»Sicher.« Ben war mit den Gedanken ganz woanders.

»Außerdem wollte ich wissen, ob Sie Lust auf ein Treffen heute Nachmittag hätten. Meine Mum würde Jessie für den Rest des Tages übernehmen – sie übernimmt sie das ganze Wochenende, wenn ich Schicht habe.«

»Sie haben großes Glück.«

»In mancherlei Hinsicht. Jedenfalls kann ich mir vorstellen, wie das ist, zwei halbwüchsige Mädchen bespaßen zu wollen. Die wollen nicht mit Ihnen rumhängen, ganz gleich wohin sie mitgenommen werden. Ich dachte, wir könnten – weiß nicht – miteinander quatschen, während die ihr Ding machen. Wir können ein Auge auf sie behalten, auf Abstand. Ich bin ja dazu ausgebildet.«

»Auch unter widrigen Umständen?«, fragte sich Ben laut beim Gedanken, dass jemand Bestimmtem bei einer Kundgebung nachspüren nicht zu seinen Begabungen gehörte.

»Vorbereitende Überwachung hieß der Lehrgang.«

»Klingt nützlich.« Ben schien, er hätte gern selbst daran teilgenommen. Seine Inspektorenausbildung war straff gewesen, aber verhältnismäßig überschaubar. Vielleicht konnte er ja etwas Ähnliches anregen. Sollte er hier je wieder rauskommen. Sollte er noch eine Stelle haben.

»He, der Tag ist noch lang«, fuhr Kiara fröhlich fort. »Haben Sie es raus nach Liberty Island geschafft?«

»Wohl mehr nach Rikers«, murmelte Ben. »Hören Sie, Kiara, ich stecke ziemlich in der Klemme. Tatsächlich bin ich Uptown im neunzehnten Revier. Die wollen mich nicht gehen lassen, und ich habe Natalie und Hannah verloren.«

»O je, sagen Sie nicht, Sie wurden festgenommen.«

»Doch, fürchte schon. Mein Telefon hat fast keinen Saft mehr. Ich warte auf die erkennungsdienstliche Behandlung. Ich bin schon seit 'ner halben Ewigkeit hier.«

»Ohne Ihre Tochter und deren Freundin?«

»So ist es, und ich kann sie nicht erreichen.«

»Manchmal stören sie bei solchen Tumulten den Mobilfunk. Sie glauben ja nicht, was die Bundesbullen alles draufhaben. Ich habe doch gesagt, Sie sollen Midtown fernbleiben.«

»Ich weiß. Ich habe die Mädchen in der Demo aus den Augen verloren. Es wurde ruppig.« Er konnte Kiara seufzen hören. »Wir wollten uns wieder im MoMA treffen. Da war eine lange Schlange, wissen Sie, weshalb die Mädchen nach draußen gingen und in die Demo verstrickt wurden. Ich sollte eigentlich die Tickets kaufen.«

»Sie sind jetzt im Neunzehnten, sagen Sie? Upper East Side?«

»Ja.«

»Schon unterwegs.«

»Bitte machen Sie sich keine Umstände. Ich kann einen Anwalt anrufen. Die Firma, für die ich arbeite, hat Regelungen für solche Notfälle.« Freilich würde er Hideaway niemals unterrichten und alle Register ziehen lassen, wie das bei einem in Schwierigkeiten geratenen Gast der Fall wäre. Als Inspektor hätte er es besser wissen müssen. Einer der Inspektoren für Hideaway war nichts weniger als pensionierter Schweizer Polizeibeamter. Ben konnte sich gut ausmalen, was der zu sagen hätte. Die Berufsehre wäre peinlich beschädigt. Er konnte sich auch ausmalen, was Marc Hoffman zu sagen hätte. Was Wendy Spurling belangte – nicht auszudenken. Emily Muller? Er fuhr beinahe zusammen.

Warum sollte er dann einer jungen New Yorker Streifenpolizistin erlauben, ihm zu helfen? Doch im Augenblick schien sie seine einzige echte Hoffnung zu sein.

»Kiara?« Er nahm das Telefon vom Ohr und sah aufs Display. Es war erloschen, und er hatte sie nicht mal nach dieser anderen Sache gefragt, die ihr in Zusammenhang mit der Filmschule und dem Hotel passiert war. Warum sie seine Hilfe brauche.

24

Als er auf den Gehsteig hinaustrat, sog sich Ben die Lunge mit schwülheißer, versmogter New Yorker Luft voll. Schmeckte das gut. »Du bist ein Genie«, sagte er und blinzelte die Helligkeit weg. Dass noch immer Tageslicht herrschte, überraschte ihn. Kiara wurde wieder deutlich sichtbar. Lächelnd stand sie gleich neben ihm.

»Ich bin kein Genie. Diese Schwachköpfe da drin – die hassen Papierkram. Hau ihnen ein paar offensichtliche Ungereimtheiten um die Ohren und mach ihnen weis, du würdest ein Verfahren wegen widerrechtlicher Festnahme anstrengen, und sie knicken immer ein. Vor allem war's ja nicht so, als hättest du irgendwas verbrochen.« Sie schenkte ihm einen strengen, wissenden Blick. »Du bist nicht dabei erwischt worden, wie du einen Laden ausraubst oder jemand ermordest.« Dann entgleisten ihre Züge, und sie lachte lauthals. »Aber du bist ein *bloody* Trottel, so was von zur falschen Zeit am falschen Ort zu sein.«

Ihr Versuch eines englischen Akzents war nicht ganz geglückt, doch er brachte Ben zum Lachen. Kiara brachte Ben zum Schmunzeln und Lachen, Punktum. Sie hatte seinen Arsch gerettet – seinen Speck, wie es unter Briten so schön hieß. Zum ersten Mal seit sehr Langem hatte er beinahe Heimweh – Heimweh nach einem Land, in dem er schon seit Jahren nicht mehr durchgängig wohnhaft gewesen war.

Als er sich nach rechts und links in der East 67th Street umsah, so weit er blicken konnte, fühlte er das Lächeln aus seinem Gesicht schwinden. Wo waren die Yellow Cabs, wenn man mal ein Taxi brauchte? »Kannst du mir wohl dein Telefon borgen? Ich muss es bei Natalie versuchen.«

»Klar.«

Sie langte in ihren Schulterbeutel und reichte ihm ihr Handy. Statt Uniform ein kurzes, leichtes Sommerkleid von der Farbe eines aufgeschnittenen Pfirsichs, eine dünne Jeansjacke und dezent modische Turnschuhe, sah Kiaras Aufmachung wie der Inbegriff lässigen Großstadtchics aus. Die Polizistin konnte er ihr überhaupt nicht ansehen.

Zum Glück hatte sie ihre Dienstmarke vor der Beamtin am Tresen der Neuzehnten Revierwache geschwenkt, sonst hätte er bezweifelt, dass sie ihr dort den Cop abgenommen hätten. Was er ihr ansah, war die gescheite, selbstbewusste Frau, die auf ihr Vergnügen aus war. Dazu eine, die sich nicht verscheißern ließ.

»Natalie?«

»Dad?«

»Natalie?« Ben fing Kiaras Blick ein, deutete auf das Telefon und formte *sie lebt!* mit den Lippen. Ihm war nach einem Luftsprung zumute.

Kiara nickte und lächelte zurück, als wollte sie sagen: selbstverständlich, Trottel.

»Was ist das für eine Nummer?«

»Mein Telefon hat keinen Saft mehr, dieses gehört einer Bekannten. Wo steckst du, verdammt? Ich versuche schon eine Ewigkeit, dich zu erreichen. Seit Stunden. Ist alles in Ordnung?«

»Ja doch – warum hörst du dich so schräg an? Fragt sich eher, ob mit dir alles in Ordnung ist. Wir haben in diesem *bloody* Museum auf dich gewartet – stundenlang.«

»Ihr seid zum Museum gekommen? Aber warum seid ihr nicht ans Telefon gegangen? Warum konnte ich euch nicht erreichen? Keine von euch?«

»Weiß ich nicht. Da waren eine Menge Leute um uns rum. Manchmal schalten sie Mobilfunkmasten ab während einer Demo. Sie wollen nicht, dass die Leute kommunizieren. Sie haben was gegen Redefreiheit. In dieser Welt leben wir, Dad.«

»Habe ich schon mitgekriegt. Wo seid ihr jetzt?«

»Zurück im Hotel. Wir wussten nicht, was wir sonst tun sollten.«

»Ihr habt da ganz allein zurückgefunden?«

»Wir waren nicht allein, Dad, wir hatten uns«, sagte sie wegwerfend. »Und ja, ich kann mit Google Maps umgehen. Es war ein langer Fußweg.«

»Wow, ich bin beeindruckt. Gott sei Dank bist du gut aufgehoben – seid ihr beide gut aufgehoben. Könntest du Hannah ausrichten, sie soll bitte dringend ihrer Mum simsen – nur damit sie weiß, dass es ihr gut geht?«

»Sie haben sich gesimst, Dad, und du hast voll Ärger an der Backe. Katie ist gar nicht gut auf dich zu sprechen.« Sie kicherte. »Mum ist aber gut drauf.«

»Schon mal was«, sage Ben zerstreut. »Ich bin jetzt auf

dem Rückweg zum Hotel. Der Tag ist immer noch lang. Machen wir das Beste draus.«

»Beeil dich nicht unseretwegen«, sagte Natalie. »Wir sind echt durch. Wollen jetzt bloß ein, zwei Stunden chillen. Wir sind meilenweit zu Fuß gelaufen.«

»Okay – dann können wir ja schön zu Abend essen«, sagte er mit Blick auf seine Armbanduhr und dann zu Kiara. Ob er sie auch zum Abendessen einladen konnte?

»Offen gesagt, Dad, würden wir das Angebot lieber ausschlagen.«

»Was? Ich habe euch den ganzen Tag lang kaum gesehen.«

»Wer ist denn schuld dran? Wo zum Teufel warst du? Wir waren diejenigen, die auf dich gewartet haben – schon vergessen? Wo bist du jetzt überhaupt?«

»Ich bin Uptown.«

»Und machst was?«

»Ich wurde aufgehalten, als ich euch gesucht habe – die Demonstration lief aus dem Ruder. Ich habe die Explosionen gesehen.«

»Explosionen? Meinst du die Leuchtfackeln? Das ist so üblich. Das machen wir immer.«

»Und das Tränengas? Da war Bereitschaftspolizei überall und SEK-Typen.« *Wir?*, musste Ben unwillkürlich denken. *Das machen wir immer so?* »Freundlich waren die nicht gerade. Riesenkerle, schwer bewaffnet.« Er hatte noch das Bild vor Augen, wie der Dienstrevolver auf kürzeste Entfernung auf ihn zielte.

»Es war eine Demo, Dad.« Eine lange Pause trat ein. Dann lautes Luftholen. »Jetzt sag nicht – o mein Gott, jetzt kapier ich. Hannah, Hannah? Das rätst du nie, Dad wurde eingekesselt. Dad wurde verhaftet. Oder nicht, Dad?« Sie fing an zu kichern.

Natalie ließ sich nicht für dumm verkaufen, freute sich Ben einmal mehr, gleichwohl ihre Heiterkeit auf seine Kosten ging. Er konnte es sich locker leisten – eingedenk der vielen Zeit, die er auch künftig ohne sie verbringen würde – und ohne sie zu erziehen. Seine Tochter würde es weit bringen, war er sich sicher – in dem, was noch von der Welt übrig sein mochte, wenn Natalie erst erwachsen war.

»Ich erklär's dir, wenn wir uns sehen«, sagte er. »Ich bin unterwegs. Wie treffen uns in Kürze.« Ungläubig sah er auf seiner Armbanduhr, wie spät es inzwischen war. Er blickte zu Kiara, die ein paar Schritte davongegangen war und höflich wegschaute.

»Hat keine Eile, Dad, ehrlich. Bitte, uns reicht es völlig, einfach nur zu chillen.«

Ben blickte erneut zu Kiara. »Na schön«, sagte er. »Aber ich will auf jeden Fall, dass wir alle zusammen zu Abend essen.« Er hatte sich darauf besonnen, dass noch Arbeit auf ihn wartete. Seine neu gefundene Freiheit musste er klug einsetzen.

»Meinetwegen«, sagte Natalie beiläufig. »Wenn uns danach ist.«

Sie hatten etwas vor, das spürte er. »Jetzt sag mir nicht, dass Cory Myerson noch so einen Dachgartenrummel abzieht?« Hätte er sich denken können. Eine ausgelassene Après-Demo-Fete.

»Nein«, sagte Natalie viel zu schnell, »nicht, dass ich wüsste.«

Ben erhoffte sich, dass von allen Demonstranten in der Tat der Pseudo-Ökokrieger verhaftet worden sei und in irgendeiner qualvoll langsam mahlenden Bürokratiemühle feststeckte. Oder schon auf Rikers schmachtete. Nur wusste er zweifelsfrei, dass die Superreichen nach anderen Regeln spielten. Sie waren mehr oder weniger unangreifbar.

Er beendete das Gespräch und eilte zu Kiara hinüber, um ihr das Telefon zurückzureichen. »Danke dir.«

»Ich bin froh, dass sie in Sicherheit sind.«

»Ja«, sagte Ben. »Sie sind findig. Haben es von der Kundgebung den ganzen Weg zurück zum Hotel geschafft, ohne irgendwem in die Quere zu kommen.«

»Macht das dich zum Querulanten in der Familie?«

»Du hast ja keine Vorstellung.« Er schmunzelte.

»Was jetzt?«, fragte sie.

»Ich schulde dir ein dickes Danke.« Er konnte noch immer keine Taxis sehen und hatte keine Möglichkeit, selbst ein Uber zu rufen. Sie gingen in Richtung Lexington Avenue. »Es wird ein schöner Abend werden.« Die Hitze und Luftfeuchte waren etwas weniger drückend geworden, nirgendwo in der Nähe war etwas von Straßenkampf zu hören. »Wir könnten durch den Central Park schlendern und irgendwo eine nette Cocktailbar finden, bevor es nach Downtown und zum Maverick geht. Wo es wunderbar wäre, könntest du mit uns zu Abend essen.«

»Das klingt nach einer Superidee, Ben. Schauen wir einfach, wie weit wir kommen, ja?« Sie strahlte ihn neuerlich an. »Es war schon ein langer Tag, und sosehr meine Mutter auch ein Engel ist, sehe ich doch gern meine Tochter, wann ich kann. Und ich muss morgen früh raus, nicht vergessen.«

»Ja, das müssen wir beide«, sagte Ben, dem der Hausdurchsuchungsbeschluss und abermalige Besuch der Filmschule einfiel.

Sie blieben an der Ecke Madison und 69th stehen.

»In diesen Stadtteil komme ich nie«, sagte Kiara. »Ist eine andere Welt hier oben.«

Einen Augenblick lang schämte sich Ben all der Orte, an denen er gewesen war, der Hotels, die er erlebt, des Luxus, den er wahrgenommen hatte. »Tja, eine andere Welt, weiß Gott.« Er sah an den Stadthausgeschossen längs der mit Bäumen gesäumten Straße empor. »Wobei einen solcher Wohlstand nicht unbedingt glücklich macht.«

»Schon das größte Klischee der Welt, oder?«, sagte Kiara. »Ich verrat dir was, ganz umsonst: Armut macht niemanden glücklich.«

»Den Spruch habe ich auch schon mal gehört«, sagte Ben.

Sie setzten sich wieder in Bewegung. Was für ein ungleiches Paar sie abgaben, sie ein Federn neben seinen schweren Schritten. Es fühlte sich gut an, mit einer so hübschen und fähigen Frau neben sich die Straße entlangzugehen. Er könnte durchaus die Budapester eines Tages Turnschuhen zuliebe abstoßen, dachte er sogar, dann hätten Natalie und Olly wenigstens was zu lachen. Ihm gingen die Pferde durch. Fast hätte er vergessen, dass sich Emily Muller nicht sehr viele Häuserblocks entfernt befand.

Nur glaubte er nicht, dass Emily ihn so flugs aus dem Polizeigewahrsam hätte befreien können. Ihr hätte er schon mal nie gestanden, überhaupt in Gewahrsam gewesen zu sein. Er wusste von Emily, dass sie solche unnötigen Fehler und Komplikationen ungern verzieh, gleich, wer wirklich daran schuld war. Ihre Geschäftsführung baute auf Kompetenz, Professionalität und natürlich ein gutes Image. Alles musste perfekt sein und aussehen. Das war einer der Gründe, weshalb Hideaway Inspektoren wie Ben beschäftigte. Das Streben nach Spitzenleistungen war anspruchsvoll und verlangte großen Aufwand – oder hätte es wenigstens tun sollen.

Das Streben nach Fakten, der Wahrheit, war gleichfalls etwas, womit Ben als Wirtschaftsjournalist wie Inspektor eine Menge Erfahrungen hatte. Seine Vorstöße als Krimiautor in die Welt erfundener Geschichten harrten noch der Nagelprobe. Diese Reise allerdings machte ihn ganz gewiss empfänglicher für die Kunst der Täuschung und den Gedanken, dass die Dinge keineswegs so waren, wie sie auf den ersten Blick zu sein schienen.

»Du wolltest mich etwas fragen«, sagte er unvermittelt. »Weswegen du mich früher heute angerufen und mir die Textnachrichten geschickt hast«, fügte er hinzu.

»Ich habe schon eine Frage, aber das war nicht der einzige Grund, warum ich dich zu erreichen versuchte.«

Ben sah schnell weg. Er konnte kaum fassen, was hier gerade ablief.

»Dieser Papierfetzen, den du auf dem Dach der Filmschule gefunden hast?«

»Die Skizze vom Script?«

»Ja. Ich würde sie mir gern noch mal ansehen.«

»Warum?«

»Meinst du, jemand könnte sie absichtlich dagelassen haben?«

»Damit wir vermuten, es war ein Dreh statt in echt?«, fragte Ben.

»Möglich wär's«, sagte Kiara.

»Interessant. Tatsächlich hat Jay Jay heute Früh zu mir was gesagt über all das Außergewöhnliche, was man in New York zu hören und sehen bekommt. Die ganze Stadt ist ein Spielfilm, eine Art Täuschung, hat er gesagt. Die Leute manipulieren. Spielen damit. Nutzen es für ihre eigenen unlauteren Zwecke.« Sie näherten sich der Fifth Avenue und ihrem dichten Verkehr nach Downtown. Dahinter öffnete sich der Park wie ein verloren geglaubtes Naturwunder.

»Wo ist der Zettel?«

»In meinem Zimmer drüben im Hotel.« Im Geiste sah er den Wisch auf dem kleinen Rundtisch liegen. Die Handschrift mit dickem Filzstift. Warum war er auf dem Dach liegen geblieben? Die Ursache könnte ganz unverfänglich sein oder sehr heimtückisch.

»Schätze, ich werde wohl doch mit dir nach Downtown gehen«, sagte Kiara.

»Haben wir noch Zeit für einen kurzen Spaziergang im Park, wo wir schon hier sind? Einen Cocktail im Tavern on the Green?« Er freute sich, das Lokal im Gedächtnis behalten zu haben.

»Sicher. Das Beweisstück wird uns wohl so schnell nicht davonlaufen. Im Übrigen würde ich ganz gern noch im Dunkeln einen raschen Blick auf die Filmschule werfen.«

»Mein Zimmer bietet eine gute Aussicht.«

»Ganz mein Gedanke.«

»Die Aussicht im Zimmer der Mädchen ist natürlich viel besser«, hängte er schnell an, falls sie ihn schon zu keck fand.

»Ich bin eine Weile nicht mehr auf Nachtschicht gewesen. Weil die im Revier es gut mit mir meinen. Sie wissen, dass ich alleinerziehend bin.«

Ben fragte sich, ob Kiara ihn bewusst an ihr Singledasein erinnerte. Bestimmt hatte sie Liebhaber.

Sie hatten den Park betreten, und er konnte Pflanzen, Blumen, Natur riechen. »Nachts ist alles anders«, sagte er ganz berührt von der herabsinkenden Sonne. »Ich liebe New York bei Dunkelheit – es ist nicht mehr von dieser Welt. Die Lichter, die Hochhäuser, die bunten Spiegelungen. Die Träume, die wahr werden«, hängte er leise an.

»Ehrlich gesagt geh ich den Nächten möglichst aus dem Weg«, sagte Kiara. »Für einen Streifenbullen ist das die Zeit, wenn es hart auf hart kommt. Die Unfälle, die Raubüberfälle, die Körperverletzungen. Die Morde. Da steck ich lieber unter der Bettdecke.«

25

Das Taxi musste mehr als einen Häuserblock entfernt an den Bordstein fahren und sie aussteigen lassen. Unten in der Lower East Side schien die Luft um die zehn Grad heißer und feuchtklebriger zu sein als oben im Central Park. Der Lärm von Downtown mitten im Nachtbetrieb war überwältigend.

Abermals standen Paparazzi und erregte Gaffer Spalier und ließen sich kaum vom Eingang des Maverick fernhalten. Und selbstredend versperrten eine Reihe große schwarze Teslas Model X und einige Suburbans die Straße.

»Der Schuppen brummt«, sagte Kiara. »Wie zum Henker kommen wir da rein?«

»Wo ist dein Knüppel?«, fragte Ben. »Ein paar Stupser damit dürften reichen, und wir hätten eine Bresche geschlagen.«

»He«, Kiara hakte bei ihm unter und zog ihn fort, »der kommt nur raus, wenn ich mich bedroht fühle.«

»Ich dachte, das gilt für die .38er.«

»Leg's nicht drauf an.« Sie ruckte an seinem Arm. »Gibt es noch einen Eingang?«

»Warum?«

»Ich habe gerade zwei Kollegen beim Versuch gesehen, das Gewühl in Zaum zu halten. Ich will nicht gesehen werden. Du weißt nie, was sie vielleicht erzählen oder wie sie's womöglich gegen dich verwenden. Bullen tratschen genau so gern wie andere Leute auch.«

»Kann ich mir denken«, sagte Ben. »Wir können auf der anderen Straßenseite bleiben, dann umkehren und es durch die Restauranttür versuchen.«

»Okay, geh du voran.«

Nun war Ben an der Reihe, Kiara behutsam beim Arm zu nehmen und hinaus auf die verstopfte Straße zu führen. Auf halbem Weg hinüber und unter einer weiteren Welle schrillen Gekreisches war ihm, als habe er für einen Tag mehr als genug von Menschenmengen gehabt und fürs Leben genug von Promis. Kiara unterzufassen lag ihm auch nicht viel mehr, weshalb er losließ und ihre Hand ergriff. Er fühlte, wie sie seinen Händedruck erwiderte, und beide erreichten den anderen Gehsteig, machten einen Bogen um den Kern des Knäuels aus Leuten und näherten sich dem Maverick aus der anderen Richtung, um sich erfolgreich in die Brasserie zu verdrücken und Jay Jay gleichsam in die Arme zu laufen.

»Hol's der Teufel«, sagte Ben und schaute am Restaurantbesitzer hoch, der an diesem Abend mit einem smaragdgrün schimmernden Anzug prunkte. »Was ist da draußen los?«

»Dasselbe wie hier drin.« Jay Jay strahlte. »Wieder ein Empfang im Penthouse. Nur dass die Party diesmal nicht ganz so exklusiv zu sein scheint.« Dann legte er einen Finger auf die Lippen und zischelte. »Bleibt unter uns.«

»Auf Einladung Cory Myersons?«, fragte Ben.

»Schnurstracks nach seinem jüngsten Erfolg darin,

Midtown allen sozialen Medien zufolge gründlich aufzumischen«, sagte Jay Jay.

»Und sich dabei nicht verhaften zu lassen«, fügte Ben hinzu.

»Gott bewahre, nein.« Jay Jay schüttelte den Kopf. »Das wäre nicht sein Stil.«

»Er kennt die richtigen Leute«, nahm Ben den Faden auf und stellte dabei fest, selbst die richtigen Leute zu kennen, jedenfalls diesmal.

Wieder strahlte Jay Jay. »Das tut seinesgleichen immer.« Dann wandte er seine Aufmerksamkeit Kiara zu. »Meine Güte, wen haben wir denn da? Kenne ich Sie?«

Kiara lächelte. »Sie haben mich noch nicht ohne Uniform gesehen. Oder bei Dunkelheit.«

»Sie arbeitet tagsüber«, sagte Ben, »für gewöhnlich.«

»Sie waren heute Morgen hier? Sie sind die Polizistin? Unsere hübsche Kontaktbereichsbeamtin? Welche Freude. Willkommen, willkommen. Ermitteln Sie gerade verdeckt?« Jay Jays Stimme hatte den aufgekratzten Tonfall eingebüßt.

»Nein, keine Sorge. Ich bin außer Dienst«, sagte Kiara. »Ich bin nicht zum Herumschnüffeln hier, falls das Ihre Sorge ist.«

»Na dann, darf ich Ihnen einen Tisch besorgen? Wo es etwas ruhiger ist? Einen schönen Eckplatz?«

»Noch nicht gleich, danke«, sagte Ben. »Wir sind nur ziemlich frech zur Brasserie hinein. Der Haupteingang zum Hotel ist gerammelt voll von Fans, Anhängern, schwer zu sagen, wem genau. Ein ganzer Haufen Paparazzi ist auch dabei.«

»Oh, das ist schlecht.« Jay Jays breite Stirn legte sich kurz in Falten. »Ist mir gar nicht recht, wenn meine Gäste Unannehmlichkeiten haben. So geht das nicht. Ich werde sofort mit der Hotelsecurity reden.«

Ben hatte ein deutliches Gefühl, dass Jay Jay womöglich nicht sofort mit der Hotelsecurity reden würde und viel eher in solcher Aufmerksamkeit, solchem Tohuwabohu um prominente Gäste schwelgte. Es wäre kein Schaden fürs Geschäft. Er behielt im Hinterkopf, das in seinem Bericht anzumerken – *für ein Hideaway-Hotel viel zu fixiert auf Publicity und Bekanntheit.*

Herrje, der Gedanke, einen solchen Bericht für Hideaway zu vervollständigen, erschien ihm sehr seltsam und abwegig nach seinem heutigen Tag. Unwillkürlich fühlte er in seiner Tasche nach. Er hatte kein Notizbuch mitgenommen, als er das Hotel am Morgen mit den Mädchen verlassen hatte. Merkwürdig war allein schon die Vorstellung, dass es noch derselbe Tag war, an dem sie alle nach Midtown und zum MoMA aufgebrochen waren.

Seine Hand fand jedoch sein Handy, dessen Akku leer war. Ihm wurde klar, dass er die Funkstille ziemlich genossen hatte – keine aufgeregten Anrufe von besorgten Eltern, kein Gepiepse dringender E-Mails oder Textnachrichten. Zumal es ihm erlaubt hatte, sich ganz Kiara zu widmen über ihren ausgezeichneten extratrockenen Martinis. Ein klassischer Cocktail in einer klassischen Bar – manchmal ging da nichts drüber.

»Ein Tisch für später?«, sagte Jay Jay. »Wir sind heute Abend völlig ausgebucht wie jeden Abend sonst auch, aber für so ein bezauberndes Paar finde ich immer einen Platz.« Wieder sah er Kiara direkt an.

»Wir müssen erst noch etwas erledigen«, sagte Ben rasch, obgleich er sofort begriff, damit wahrscheinlich zu Jay Jays Fehleinschätzung beizutragen. »Vielleicht in einer Stunde oder so?«, fuhr er fort und machte es nur noch schlimmer. Er hustete und versuchte, seine Gedanken zu sammeln. »Wir werden zu viert sein.«

Da nahm er Kiaras Blick wahr, die etwas missbehaglich lächelte. »Vielleicht«, sagte sie.

Ben drehte sich um und führte Kiara durch das wuselige Restaurant, ehe Jay Jay noch etwas sagen konnte. Draußen auf dem Gang zeigte er zur Lounge Bar, die schon belagert wurde. »Die Bar hier steht ziemlich hoch im Kurs. Nachher wird der Laden richtig abgehen.«

»Sieht jetzt schon zu voll aus«, sagte Kiara.

»Zu meinem Zimmer dann? Einen Blick auf die Aussicht werfen?«

»Und auf diesen Zettel«, fügte Kiara hinzu. »Vermischen wir Arbeit und Vergnügen?«

Schweigend warteten sie auf den Fahrstuhl und mussten dann eine halbe Ewigkeit länger abwarten, bis ein älteres Paar ausgestiegen war; es war jenes, dem Ben und die Mädchen in der ersten Nacht über den Weg gelaufen waren. Ben wollte sich nicht ausmalen, worüber sie sich jetzt beschweren gehen mochten.

»Ich dachte, hier gäbe es nur Hipster und Influencer«, sagte Kiara, als sie es schließlich hineingeschafft hatten.

»Och, alle möglichen Leute«, sagte Ben, »sogar welche wie mich.«

»Was arbeitest du noch gleich?«

Über den Cocktails hatte er erläutert, dass er Krimiautor zu werden beabsichtige, aber vorläufig für Hideaway arbeite und was seine Rolle innerhalb der multinationalen Organisation sei. Sie konnte nicht glauben, dass es so etwas wie einen Hotelinspektor gab.

»Ich habe den besten Job der Welt«, so Ben, »auf dem Papier. Aber für Beziehungen, jede Form normalen Familienlebens ist er schwierig.«

»Was ist normales Familienleben?«, hatte sie erwidert.

»Gute Frage.«

Die Aufzugstüren schlossen sich. »Dieses Fossil von Fahrstuhl braucht ewig«, entschuldigte sich Ben. »Gehört nicht zum Besten, was das Hotel zu bieten hat. Hör bloß, wie er knarzt und rappelt.«

»Er ist so alt wie der Unterbau hier«, sagte Kiara. »Davon gibt es noch eine ganze Menge, nur in Oberklassehotels und dergleichen sehe ich sie selten. Nicht dass ich allzu oft in Oberklassehotels komme. Davon hat das Viertel zu wenige. Und Luxusurlaub mach ich keinen. Bei meinem Gehalt? Den Staat New York habe ich schon wer weiß wie viele Jahre nicht mehr verlassen.«

»Solche Hotels sind nicht immer das, als was sie gelten.«

»Du musst es ja wissen, schätze ich. Wie würdest du denn dieses bewerten?«, fragte sie, während die Kabine zum Stehen kam und knarzend ihre Türen öffnete.

»Habe ich noch nicht entschieden. Eigenwillig ist es gewiss.« Er ertappte sich dabei, den Arm auszustrecken und mit einem Finger an der hüfthohen Haltestange rings um die Fahrstuhlwände entlangzufahren. Er prüfte seinen Finger auf Staub und Dreck. Da war keiner.

»Es heißt ja auch Maverick«, sagte sie.

»Ja, darüber habe ich mich schon gewundert. Ist nicht unbedingt der beste Name für ein Hotel, fand ich. Es kann manche Leute richtig abschrecken, wenn irgendwas vom Althergebrachten abweicht, vor allem in der Spitzenhotellerie. Soweit ich bis jetzt gesehen habe, wird es aber seinem Namen gerecht – im Guten. Es macht Spaß, ist aufmüpfig. Das Gewerbe hat einen Ruck nötig. Mir gefällt's.«

Ben stöberte in seiner Tasche nach der Schlüsselkarte.

»Mir fiel gerade ein«, sagte Kiara, »dass ich mal einen Film über eine Hotelinspektorin gesehen habe. Eine Italienerin. Jetzt kommt's mir wieder. Sie stieg in diesen todschicken Häusern ab mit lauter Anlagen wie Spas und Infinitypools, war aber ewig lange mit ihrem Lover oder ihrer Familie am Telefonieren und saß in Edelrestaurants und aß da allein für sich. Oder klebte in ihrem Zimmer und schaute fern. Und wurde auch noch ständig von den falschen Männern angebaggert. Vermutlich kennst du die Sorte, die es in solche Hotels zieht.«

»Ja«, seufzte Ben. »Nur zu gut.«

»Ein trauriger Streifen war das.«

Ben hatte von dem Film gehört, war vor Jahren mal von Olly darauf hingewiesen worden. Gesehen hatte er ihn jedoch nie. Ging zu sehr ans Eingemachte. Er wusste nicht, was er sagen sollte. Zum Glück musste er auch gar nichts sagen.

»Wow«, sagte Kiara schon viel fröhlicher und folgte ihm ins Zimmer. »Schöne Möbel.« Sie bückte sich zum

Stuhl am kleinen Tisch, um eines der üppigen Kissen darauf zu klopfen. »Aber nicht ganz das, was ich erwartet habe.« Sie blieb stehen und sah sich weiter um. »Ist schon von eher …«

»… kleinem Zuschnitt«, beendete Ben den Satz für sie. »Ich weiß, und es wurde angemerkt.«

»Spielt dein Arbeitgeber wirklich in der Oberliga? Du weißt, dass wir in den Staaten auf den großen Auftritt stehen?«

»Die Firma geht eher in Richtung unauffällig und diskret.«

»Und dieses Hotel ist diskret? Hier geht die Luzi ab, Mann.« Sie lachte kopfschüttelnd.

»Zur Lower East Side passt es wohl nach deren Sicht und zieht keine übergroße Aufmerksamkeit auf sich. Oder vielmehr ist die Aufmerksamkeit, die es auf sich zieht, nichts Ungewöhnliches für die Lage.«

Sie atmete heftig aus. »Wie ich schon sagte, verändert sich dieses Viertel gerade sehr.« Sie ging hinüber zum Fenster.

Ben stand am anderen Ende des Fensters und versuchte, den letzten noch verbliebenen Vorhang zurückzuziehen. Es war keine eigentliche Netzgardine, mehr ein edles Wallen seidigen, durchscheinenden Gewebes von schwach violetter Tönung.

»Was würdest du in so einem Zimmer überprüfen müssen?«, fragte sie.

»Schon eine Menge – von der Glätte der Bettlaken zur Sauberkeit der Waschbecken, der Toilette, zur Geräuschlosigkeit der Klimaanlage. Wie gut die Schallisolierung ist. Den Grundriss des Zimmers. Die Erreichbarkeit der Steckdosen. Wie stark das WLAN-Signal ist. Ich muss Listen abarbeiten, Kästchen ankreuzen, Kommentare schreiben. Es kann ziemlich schlauchen. Man muss wissen, was es zu suchen gilt.«

»Ganz hübsche Aussicht«, sagte Kiara, die zum Fenster hinausstarrte.

»Tja, schon nicht übel, aber warte erst die Aussicht bei den Mädchen ab.« Eilig holte Ben sein Telefon aus seiner Tasche hervor und stöpselte es ins Ladegerät auf dem Sims an seinem Bett, bevor er zum Fenster zurückkehrte. »Kannst du das Dach der Filmschule sehen?« Er wies in die Richtung. »Da, zwischen den beiden Wasserspeichern?« Sie standen so dicht beieinander, dass er buchstäblich ihr Herz schlagen hören konnte. Vielleicht war es auch sein eigenes heftiges Herzklopfen.

»Okay. Ich habe es gefunden, glaube ich.«

»Man kann das Dach etwa zur Hälfte sehen.«

»Ja, ich erkenne die Wasserspeicher. Jetzt ist da aber gerade nichts los. Das Dach sieht dunkel und leer aus. Halt mal – sehe ich da jemand drüberweglaufen und was tragen?«

Ben drückte sein Gesicht an die Scheibe. »Ich bin nicht sicher, ob ich wen sehe.«

»Kann mich irren«, sagte Kiara. »Könnte es eine Art Spiegelung gewesen sein?«

»Ein Geist?«, schlug Ben vor.

»Seltsam.« Kiara schüttelte den Kopf und linste dann nach unten. »Auf jeden Fall sind immer noch eine Menge Leute auf der Straße.«

Die Sicht auf das Gedränge war gut. Weitere Cops waren eingetroffen, schienen aber wenig ausrichten zu können. New York war außer Kontrolle, musste Ben unwillkürlich denken.

»Die Skizze?«, fragte Kiara. »Der Zettel, den du auf dem Dach gefunden hast?«

»Ja. Ich geh ihn suchen.« Ben war sicher, den Zettel neben seinen Laptop gelegt zu haben, der auf dem kleinen Rundtisch zwischen Fenster und Bett stand. Er hob den Rechner hoch, sah darunter nach. Stellte ihn zurück. Da lag nichts. Er graste das übrige Zimmer ab, jede Oberfläche. Nirgends konnte er das Papier sehen.

Er öffnete den kleinen Schrank, in den er säuberlich seine Sachen gehängt hatte. Er fühlte in den Taschen seiner Jacke, seines Hemds, seiner Ersatzhose nach, besann sich darauf, was er gestern getragen hatte, und ebenso, wann genau er den Zettel zum letzten Mal gesehen hatte. Er war überzeugt, dass es am Morgen gewesen sein musste, ehe er mit den Mädchen nach Midtown aufgebrochen war. Ehe die Zimmermädchen bei ihm aufgeräumt und sein Bett gemacht hätten.

»Der Wisch ist nicht hier.« Nun schüttelte er den Kopf. »Ich habe den schrecklichen Verdacht, dass er im Müll gelandet ist, als das Zimmer heute Vormittag sauber gemacht wurde. Er sah nicht mehr taufrisch aus. Warum ist er auf einmal so wichtig?« Doch er wusste, warum. Überdies wusste er, dass Zimmermädchen niemals etwas wegwerfen sollten, wenn es platziert worden sein könnte, schon gar keine Papiere. Das würde er ganz bestimmt bemängeln.

»Ein Beweismittel«, sagte Kiara. »Vielleicht hätten sich Fingerabdrücke sichern lassen können. Stand da irgendwas über einen Zeitablauf – Angaben zu Tag und Stunde?«

»Habe ich nicht behalten«, sagte Ben. Er hätte das Papier wenigstens abfotografieren sollen.

»Meinst du, alles wurde in einem Rutsch gedreht?«, fragte Kiara. »Läuft das normalerweise so?«

»Dürfte vom Budget abhängen«, sagte Ben. »Und davon, ob sie bekommen haben, was sie brauchten.« Er war sich bewusst, dass sein Telefon lebhaft Benachrichtigungen anzuzeigen begonnen hatte. Das Ding machte fast schon Luftsprünge. »Gestern hat's dich noch nicht so interessiert.«

»Ich weiß. Aber da wusste ich nicht, dass es andere Todesfälle gegeben hatte. So wenig, wie ich wusste, wer du zum Teufel warst.«

»Dachtest du, ich würde das alles erfinden?«

»Ich denke, dass du für deine Tochter getan hast, was du tun konntest. Das gefällt mir. Was ich dich nicht gefragt habe – reist du inkognito, verdeckt?«

»Ja, so weit als möglich. Früher sogar unter falschem Namen, aber das geht heutzutage nicht mehr so leicht. Hideaway gibt unsere Identitäten nicht preis, wenn es sich irgendwie vermeiden lässt.«

»Jay Jay, hat der irgendeine Ahnung? Die Angestellten hier?«

»Hoffentlich nicht. Andernfalls könnte ich Vorzugsbehandlung erfahren, und mein Bericht wäre kompromittiert.« Sein Telefon fing an zu klingeln.

»Du nimmst deine Arbeit ernst, nicht wahr?«

Er nickte. »Arbeit habe ich immer ernst genommen und nicht für selbstverständlich. Dieser Job ist gut – und nie eintönig. Hotels sind vielschichtige Gefüge, die von den unterschiedlichsten Leuten abhängen. Es gibt immer Überraschungen.«

»Geh doch bitte ran.«

»Ja, sollte ich tun.« Der Anruf kam von einer unbekannten Nummer. Er tippte auf Annehmen. »Hallo?« Kiara lächelte ihn schüchtern an.

»Alter Rumtreiber«, war Ollys übertrieben kumpelhafte Stimme zu hören, »ich schätze mal, du spannst in deinem Zimmer aus auf deinem superweichen Bett nach einem harten Tag voller Luxus und kratzt Appetit auf ein unverschämt erlesenes Abendessen zusammen.«

»Olly, wie schön, von dir zu hören.«

»Hast du schon in meine Playlist reingehört? Irgendwas Sinnvolles musst du doch heute angestellt haben.«

»Ich habe leider gerade zu tun. Ich kann jetzt nicht reden. Werd's nachher bei dir versuchen.« Ben beendete das Gespräch. »Sorry«, sagte er zu Kiara. »Mein bester Freund drüben in England. Er ist sehr eifersüchtig auf meinen Job. Nur weiß er nicht, was eigentlich alles damit zusammenhängt.«

Kiara betrachtete ihn fragend. »Du wirst mich nicht dazu bringen, dich zu bemitleiden.«

Ben lachte.

»Was, kannst du dich erinnern, stand auf dem Zettel?«

»Es waren zehn Punkte«, sagte er in ernstem Ton. »Drehaspekte – Kamerawinkel, keine Szenen als solche, weil es eine einzige Szene war. Unterm Strich wurde ein Ringen zwischen einem Mann und einer Frau beschrieben, das an Gewalt zunahm, und dann war die Frau nicht mehr da, und dieser große, schlanke Mann ging davon.«

»Ging davon oder verschwand? Wie wurde das beschrieben?«

»›W bewegt sich auf den Ausgang zu, langsam, ruhig. Eine hochaufragende, dunkle Silhouette.‹ So war's. Ich fand es gut formuliert.«

»Vielleicht ist das unser Hinweis auf die vorherigen Todesfälle, das wirkliche Verbrechen. Wer ist W?«

»Wer war R?«, fragte Ben. »Das erste Opfer?«

»Möglich. Diese Filmemacher müssen uns mehr erzählen«, sagte Kiara.

»Glaubst du, sie werden zurückkehren?«

»Nicht, wenn wirklich jemand neulich Nacht umgebracht worden ist.«

»Das war die Schaufensterpuppe – muss es gewesen sein.«

»Wollen's hoffen. Aber dann haben sie ihr wesentliches Requisit eingebüßt.«

»Nur nicht ihre Handlung oder den Grund, weshalb sie so eine Szene überhaupt filmen. Filmemacher sind doch nie zufrieden. Vielleicht gibt es eine Einstellung, die sie noch brauchen. Die letzte Regieanweisung bezog sich auf einen Hubschrauber, der den Nachthimmel durchteilt. Heute Nacht sind eine Menge Hubschrauber am Himmel wegen der Demos.« Ben warf einen Blick auf sein Telefon und wurde jäh von dem Gefühl zu stürzen übermannt. Das Display bildete ein beunruhigendes Mosaik aus Benachrichtigungen.

Kiara klopfte unterdessen mit dem Fingerknöchel ans Fenster. »Wer weiß, wer die Filmemacher sind, aber irgendwer wird's tun. Ich werde den Eindruck nicht los, dass es eine wahre Geschichte geben muss, ein wirkliches Verbrechen irgendwo da drüben. Zu vieles weist in die Richtung.«

»Du lässt jetzt nicht mehr davon ab, oder?«

»Meine Mom sagt immer, dass ich sehr hartnäckig bin, wenn ich's sein will. Da hat sie recht. Es fällt mir nicht leicht, von etwas loszulassen.«

»Außerdem stehst du drauf, wenn dich ein guter Krimi packt.«

»Ich bin Cop.«

Kiara trat näher an Ben heran, und ehe er sich's versah, küssten sich beide, und tausend Gedanken, tausend Filmbilder schossen durch seinen Kopf. Das hier hätte eigentlich nicht geschehen sollen. Das hier gehörte zu den Sachen, die im Kino passierten, nicht im wahren Leben.

Irgendwann landeten sie auf dem Bett.

26

Verfluchter Mist«, sagte Ben beim Blick auf seine Armbanduhr und setzte sich ruckartig auf.

»Wie spät ist es?«, murmelte Kiara. Sie war immer noch gleich neben ihm, lag auf dem Bauch, vollkommen nackt. Ihre herrliche Haut schimmerte im sanften Lichtschein der Designerlampen, die über dem Kopfbrett schwebten.

»Schon nach zehn. O mein Gott, ich bin der schlechteste Vater auf dem Planeten Erde.«

»Und ich bin die schlechteste Mom.« Sie kam herum, setzte sich ihrerseits auf und zog sich das Laken über den Körper. Sie gähnte. »Wo ist mein Telefon? Ich muss meine Mom anrufen. Scheiße, nicht zu glauben. Ich muss weg hier. Ich muss zu Hause sein.« Sie schüttelte den Kopf.

»Und ich muss die Mädchen ausfindig machen, die Abendbrotzeit ist längst vorbei. Dieser Ecktisch, den uns Jay Jay versprochen hat, ist wohl keine Versuchung mehr?«

»Ben, ich würde zu gern. Ich kann mir kaum ausmalen, was die hier für Essen auftischen, und ich bin *bloody* verhungert.«

»He, bald hast du's ›bloody‹ raus mit der Aussprache. Die servieren hier klassische französische Küche mit einem sehr heutigen Touch.«

»In Frankreich war ich noch nie. Nie auch nur in New Orleans, so gesehen.«

»Du solltest ihre Tarte Tatin probieren.«

»Apfelkuchen in edel?«

»Volltreffer. Ich hatte mich auf *canard aux mirabelles* mit Ras el-Hanout, Cognac und Pflaumen als Hauptgang gefreut.«

»Ein Burger hätte mir genügt.« Kiara war aus dem Bett gehüpft und zog sich eilig an.

»Hatte zudem als Vorspeise die gegrillten Austern mit Knoblauch und Petersilie im Auge.«

»Dein Glück dann, dass dir Rikers erspart geblieben ist. Mit dem Essen soll's da nicht weit her sein.«

»Ich werde dir ewig dankbar sein, Kiara, dass du mich vor diesem Schicksal bewahrt hast. Eigentlich dafür, dass du einfach du bist. Du bist hinreißend. Ganz sicher, dass du eilig losmusst?« Auch Ben war aufgestanden, um seine Kleidung aufzusammeln. Duschen würde warten müssen. Er war sich im Klaren, wie sehnsüchtig er Kiara ansah. Welch eine wunderschöne Überraschung das hier war. Er trat auf sie zu.

Sie schmunzelte. »Weiß nicht recht, ob Austern so eine gute Idee wären.«

»Lieber die Ente?«

Sie zog sich ihr Kleid an. »Es muss ein andermal sein, Ben. Außerdem würde mich deine Tochter nicht dabeihaben wollen. Sie braucht deine volle Zuwendung.«

»Wäre schön, wenn's so wäre. Wenn ich das nächste Mal Gelegenheit dazu habe, nehme ich nur Natalie allein mit.«

»Schon vergessen, wie du in dem Alter drauf warst? Sie ist ein ganz normaler Teenager. So war ich auch mal. Keine Zeit für meine Mom. Aber jetzt habe ich sie lieb, dass es quietscht. Ich muss wirklich los.«

»Du hast nicht mal die Aussicht im Zimmer der Mädchen gesehen«, sagte er.

»Ich möchte sie bloß ungern stören. Einen Eindruck habe ich trotzdem. Wir können morgen Früh weitersehen. Behalte nur heute Nacht das Dach draußen im Auge, falls irgendwas da drüben vor sich geht. Du hast ein Smartphone – nimm damit möglichst alles Merkwürdige auf, was dir unterkommen sollte. Dieser Zettel, den du da oben gefunden …«

»… und wieder verloren …«

»Das war nicht deine Schuld. Ich habe ihn im Gedächtnis behalten.«

»So unvergesslich war das Skript auch nicht.«

»Wenn du meinst. Mir kam es ziemlich dramatisch vor. Die Art, wie eine Situation in null Komma nichts umschlagen kann. Viel dramatischer als der Film über deine Hotelinspektor-Kollegin, den ich gesehen habe.« Sie kicherte.

Ben lachte. »Danke für den Tag heute. Danke für alles.«

»Danke für diesen Abend«, sagte sie und schlüpfte aus dem Zimmer. »Ich hatte viel Spaß.«

»Ich auch«, rief er ihr hinterher, doch die Tür seiner Juniorsuite war schon ins Schloss gefallen. Sie war fort, und Ben kämpfte noch immer mit den Knöpfen an seinem Hemd. Der Stoff schien mit jedem Mal Waschen steifer geworden zu sein.

Er griff nach seinem Telefon, das nun voll aufgeladen war. Der Bildschirm quoll über von Benachrichtigungen. Hastig überflog er die erste SMS, die um 21:48 Uhr versendet worden war, und ihn durchströmte ein allzu vertrautes Schwächegefühl. Kein Fallen mehr, sondern ein Sturzflug. Er wartete ein, zwei mulmige Augenblicke ab und verließ gleichfalls das Zimmer.

Während er über den schummrigen Flur eilte, wischte er sich durch die übrigen Nachrichten, doch durch den Kopf ging ihm nur die jüngste.

Wir gehen zu Bett, Dad, hatte Natalie geschrieben. *Sind erledigt. Du brauchst uns nicht mehr anrufen. Wir stellen unsere Handys auf lautlos. Hannah ist echt durch. Bis morgen bei Pfannkuchen. xx.*

Immerhin zwei Küsse für ihn. Doch je mehr Küsse, umso lauter jaulte seine interne Warnsirene los. Natürlich wollte er sie nicht aufwecken, es war noch nicht lange her, dass Natalie die SMS gesendet hatte. Doch etwas sagte ihm ähnlich unverblümt wie die anrüchige Nachtbeleuchtung im Maverick, dass da nicht alles in Ordnung war. Es sind normale Teenager, wie Kiara gesagt hatte. Eben.

Ben stellte fest, dass Kiara offenbar sofort einen Aufzug erwischt hatte. Vielleicht war just eben jemand im fünften Stock ausgestiegen, denn nun dauerte es wiederum ewig. Am Ende des Flurs sah er das Notausgangsschild – das weiße Strichmännchen in hellem Neongrün. Er preschte darauf zu, bog um eine Ecke und stieß die Brandschutztür auf. Halb rechnete er damit, Alarm auszulösen, doch es gab keinen. Der einzige Alarm schrillte in seinem Kopf, und dort pochte nebenbei auch noch ein leichter Kater. Fürs Cocktailmixen hatten sie in New York zweifellos ein Händchen.

Im Treppenhaus war es atemberaubend heiß und stickig, und während er die Betonstufen erklomm, merkte er sofort, wie ihm auf Stirn und Rücken der Schweiß ausbrach. Als er den zwölften Stock erreichte, tropfte er regelrecht. Überdies konnte er von weiter oben her Lärm und Musik hören. Das Hotel hatte nur sechzehn Geschosse. Das musste Cory Myersons Post-Demo-Party sein. Ben warf noch einen Blick auf seine Armbanduhr. Es war halb elf nach seiner altgedienten Jaeger-LeCoultre und erst 22:23 Uhr auf seinem Telefon.

Draußen auf dem Korridor war es schlagartig frostkalt und sehr still. Er brauchte kurz, um sich zurechtzufinden, und marschierte dann geradewegs zu Natalies und Hannahs Zimmer. Sachte klopfte er an die Tür, doch keine Reaktion, wie er erwartet hatte. Wieder klopfte er an, diesmal lauter, und schaute zugleich über seine Schulter.

Gerade jetzt wollte er sich wirklich keinem Fremden oder Angestellten gegenüber rechtfertigen müssen. Zum Glück war der Flur leer, nur ungebührlich rot beschienen. Unversehens wünschte er sich ein großes Traditionshotel wie das St. Regis herbei, wo die Flure ordentlich ausgeleuchtet wären. Dabei war ihm klar, dass der Schein selbst in solchen Häusern trügen konnte.

Er klopfte erneut an, diesmal richtig. »Natalie?«, flüsterte er laut. »Natalie? Mach auf, ich bin's, Dad. Ich muss sicher sein, dass du wohlauf bist.«

Nichts. Er drehte den Kopf, spürte einen Luftzug im Nacken, eine Schwankung des Luftdrucks. Doch weder war jemand im Korridor, noch konnte er das Knarzen und Rattern des Aufzugs hören. Hören konnte er aber, da war er sich jetzt sicher, einen elektronischen Beat. Das musste aus dem Penthouse kommen. Die Lounge Bar lag sicherlich zu viele Etagen weit unten.

Er würde noch ein letztes Mal an die Tür klopfen, aber dann schnurstracks hochsteigen zum Dach.

27

Er musste nicht noch einmal an die Tür klopfen. Als er den Kopf zurückdrehte, öffnete sie sich langsam einen Spaltbreit. »Hannah? Entschuldige, ich wollte dich nicht wecken. Ich dachte, du wärst gar nicht hier.«

Sie sah ohne Frage aus, als hätte sie geschlafen. Ihr Haar war zerzaust und ihre Augenschminke verschmiert.

»Natalie hat mir erst vor Kurzem gesimst – ich wollte sie noch vorm Zubettgehen erwischen, nur nachsehen, ob alles in Ordnung ist. Ist halt ein sehr komischer Tag gewesen.« Er fühlte sich von Sekunde zu Sekunde befangener, der da immer noch draußen im Flur stand und durch eine halb offene Tür auf eine Jugendliche einredete. Wenigstens war es diesmal nicht mitten in der Nacht. »Schläft sie denn?«

»Doch, glaub schon«, murmelte Hannah, bevor sie wegschaute.

»Geht's dir gut?«

»Doch«, sagte sie. »Müde.«

»Habt ihr beide zu Abend gegessen? Hat nur eine von euch irgendwann heute anständig zu essen gehabt?«

»Doch.« Wieder ein Nicken.

»Okay«, sagte er, »das ist gut … Natalie ist da drin und schläft ganz sicher?«

Hannah nickte noch einmal, wenn auch zögerlich.

»Geht's dir auch bestimmt gut?«

Unter abermaligem Nicken, die Mundwinkel allerdings so gut wie am Boden, schloss sie darauf die Tür und ließ Ben im albern beleuchteten Korridor zurück. Er wollte, Kiara wäre bei ihm. Sie hätte gewusst, was zu tun wäre. Da stimmte was nicht.

Er klopfte wieder an die Tür. Hannah brauchte nicht allzu lange zum Öffnen. »Sorry«, sagte Ben. »Ich muss nachsehen, ob Natalie hier ist.« Er drängte an ihr vorbei. Sie war vollständig angezogen, auch wenn ihre Partyaufmachung mittlerweile ziemlich derangiert wirkte.

Er trabte ins halbdunkle Schlafzimmer. Es roch nach Make-up und Alkohol. Hannah war gleich hinter ihm. Vor ihm stand das riesige Bett der beiden Mädchen. Auf einer Seite waren die Decken zurückgeschlagen, auf der anderen hingegen unberührt. Da war keine Natalie.

Er ging einen Schritt rückwärts und hinüber zum Badezimmer. Die Tür stand offen. Er schaltete das Licht an. Der Raum war leer, also machte er kehrt. Hannah machte sich gerade daran, wieder ins Bett zu steigen und sich die Decken über den Kopf zu ziehen. »Hannah, wo zum Teufel ist Natalie?«

»Sie wird wohl noch immer auf der Party sein«, kam ihre gedämpfte Antwort. »Mir ging's nicht so toll, drum bin ich wieder aufs Zimmer gegangen und war sofort weg. Ich dachte, sie wäre hier, als mich Ihr Klopfen weckte – ehrlich, bin nur zur Tür gestolpert, ohne zu gucken.« Sie schob den Kopf unter der Steppdecke hervor. »Sorry.«

»Ruf mich ja an, sobald du irgendwas von ihr hörst oder sie auftaucht«, sagte er und hastete hinaus, bevor er den Fahrstuhl ansteuerte. Beschloss dann, wieder die Treppe zu nehmen. Wenn das Penthouse eines war wie die meisten in Nobelhotels, würde es entweder mit eigenem Aufzug versehen sein oder der Aufzug unmittelbar in die Suite führen. Er konnte sich vorstellen, dass der Zugang bewacht wäre. Gewiss würde Cory Myerson nicht alle und jeden auf seine Party lassen, selbst wenn Jay Jay diese für weniger exklusiv als die gestrige hielt.

Ben erklomm in Windeseile die Feuertreppe bis ganz hinauf und zählte unterwegs die Stockwerke ab. Die Stufen reichten über das sechzehnte Geschoss hinaus, und er folgte ihnen noch eine halbe Treppenflucht weit zum obersten Absatz. Dort stieß er auf eine letzte massive Brandschutztür, die geschlossen war, mit einer dicken Metallstange in der Mitte und einem großen roten Warnschild, das auf eine Alarmsicherung hinwies. Ben konnte sogar die Verkabelung sehen, die Entsprechendes nahelegte, und einen Lautsprecher in der Decke. Das Ganze war wohl an einen zentralen Verteiler angeschlossen, der bis zum Sicherheitsdienst führte und wahrscheinlich auch zum Empfangstresen.

Er war sicher, dass die Tür zum Dach des Penthouse und obersten Gebäudeteil hinausführte, also befand er sich eine Etage zu hoch. Außerdem war er bei Hideaway angestellt und mutmaßlich inkognito. Gäste gingen in seiner Branche immer vor, und ihre Bequemlichkeit und Privatsphäre waren Hauptanliegen von Hideaway. Ben wusste, dass er die Party eines prominenten Gasts schwerlich ohne guten Grund stören konnte. Langsam schien das alles hier für ihn zur Existenzfrage zu werden.

Als er den Weg zum Stockwerk darunter – in dem er das sechzehnte vermutete – zurückging, wurde er gewahr, keine Musik mehr zu hören oder anderweitige Geräusche einer Party in vollem Gang oder sonst irgendeinem Stadium. Machte sich das Alter bei Cory Myerson bemerkbar? Wo zum Henker steckte Natalie jetzt? Sollte er sie verpasst haben, als er die Feuertreppe hochstürmte, und sie zeitgleich – die Party endlich vorbei – im Fahrstuhl abwärts gezockelt sein? Durchhalten bis zum bitteren Ende sähe ihr jedenfalls ähnlich.

Auch im sechzehnten Stock war die Brandschutztür mit einer schweren Griffstange und Alarmvorrichtung armiert, anders als die Türen weiter unten. Das Penthouse war anscheinend gut gesichert. Hätte Ben die Vorrichtungen und Überwachung des Hotels für einen Hideaway-Bericht überprüft, hätte er beides hoch angerechnet. Als ausnehmend besorgtes und beklommenes Elternteil verbuchte er es als verfluchte Schikane.

Ben zog sein Telefon aus seiner Tasche, betrachtete das überquellende Display. Er versuchte es mit einem Anruf bei Natalie, rechnete damit, sofort die Mailbox zu bekommen, und so war es. Ebenfalls nichts Neues von Hannah. Er besah sich wieder die Brandschutztür, ihre schwere Metallstange und Alarmanlage. Wer beschützte hier eigentlich wen?

Während er die Treppe hinunterzulaufen begann, wuchs in ihm das Gefühl, nicht allein seine Tochter verraten zu haben, sondern sich selbst. Er hielt es für zielführender, bis ins Erdgeschoss zu laufen und Jay Jay zu suchen, der ihm womöglich helfen könnte. Es hatte keinen Zweck,

Zeit damit zu vergeuden, noch mal in Natalies und Hannahs Zimmer nachzusehen.

Ben legte keine Verschnaufpause ein, bis er in eine beklemmend stille Lobby gelangt war. Weder stampfende Samstagnacht-Musik konnte er hören noch aufgekratzte Stimmen aus der Lounge Bar, und auch die Brasserie drüben zu seiner Rechten wirkte eigentümlich geräuschlos.

Die Bar hatte sich weitgehend geleert. Die DJ-Decks waren in ihrer Ecke aufgebaut, doch niemand ließ die elektronischen Pads wirbeln. Er sah auf seine Armbanduhr. Es ging auf elf. Früher Abend für die Lower East Side. Eine der tätowierten Tresenkräfte, eine junge Frau, stand rücklings hinter der Bar. Sie schien im Begriff, Feierabend zu machen.

Ben kehrte schleunigst um und zum Hauptdurchgang im Erdgeschoss zurück. Dann nahm er den Korridor zur Brasserie. Beim Durchschreiten der Brasserie musste er zwangsläufig quer durch den Raum die lange Fensterreihe ansehen. Lichter von Rettungswagen tanzten auf den Scheiben. Das Restaurant war nahezu verwaist.

Bloß waren nicht alle Tische abgeräumt worden. Auf vielen standen im Gegenteil noch halb geleerte Teller. Zwei Kellnerinnen hasteten mit vollen Armen und angespannten Mienen zwischen den Tischen hindurch, während die zuckenden Lichter draußen auf der Straße unheilschwanger den Raum erfüllten.

Jay Jay war nicht an seinem Pult. Ben trat an die nächste der Kellnerinnen heran. »Entschuldigung?«

»Verzeihung, Sir, ich bin gleich für Sie da.« Sie eilte außer Sicht.

Wenn Ben sich nicht täuschte, hatte sie Tränen in den Augen. Er sah noch einen Kellner, einen schlaksigen Burschen, der sich in seiner lohfarbenen Tunika verlor, und marschierte auf ihn zu. »Entschuldigung? Bitte?« Der junge Mann war nicht minder bestrebt, das Weite zu suchen, und nahm Ben nicht mal zur Kenntnis. Auch sein Gesicht wirkte angespannt, verschreckt, er schien den Tränen nah zu sein.

Ben musste den Raum ganz durchmessen, ehe er eine Angestellte in Beschlag nehmen konnte, eine Tischabräumerin in schwarzer Tunika. »Wären Sie bitte so freundlich, mir zu erklären, was zum Kuckuck los ist?«

»Es hat einen schrecklichen Unfall gegeben«, sagte sie und zeigte auf die Straße und die kreisenden Lichter. Nun konnte Ben Polizeiautos und zwei Krankenwagen sehen. »Es ist wer gestorben«, fuhr sie fort. »Schlug auf dem Gehsteig auf genau vor der Brasserie. Fiel regelrecht vom Himmel herab.« Sie schüttelte den Kopf. »Die Gäste an den Fenstern mussten alles hören und mitansehen. Es war ein furchtbarer Schock. Der Körper hopste noch mal hoch. Bis hier so.« Sie hielt ihre Hand auf Taillenhöhe ausgestreckt.

Ihre Augen waren weit aufgesperrt, doch die Pupillen stecknadelkopfklein. »Sie haben es gesehen?«, fragte Ben.

»Na ja, so gut wie.«

»Wer war es? Bitte sagen Sie es mir. Es ist lebenswichtig. Sehen Sie, ich vermisse jemanden, meine Tochter.«

Sie blickte sich rasch und fahrig um, ehe sie Ben ansah. »Es war ein Mann.«

»Sind Sie sicher?« Ben fühlte sein Herz etwas langsamer schlagen, und das Pochen in seinem Kopf ließ schon ein wenig nach.

Sie nickte.

»Wer war es?«

»Kann ich nicht sagen.« Sie blickte sich wieder um, panisch.

»Sind Sie okay?«

»Nehm's mal an. Wir haben das Restaurant nicht geschlossen. Jay Jay hat aber gesagt, wer gehen will, kann das sofort, ohne zu zahlen. Dann war's, als ob eine Herde durchgeht.«

Ben wusste angesichts der Preise nicht recht, ob er den Gästen eine Schuld geben sollte. »Wann ist das passiert?«

»Ist erst ein paar Minuten her. Vielleicht länger. Seitdem hat die Zeit irgendwie stillgestanden.«

Es schien sehr unwahrscheinlich, dass der Körper vom Dach gegenüber gefallen sein könnte. Vermutlich vom Dach des Maverick. »Sind Sie sicher, dass Sie mir nicht sagen können, wer es war?«, fragte Ben.

»Uns wurde beigebracht, niemals Namen zu erwähnen, die wir hier hören und selbst kennen könnten«, sagte sie. »Gerüchte verbreiten sich schnell, wenn Prominente im Spiel sind. Dieses Hotel ist die ganze Woche lang so was wie ein Brennpunkt gewesen.«

»Prominente?«

»Ich habe bereits zu viel gesagt. Falls Sie irgendeine spezielle Hilfe benötigen oder beunruhigt sind, wenden Sie sich bitte an den Empfang. Ich glaube, die Behörden sind schon da und nehmen Aussagen entgegen. Sind Sie Hotelgast oder Laufkundschaft?«

»Gast«, sagte Ben und sah an seinem liederlichen Äußeren hinunter. »Wissen Sie, wo ich Jay Jay finden kann?« Seine innere Uhr und sein Schlafmuster waren dermaßen aus dem Lot geraten, dass er für einen Moment keine Ahnung hatte, welcher Tag es war oder welche Nacht.

»Ich vermute mal, er ist bei den Polizisten.«

Damit ging sie fort und überließ es Ben zu verkraften, was er gesagt bekommen hatte und wovon er gerade Zeuge war. Polizisten waren überall draußen und einige Beamte anscheinend auch drinnen. Da er nun an den Fenstern stand, konnte er weiter entfernt und ins Lichterzucken getaucht Trauben von Leuten sehen, Gaffer. Doch das übliche Kreischen und Brüllen von Fans, Sirenengejohle und schroffkehlige Hupen fetter SUVS war eigentümlich verstummt. Aus Achtung vor dem Toten?

All das musste sich äußerst schnell zugetragen haben. Tatsächlich in genau jener Spanne, in der er sieben Stockwerke hinaufgestiegen war, an Natalies und Hannahs Tür geklopft hatte, noch mal angeklopft hatte, nur um eingelassen zu werden und festzustellen, dass Natalie nicht da war, darauf weitere viereinhalb Etagen hoch zum Penthouse gehetzt war und dann zurück ins Erdgeschoss.

Zu welchem Zeitpunkt hatte sich die Tragödie ereignet? Ehe er auch nur zu Natalies und Hannahs Zimmer gelangt war? Hatte Kiara irgendetwas mitbekommen, als sie das Hotel verließ? Falls nicht, konnte es nur Augenblicke später geschehen sein.

Ben fand den Ausgang der Brasserie zur Straße abgeschlossen vor. Er linste durchs Türglas und sah bloß den Rücken eines riesigen uniformierten Cops, der die Sicht versperrte. Ben stieg auf den erstbesten Stuhl. Erhaschte einen Blick auf Sanitäter, die einen verhüllten Körper auf dem diesseitigen Gehsteig umstanden. Sie wurden von weiteren Cops abgeschirmt und dazu einigen erlesen schönen Menschen in gewollt zerschlissener Partyaufmachung. Niemand schien es sonderlich eilig zu haben. Alle wirkten bis ins Mark erschüttert.

Was immer da draußen geschehen war, hatte etwas ausgesprochen Glamouröses an sich. Ben sah hinüber und hinauf, konnte aber das Dach der Filmschule nicht ausmachen, nur vielleicht einen helleren Schimmer in dessen Richtung. Ein Bogenlicht oben auf dem Dach? Es war schlichtweg unmöglich, dass jemand von einem Dach jenseits der Straße gestoßen worden oder gestürzt sein könnte und – abweichend vom Skript – auf dem hiesigen Gehsteig gelandet wäre. Die Person hätte schon katapultiert worden sein müssen, und als mittelalterliche Mordgeschichte wäre der Film vollkommen unsinnig.

Ben stieg vom Stuhl, dann stürmte er zwischen den Tischen hindurch in den Mittelgang und auf die Eingangshalle und den Empfangstresen zu. Wo war Natalie bloß? War sie irgendwie in den Todesfall verwickelt? War sie Zeugin geworden aus der Nähe? Der Bereich war brechend voll von Angestellten in ihren Tuniken, Polizisten in Uniform und Männern in billigen Anzügen. Kriminalisten alter Schule, vermutete Ben, die Garde des siebenten Reviers. Er musste dringend Kiara anrufen, sobald er sich erst vergewissert hatte, dass Natalie in Sicherheit war.

Ehe er sich's versah, hatte ihn die anschwellende Masse von Beamten verschluckt.

28

Verzeihung. Kann ich bitte mal durch?« Ben versuchte, den Tresen zu erreichen. Es ging eher zu wie am Abfertigungsschalter einer Billigfluglinie statt am Empfang eines erstrangigen Nobelhotels. »Ich bin Gast hier.«

Zwei der Zivilpolizisten – grauhaarige weiße alte Männer mit ausladenden Bäuchen – bedachten ihn mit einem vernichtenden Blick. Was war aus der Leitlinie von Höflichkeit, Professionalität, Respekt geworden? Oder wurde sie nur unter den Uniformierten angepriesen? Ben sah nirgendwo Jay Jay oder ein Belegschaftsmitglied, an das er sich erinnerte. Wer Tunika trug, gehörte zu einem ganz neuen Haufen. Die meisten Tuniken waren in dunklem Marineblau gehalten, das vielleicht den Arbeitsbereich ihrer Träger auswies. Haustechnik? Sicherheitsdienst?

Ben sah sich nach dem Haupteingang um. Die großen Glastüren standen offen, aber Polizei und Pagen überwachten den Zutritt. Er wollte zu einer Seite ausweichen für einen prüfenden Blick auf sein Telefon. Keine neuen Textnachrichten. Er rief Natalie an. Er rief Hannah an. Bei Natalie lief sofort die Mailbox, während es bei Hannah erst klingelte und dann die Mailbox ranging. War das verflixte Mädchen wieder eingeschlafen?

Dann bemerkte er, wie der Nachtportier aus einer Tür

in einer Ecke seitlich beim Empfangstresen heraustrat. Er trug denselben grauen Anzug und das Haar heute Abend zu einem Pferdeschwanz zurückgebunden. Seine rechte Hand hielt wie beiläufig ein schmales Taschenbuch – dieselbe Gedichtsammlung wie vor zwei Nächten. Er wirkte sowohl verwundert wie überraschend unaufgeregt, als begegne er erstmalig dem dramatischen Geschehen. Scheinbar war er sich ebenso wenig im Klaren darüber, wo er stehen oder gar sitzen solle. Er runzelte die Stirn, als sei ihm alles im Weg und ein riesiges Ärgernis.

Ben winkte ihn wie wild herüber. Zum Glück wurde er wahrgenommen.

»Hallo auch, Mann«, sagte Walter im Näherkommen, nachdem es ihm mit verblüffender Geschmeidigkeit gelungen war, der Umzingelung durch die Polizisten zu entschlüpfen.

»Haben Sie Ihre Schicht eben erst angetreten?«, fragte Ben.

»Nö.« Walter schüttelte träge den Kopf, und sein Pferdeschwanz begann zu schlenkern. »An Samstagabenden fange ich früh an, um zehn, um den Jungs zur Hand zu gehen. Da ist gern was los. War bloß gerade hinten raus eine rauchen.« Er sah hinter sich. »Keine Ahnung, wo die Burschen von der Rezeption sind – die arbeiten bis Mitternacht. Sind vermutlich vor dem Hexenzirkus geflohen. Kann's ihnen nicht übel nehmen. Wer kann schon Bundesbullen leiden.«

»Bundespolizei?«, wunderte sich Ben.

»Diese Knilche in schäbigen Anzügen. Feds. FBI. Was dachten Sie denn?«

Ben war sich nicht so sicher, ob ihre Anzüge im Mindesten schäbiger als Walters eigener waren, hätte aber gewettet, dass sie keine Lyrik lasen oder ähnlich viel Gras rauchten, zumindest nicht im Dienst. »Für mich sehen sie wie ganz gewöhnliche Zivilbeamte aus. Wahrscheinlich vom Siebenten«, sagte Ben.

»Selbe Soße«, sagte Walter und brachte wieder seinen Pferdeschwanz zum Schlenkern. Dann runzelte er die Brauen. »Warum sagen Sie Siebentes?«

»Weil wir im Siebenten sind.«

»Sie haben ganz schön Kenne, was? Schlauer Bursche – hatte Sie schon auf dem Radar. Schleicht Tag und Nacht herum. Stellt Fragen. Sie kommen unecht rüber. Was treiben Sie in Wahrheit?«

Ben fiel wieder ein, dass Walter einen unliebsamen Zug an sich hatte. »In Wahrheit treibt es mich gerade rauszufinden, was hier zum Teufel vor sich geht, und dabei sicherzugehen, dass meine Tochter gut aufgehoben ist.«

»Fragen Sie doch die Feds.«

»Wie gesagt, sehen sie für mich nicht wie Feds aus. FBI sehe ich hier nirgends.«

»Früher oder später werden die Feds hier sein. Die Sauerei da draußen auf dem Gehsteig«, Walter nickte hin zum Haupteingang, »hoch-beschissen-toxisch. Genau das, was das Hotel nicht brauchen kann. Der Boss tut mir leid. Ein guter Mann. Hat mir beigestanden, als mich die anderen aufgegeben haben.«

»Was ist mit dem Opfer, der Sauerei auf dem Gehsteig, wie Sie es nannten.«

Walter schaute ausdruckslos drein, als hätte sich sein

Verstand urplötzlich abgeschaltet – oder als würde ihn das Gras, das er geraucht hatte, schlagartig außer Gefecht setzen.

»Ich weiß, dass es ein Mann ist, aber wer genau?«, fragte Ben. »Warum sind da so viele Cops zugange?« Und dann dämmerte es Ben allmählich, wer das da draußen auf dem Gehsteig sein könnte unter einer Plastikplane. Verdammte Hacke.

»Ich schreie, du schreist, die Bullen kommen, schräger Scheiß.«

»Verzeihung«, sagte Ben, »was war das?«

»Eine Zeile, Mann, eine Zeile aus einem Film, der nie gedreht wurde. Sie sagt alles.«

»Das ist nicht die Zeit für Rätsel.«

»Na, dieses Rätsel kriegt einen Lauf, glauben Sie mir. Ich sage voraus, ein Shitstorm wird herniedergehen.«

Ben ließ Walter mitsamt seinem benebelten Hirn stehen und strebte auf den Ausgang zu.

»Sorry, Sir«, sagte ein Page in unmittelbarer Nähe, »Sie können da noch nicht sofort raus. Die Leiche wurde noch nicht abtransportiert. Sie versuchen, die Menge zurückzuhalten, damit die Ermittler ihr Ding machen können.«

Es war der weibliche Hotelpage, der ihnen bei ihrer Ankunft Donnerstag Abend mit ihren Taschen geholfen hatte. »Wollen Sie mir bestätigen, wer es ist?«, fragte Ben.

Sie schüttelte den Kopf. »Darüber kann ich nicht reden. Sie werden es früh genug erfahren. Die ganze Welt wird das.«

Der Gehsteig war mit Rettungsdienstpersonal angefüllt, die Schaulustigen waren weiträumig abgedrängt worden. Immer noch blitzten Warnleuchten und dazu eine Unzahl Smartphones.

Ben duckte sich zurück ins Innere und bewerkstelligte es, das Gedrängel um den Empfangstresen zu umgehen. Walter, stellte er fest, hatte sich inzwischen einen Sitzplatz sichern und eine bequeme Lesehaltung einnehmen können. Er nahm seine Nachtportierspflichten viel zu nachlässig wahr, zumal inmitten solch einer Situation. Notiert.

Während er auf den Fahrstuhl wartete, überprüfte Ben sein Telefon. Weiterhin nichts, worauf er sich durch die zuvor erhaltenen Nachrichten wischte. Mehr als die Hälfte waren von Katie – diese ließ er unbeachtet. Zwei kamen von Alex, um auf dem Laufenden zu bleiben. Und da war auch eine von Emily Muller. *Für den unwahrscheinlichen Fall, dass du für einen Schlaftrunk zu haben bist, ruf an. Felix ist zu Bett, und ich weiß in dieser prächtigen Stadt nichts mit mir anzufangen. X*

Ben seufzte. Das war eine Komplikation – wiewohl eine sehr verführerische –, die er gerade nicht gebrauchen konnte. Er blickte auf, als der nächstgelegene Aufzug geräuschvoll zum Stehen kam. Noch ehe sich die Türen öffneten, konnte er angespannte Stimmen aus der Kabine hören. »Ich will meinen Anwalt«, rief eine Frau erbittert. Es klang, als würde ein Fuß aufgestampft. »Das können Sie mit mir nicht machen. Sie war's, das wissen Sie. Sie haben die Falsche.«

»Wir werden jede Person befragen, die zugegen war«, sagte eine Männerstimme, »schon wegen der ganzen Auswirkungen. Das ist keine leichte Aufgabe – wie Sie sich sicher vorstellen können. Prominente sind drin verwickelt, Sie eingeschlossen. Wir können Sie nicht im Penthouse lassen. Die Spurensicherung braucht allen Platz. Sie werden noch reichlich Zeit haben, Ihren Anwalt hinzuzuziehen, falls erforderlich.«

»Bin ich verhaftet?«

»Nein, wie wir schon erläutert haben. Wir bringen Sie wie jeden anderen Anwesenden auch an einen ruhigen Ort, wo wir die Einzelheiten durchgehen können, solange sie allen noch frisch im Gedächtnis haften.«

»Sind Sie so was wie die Gestapo? Wohin führen Sie mich ab?«

»Wir verstehen, wie belastend das alles ist, insbesondere für Sie«, sagte eine andere Stimme, »aber bitte beruhigen Sie sich. Niemand beschuldigt derzeit irgendwen wegen irgendetwas.«

»Ich schon.«

»Wir werden in Kürze Ihre Aussage aufnehmen.«

»Wissen Sie, wer ich bin?«

»Ja, Ma'am, Sie haben es uns gesagt.«

»Wissen Sie, was eben passiert ist? Wer eben ums Leben kam? O mein Gott.« Es folgte ein kurzes, gellendes Aufheulen.

»Ja, Ma'am, wir verstehen den Ernst der Lage vollkommen und wie betroffen Sie sind.«

»Dann lassen Sie mich allein damit fertig werden.«

»Ich fürchte, das ist derzeit nicht möglich.«

Ben war schleierhaft, weshalb sich die Türen nicht öffneten.

»Wie könnte ich mich scheißverdammt beruhigen?«, schrie die Frau. »Ich brauche meine Medikamente. Wo sind meine Medikamente? Ich habe gesagt, dass sie im Bad sind, als ich im Polizeigriff abgeführt wurde. Sie haben sie mich nicht holen lassen. Sie alle werden dafür bezahlen – das ist eine Falle. Das ist brutale Polizeiwillkür.«

Ben fühlte allmählich mit der Frau. Er hatte eine Vorstellung von New Yorker Polizeiwillkür. Aber auch davon, wie fürsorglich und liebevoll manche Beamten sein konnten.

»Stecken wir fest? Diese beschissenen Aufzüge. Dieses beschissene Hotel. Wir hätten hier nie absteigen dürfen. Wo war die Hotelsecurity? Wo waren Sie, als das passiert ist? Ich leide unter Platzangst. O mein Gott.«

Ein mechanisches Stottern und Knirschen wurde laut, und es klang, als sacke die Fahrstuhlkabine abrupt um einige Zentimeter ab. Offenbar war sie etwas zu früh stehen geblieben und hatte es nun korrigiert. Nun öffneten sich ruckelnd die Türen.

Ben sah sich Zoey Pine gegenüber, zwei Männern in Zivil, einer Frau in Polizeiuniform und einem Hotelangestellten in marineblauer Tunika. Pine steckte in etwas, das sich Ben nur als Strandbekleidung für einsame Inseln denken konnte. Ein zerschlissener, durchsichtiger Schal und Tuchumhang, der sehr deutlich betonte, was sich darunter befand.

Sie stiegen aus, zogen aber nicht geradewegs an ihm vorbei zum Ausgang, sondern gingen in entgegengesetzter Richtung den Durchgang entlang und um eine Ecke.

Ben ließ ein paar Sekunden verstreichen, ehe er folgte. Doch als er die Ecke umrundete, waren sie schon hinten durch eine Tür getreten. Ein Schild hing darüber, *Private*.

Er trat vor die Tür, drehte am Knauf, doch sie ließ sich nicht öffnen. Er legte ein Ohr an die Tür, konnte aber keine Stimmen hören. Ging es hier zu einem hinteren Ausgang für die Hotelleitung und Prominente? Oder vielleicht zu einer Büroflucht für Führungskräfte? Er war sicher, dass die Tagungsräume ein Stockwerk tiefer lagen.

Das Gebäude war verwirrend genug mit seiner Mischung aus alt und neu, seiner trüben Flurbeleuchtung und seinen verschatteten Winkeln. Er versuchte es einmal mehr erfolglos mit der Tür und kehrte dann zurück zu den Aufzügen in der Hoffnung, die Kabine wäre noch da. Doch Fehlanzeige, also nahm er die Treppe.

29

Zurück im zwölften Stock trommelte er auf Natalies und Hannahs Tür ein. Er trommelte weiter, bis sie sich knarzend öffnete und Hannahs übernächtigtes, verschmiertes Gesicht aus dem Zwielicht blinzelte. »Bist du wieder eingeschlafen?«, fragte er.

»Muss ich wohl.«

»Keine Natalie?«

Sie schüttelte den Kopf. »Mir geht's wirklich nicht gut.«

»Und du hast nichts von ihr gehört, nehme ich an?«

Sie nickte. »Richtig.«

Sie machte kehrt, Ben folgte und schaltete das Licht ein.

»Eure Vorhänge sind zu«, sagte er. Er wusste bestimmt, dass sie es bei seiner Stippvisite unlängst noch nicht gewesen waren.

»Ich will nicht rausschauen.« Hannah brach in Tränen aus und setzte sich aufs Bett.

Ben zog die Vorhänge beiseite und spähte hinaus. Er hatte beste Sicht auf die Straße und das Durcheinander dort unten, das sich langsam auflöste. Anscheinend war die Leiche in einen der wartenden Krankenwagen geschoben worden, losgefahren war aber noch keiner. Die Menge hatte sich ausgedünnt.

»Was ist unten los?«, schluchzte Hannah. »Ich kann da nicht hinsehen.«

»Ein Mann ist ums Leben gekommen. Ich glaube, es ist Cory Myerson. Er scheint vom Dach gefallen zu sein. Du musst mir jetzt genau sagen, wann und wo du Natalie zuletzt gesehen hast.«

»Sie war noch auf der Party.« Hannahs Ton hatte sich aufgehellt. »Wie gesagt, mir war nicht wohl, und ich bin gegangen.«

»Was hat sie da getan? Mit wem hat sie geredet?«

»Direkt mit Cory Myerson hat sie geredet. Sie meinte, sie würde nicht lange brauchen. Ich konnte sie ja schlecht wegzerren. Wäre doch unfair gewesen. Ich habe versucht, ihr zu texten und sie anzurufen. Aber ihr Handyakku muss leer sein. Jedenfalls antwortet sie nicht. Echt nicht zu fassen, dass dieser Mann tot ist. Ist deshalb so viel Polizei und all das da?«

»Vermutlich. Was ist weiter auf Cory Myersons Party passiert? Hat sie mit noch wem geredet? Was glaubst du, wo Natalie jetzt gerade ist?«

»Ich habe keine Ahnung, warum sie nicht hier ist. Sie muss irgendwo im Hotel sein.«

»Könnte sie mit jemandem von der Party mitgegangen sein?«

»Glaub ich nicht. Wir haben eigentlich mit sonst keinem geredet. Die waren alle viel älter.«

Noch immer beim Fenster schaute Ben quer über die Straße und staunte, als er das Dach der Filmschule erleuchtet sah. Zwei starke Kegelscheinwerfer brannten, und einer strahlte offenbar genau in seine Richtung. Der Lichteinfall hatte zur Folge, dass das übrige Geschehen auf dem Dach für Ben schwer zu erkennen war. Ob irgendwer da oben war und eine weitere Mordszene umsetzte. Oder ob sie die Schlussbilder drehten, während auf der anderen Straßenseite die Hölle los war.

»Dein Telefon ist eingeschaltet, oder?«

»Ja.«

»Natalie hat ihr Telefon dabei?«

»Ja, ganz bestimmt. Sie hat mir damit zugewunken, als ich von der Party aufbrach.«

»Nur damit ich ganz klar sehe: Als du aufbrachst, hat Natalie mit Cory Myerson geredet?«

»Ja.«

»Was ging noch vor sich?«

»Die Leute tranken was, schätze ich. Ein paar rauchten. Ein paar Leute tanzten. Es war richtig heiß da oben. Ach, und da war dieser Minipool.«

»Ein Whirlpool? Ein Jacuzzi?«

»Wohl so eine Art Whirlpool. Vielleicht etwas größer. Da sind Leute reingestiegen.«

»Natalie? Ist sie reingestiegen?«

»Sie wollte schon, das konnte ich merken. Sie kennen ja Natalie. Die ist für jeden Spaß zu haben.«

Ben seufzte. »O Gott.«

»Es war echt cool mit dem Licht und der Musik.«

»Ist sie jetzt da rein oder nicht?«

»Nicht, solange ich da war. Sie hat nur mit Cory geredet. Er ging aber voll auf sie ein.«

»Was hat seine Gefährtin Zoey Pine getan, während sich Natalie und Myerson unterhielten?«

»Weiß nicht, aber sie ist schon schräg drauf. Es waren noch andere Leute auf der Party. Nicht bloß wir.«

»Um wie viel Uhr bist du gegangen?«

»Neun vielleicht? Kurz vor neun. Mir war komisch.« Sie rieb sich den Bauch, vielleicht unbewusst.

»Fühlst du dich jetzt besser?« Hatte Myerson ihnen irgendein Zeug eingeflößt, vielleicht sogar etwas Illegales?

»Etwas.«

Ben schaute wieder zum Fenster hinaus. Immer noch waren viele Beamte und flackernde Lichter der herumstehenden Rettungsfahrzeuge zu sehen. Dann blickte er hinüber zur Filmschule. Die Strahler brannten nicht mehr. Er konnte niemanden auf dem Dach ausmachen.

»Na schön«, sagte er. »Warte hier. Schlaf nicht wieder ein. Ruf mich auf der Stelle an, wenn du irgendwas von Natalie hörst, egal was, oder sie auftaucht. Meine Nummer hast du doch wohl noch, oder?«

»Ja, oft genug angerufen haben Sie mich ja.«

Ben verließ das Zimmer und marschierte zum Aufzug. Er war geladen, weil sich Männer in Cory Myersons Alter und von dessen Kaliber erdreisteten, leicht zu beeindruckende Teenager zu bespaßen. Sicher war es nicht toll, schlecht von jüngst Verstorbenen zu denken, aber er konnte sich nicht helfen.

Er ließ die Aufzüge links liegen, nahm neuerlich die Treppe und drosselte kaum sein Tempo, als er die sechzehnte Etage erreichte. Er rannte geradewegs gegen die Brandschutztür an, ohne sich um einen Alarm zu scheren. Jemand musste wissen, wo Natalie war. Sie öffnete sich auf einen schmalen, nüchternen Korridor. Es war ein karger, sauberer Raum mit hellen Halogenstrahlern in der Decke. Klickend fiel hinter ihm die Brandschutztür ins

Schloss und machte Ben bewusst, dass kein Alarm ausgelöst worden war, zumindest nicht hier oben. Er wechselte zur einzigen weiteren Tür im Raum hinüber, hielt aber vor dem Öffnen inne. Er konnte Stimmen hören – ruhige, überlegte.

Er probierte die Tür. Sie gab nach, und er fand sich in einem weiteren nackten Flur wieder. Er brauchte einen Augenblick, um sich zurechtzufinden. Dieser kurze Gang hatte zwei weitere Türen. Als hätte er sich auf dem Rummelplatz in ein albernes Labyrinth verirrt – eine ganze Reihe Räume, die nirgends hinführten. Das Maverick war vom Keller bis zum Dach eigenwillig.

Er bemühte sich, ruhiger zu atmen, um horchen zu können. Die Stimmen traten deutlicher hervor, aber was sie sagten, war nicht zu verstehen. Dann hörte er eine Stimme, die er erkannte. Warm, laut, ausdrucksstark. Obendrein hörte er sein Telefon laut surren – eine eingehende SMS.

Sie kam von Emily Muller. *Ben, ruf mich sofort an, wenn du kannst. Emily.* Keine Küsse diesmal.

Er probierte die erste Tür. Sie war verschlossen. Als er es mit der nächsten Tür versuchte, sprang sie sofort auf. Er platzte regelrecht in noch einen weißen, minimalistisch gehaltenen Raum hinein, doch dieser war ein riesiger, spärlich möblierter Loungebereich und erstreckte sich über Dutzende Meter Marmorfußboden bis zu einer ausgedehnten Fensterwand, hinter der sich die nächtliche Wunderwelt Manhattans offenbarte. Linker Hand fiel sein Auge auf eine weitere große Freifläche, nur waren hier die Glaspanele zurückgezogen worden, um einen von Hunderten, ja Tausenden winzigen funkelnden Lichtpunkten wunderschön beleuchteten Dachgarten freizugeben.

Ein kurzes Stück vor ihm standen Jay Jay und zwei Männer. Weiter entfernt und zur Rechten bemerkte er eine weitere kleine Gruppe, Männer und Frauen mit Klemmbrettern und Kameras, zwei darunter in weißen Ganzkörperanzügen.

Jay Jay war verstummt. Alle waren es und sahen ihn fragend an.

»Sorry«, sagte ein kleiner, hellhäutiger Mann und trat vor. Er steckte in einem schlecht sitzenden Anzug, der »Zivilfahnder« schrie. »Sie müssen sofort umkehren. Sie dürften hier gar nicht sein. Hier findet eine Ermittlung statt.«

»Ist schon in Ordnung«, sagte Jay Jay, der ebenfalls vortrat.

Nunmehr trug er einen silberfarbenen Anzug, wurde Ben unweigerlich gewahr, der in dem luftigen, minimalistischen Raum bestrickend schimmerte. Es war beinahe, als hätte er sich eigens umgekleidet. Ben hätte schwören können, ihn früher am Abend in Smaragdgrün gesehen zu haben.

»Ein Hotelgast«, fügte Jay Jay hinzu.

»Das ändert nichts«, sagte der Detective. »Er gehört nicht hierhin. Wie ist er hier reingekommen? Wir haben einen Mann im Fahrstuhl. Oder nicht?« Er hatte sich dem anderen Zivilfahnder zugewandt.

Dieser, größer und fetter und rotgesichtiger, nickte. »Doch – der ganze Bereich ist abgeriegelt.«

»Ich bin zu Fuß«, sagte Ben. »Die Treppe hoch. Bis ganz rauf. Keiner hat mich aufgehalten. Jay Jay, kann ich Sie kurz sprechen?«

»Schaffen Sie ihn hier weg«, sagte der erste Detective.

»Haben wir da eine Sicherheitslücke?«, fragte der andere. »Was ist das denn für eine Sorte Hotel? Wo ist die Security? Schützen die so Ihre prominenten Gäste? Kann hier jeder einfach so in Privaträume reinspazieren?«

»Das bringt uns noch in Teufels Küche«, sagte sein Kollege. »Und am Ende bleiben wir die ganze verfickte Nacht hier.«

»Es ist ein Hotel«, feixte der zweite Detective.

»Es ist dringend«, sagte Ben mit Blick auf Jay Jay und unverhohlener Verzweiflung in der Stimme.

»Klar.« Jay Jay rempelte die Detectives zu seinen beiden Seiten regelrecht aus dem Weg, nahm Ben behutsam beim Arm und führte ihn zur traumselig vor sich hin funkelnden Außenfläche. »Sagen Sie mir, Monsieur Martin, was ist jetzt so wichtig, so dringend für Sie? Wie Ihnen vielleicht bewusst ist, müssen wir uns gerade mit einem erheblichen Problem auseinandersetzen.« Er seufzte, und wenn Ben sich nicht täuschte, roch Jay Jays Atem nach Calvados.

Hatte der große Mann zur Flasche gegriffen, derweil sich der gute Ruf seines Hotels zügig verflüchtigte?

»Meine Tochter Natalie ist verschwunden«, erklärte Ben, als sie hinaustraten und ihnen immer noch außerordentlich feuchtheiße Luft und dazu Gerüche entgegenschlugen, die weniger lieblich waren oder legal, auch nicht für Volljährige. »Sie war hier oben, im Penthouse, auf der Party. Aber jetzt weiß ich nicht, wo sie ist, und inzwischen liegt Myerson da unten auf dem Gehsteig.«

»Myerson, sagen Sie?«

30

Ja«, sagte Ben. »Myerson.«

»Wir verbreiten keinen Klatsch in diesem Hotel«, sagte Jay Jay. »Aber Sie haben recht.«

Sie bewegten sich weiter hinaus auf die Dachterrasse. In einer Ecke konnte Ben den Whirlpool vor sich hin blubbern sehen, der mit künstlich verwitterten Holzleisten geschmackvoll verkleidet worden war. Doch er blieb ein Whirlpool, und Ben hatte derlei noch nie als passende oder geschmackvolle Ergänzung eines Hideaway aufgefasst. »Krass« war das Wort, das ihm dazu einfiel. »Wissen Sie noch mehr darüber? Wie er starb? Ist er gesprungen, wurde er gestoßen?«

»Jetzt sind Sie unvernünftig. Natürlich weiß ich keine Antwort auf solche Fragen.«

»Die Sache wird Schlagzeilen machen, egal wie sie passiert ist«, sagte Ben.

»Das wird sie, fürchte ich.«

Ben fiel seine letzte Kurznachricht von Emily Muller ein. Konnte es schon raus sein? Inzwischen wären die sozialen Medien bestimmt voll mit Bildern davon. »Er ist nicht einfach so vom Dach gefallen, oder?« In Gedanken wiederholte er, was er eben Zoey Pine hatte sagen hören. »Kommen Sie, Jay Jay, helfen Sie mir hier raus. Es könnte sehr wichtig sein. Meine Tochter ist verschollen.«

Jay Jay sah zu den Detectives hinüber, die im Innern des Penthouse geblieben und außer Hörweite waren. »Die Cops glauben allerdings, es könnte sich um etwas anderes als einen Unfall handeln«, sagte er leise. »Sie ermitteln und befragen alle, die zur fraglichen Zeit hier waren. Das ist furchtbar umständlich, aber unvermeidlich.« Er wandte sich wieder Ben zu.

»Ich kann mir nur zu gut vorstellen, warum jemand diesen eitlen Milliardär von einem Dach hätte stoßen wollen, sechzehn Stockwerke tief«, sagte Ben.

»Ihre Meinung steht Ihnen frei – erfolgreiche Männer, erfolgreiche Menschen jeder Couleur neigen dazu, Hass und Verunglimpfung auf sich zu ziehen.« Jay Jays Tonfall und Miene hatten sich geändert. »In diesem Hotel behandeln wir alle gleich – gleichermaßen vorzüglich.«

»Das freut mich zu hören.« Ben war sich im Klaren, dass er manche seiner Ansichten lieber für sich behalten sollte. Sie hatten ihm schon einigen Ärger eingehandelt – in seinem früheren Job als Wirtschaftsjournalist. Stets blieben gewisse Dinge besser unausgesprochen. Zu seiner Rolle bei Hideaway gehörte es indes, schwierige Fragen zu stellen und die Nase in peinliche Dinge zu stecken. Davon abgesehen hatte es damit, was immer hier geschehen war, persönliche Bewandtnis in Gestalt seiner Tochter. »Also, wie kam es dazu, dass Cory Myerson tot auf dem Gehsteig endete? Hat irgendwer irgendwas gesehen? Das muss doch so sein.«

Jay Jay blieb eigentümlich stumm.

»Am Ende kommt es doch raus«, stachelte Ben ihn an. »Zumindest eine Version. Warum erzählen Sie mir nicht alles, was Sie wissen, und wir können nach Kräften dafür sorgen, dass die Leute eher früher als später die Wahrheit aufdecken?« Vorausgesetzt, Ben wollte, dass sie die Wahrheit aufdeckten.

»Was machen Sie beruflich?«, fragte Jay Jay schließlich.

»Ich bin so was wie ein Inspektor.«

»Ach, jetzt wird mir alles klar.« Jay Jay musterte ihn von oben bis unten im sanften Licht der Leuchtsternchen. Schüttelte dann seinen großen, fleischigen, glänzenden Kopf. »Sie müssen mir nicht verraten, wer Sie herschickt. Ich habe Sie oder jemanden wie Sie seit einem Jahr erwartet. Halten wir den Anschein aufrecht. Für ein gutes Rätsel habe ich was übrig. Noch mehr habe ich für einen guten Bericht übrig.« Er zwinkerte.

»Tja, mir liegen Rätsel in keiner Weise«, sagte Ben. »Zumindest keine, die ungelöst bleiben.«

»Wird das hier alles in Ihren Bericht einfließen?«

»Offenheit und Transparenz zählen viel.«

»Hätten wir bloß eine Ballonflasche Calvados.«

»Ganz ehrlich«, sagte Ben, »brauche ich den gerade am allerwenigsten.«

»Natürlich.« Jay Jay wurde endlich wieder ernst. »Anscheinend gab es ordentlich Zoff, bevor es passierte. Geschimpfe und Geschrei. Ein Handgemenge sogar.«

»Zwischen wem?«

»Eben das versucht die Polizei festzustellen.«

»War Zoey Pine daran beteiligt?«

Er seufzte. »Noch ist es zu früh, wie man so sagt.«

»Gibt es irgendwo Überwachungskameras? Würde das nicht alles sofort klären?«

»Um Himmels willen, doch nicht in der Suite. Auch keine hier auf der Terrasse. Dieses Hotel achtet allem voran die Privatsphäre. Es ist ein Hideaway, wie Ihnen ja bestens bekannt ist. Wir könnten unsere Gäste unmöglich auf den Gedanken bringen, sie würden hinter geschlossenen Türen ausgespäht. Die öffentlichen Bereiche sind etwas anderes.«

»Wie konnte das Maverick einen Gast in eine irgendwie gefährliche oder verfängliche Lage bringen?«, fragte Ben. »Wo war der Sicherheitsdienst für die Party? Waren hauseigene Kellner anwesend?«

»Irgendwann hat Mr Myerson sie weggeschickt. Die Party war am Ausklingen. Nach meiner Kenntnis waren nur noch ein paar Gäste übrig, als es zu dem Vorfall kam.«

»Myerson hatte keinen eigenen Schutz, keine eigenen Leibwächter? Ein dermaßen reicher Mann?«

»O ja, er hatte Personenschützer. Nur nicht innerhalb des Hotels, sie blieben draußen. Er vertraute uns.«

»Und siehe da, es geschieht so was.« Aus dem Augenwinkel wurde Ben gewahr, dass sich die Detectives hinüber zum Whirlpool begeben hatten. Ein Mann lehnte sich mit ausgestrecktem Arm hinein. »Was machen die denn?« Ben zeigte auf sie.

»Der Whirlpool ist immer sehr gefragt«, sagte Jay Jay. »Sie haben vielleicht was gefunden.«

Ben atmete aus und widmete sich wieder Jay Jay. »Wo ist Zoey Pine jetzt? Ich habe gesehen, wie sie im Aufzug nach unten gebracht wurde. Wo sind die anderen Gäste – alle, die hier waren, als es passierte?«

»Ich habe der Polizei die Nutzung der Direktionsbüros

im Erdgeschoss und ebenso der Tagungsräume im Keller angeboten. Die Beamten befragen dort jeden einzeln für sich. Aus Rücksicht darauf, dass einige Gäste allgemein bekannt sind und sich sehr ungern durch einen Haufen promigeiler Gaffer zu einer Polizeiwache zerren lassen würden.«

»Kann ich mir vorstellen, zumal wenn sie gar nicht verhaftet worden sind«, sagte Ben eingedenk der eigenen Erlebnisse am heutigen Tag. Zugleich ging ihm auf, dass dies Natalies Verschwinden erklären könnte: Vielleicht wurde sie gerade vernommen. Hoffentlich wurde sie gerade vernommen, denn es würde bedeuten, dass sie in Sicherheit war. Oder nicht? Ihm schwirrte langsam der Kopf.

Sein Telefon surrte, eine SMS. Wieder Emily Muller. RUF MICH AN. JETZT. DRINGEND. Nur Großbuchstaben, keine Küsse.

»Dieser Bullenklüngel tut ja ziemlich wichtig«, meinte Jay Jay. »Wo ist die reizende ... Kiara, Kiara Williams, wenn sie gebraucht wird?«

»Sie haben ein gutes Namensgedächtnis.«

»In dieser Branche, wie Sie sicher wissen, muss man eines haben, Mr Martin.«

»Sie ist nach Hause gefahren. Muss sich nötig um ihr eigenes Kind kümmern.«

»Verstehe.«

»Ich muss meine Tochter finden. Ob sie wohl gerade vernommen wird?«

Jay Jay hatte keine Zeit zu antworten, denn der kleine, hellhäutige Detective hatte sich genähert. »Entschuldigung«, sagte er, »ich möchte Sie beide bitten, den Einsatzort zu verlassen.«

»Augenblick mal«, sagte Jay Jay streng. »Das ist mein Hotel hier. Ich glaube nicht, dass Sie mich zum Verlassen des Penthouse oder sonst welcher Räumlichkeiten auffordern können.«

Der Mann zückte seine Brieftasche und schnippte sie auf, um seine goldfarbene Dienstmarke vorzuzeigen. Ben war überrascht, dass solche altertümlichen Abzeichen noch in Gebrauch waren. So was hatte er nicht zu sehen bekommen, als man ihn am Tag zuvor abgeführt hatte. Sondern nur den kurzen Lauf einer .38er. Weiteres Zureden war nicht nötig gewesen.

Der Detective deutete nun mit seiner anderen Hand auf die Marke. »Schaunse mal, was das ist«, sagte er zu Jay Jay wie zu Ben. »Das ist eine Dienstmarke der City of New York Police. Und schaunse, da steht ›Inspector‹. Das bin ich, Inspector Ed McNeil.« Darauf zeigte er auf die eigene Brust. »Was bedeutet, dass ich machen kann, was ich verfickt noch mal will.«

»Was ist mit Höflichkeit, Professionalität, Respekt?«, gab Ben zurück.

»Wer verfickt noch mal sind Sie? Was machen Sie überhaupt noch hier?«

Ben hielt es für das Beste, gegenüber Ed McNeil zu verschweigen, dass auch er Inspektor war.

»Er gehört zu mir«, sagte Jay Jay schnell.

»Meinetwegen. Aber keiner von Ihnen beiden sollte sich hier aufhalten. Also los jetzt, ziehen Sie Leine.«

Jay Jay schaute drein, als habe er keine Lust, herumkommandiert zu werden, und keinerlei Absicht, sich irgendwohin zu verflüchtigen. Zum Glück wurde Ed McNeil in diesem Moment von seinem größeren und rotgesichtigeren Kollegen fortgerufen, der etwas auf Armeslänge von sich hielt. Etwas in einem durchsichtigen Plastikbeutel, das verflixt nach einem Handy aussah. »So ein liebenswürdiger Mensch«, sagte Ben.

»Das Beste ist immer, man geht ihnen nicht auf den Senkel«, sagte Jay Jay, als habe er einige Erfahrung mit solchen Begegnungen. »Denen steht ein gewaltiger Rechtsstreit ins Haus und uns wohl auch«, seufzte er. »Cory Myerson ist ein Markenname mit treuem Gefolge. Ich kann mir vorstellen, dass seine Erben ein Heer von Anwälten beschäftigen.«

»Tatsächlich hatte ich bis vor zwei Tagen noch nie von ihm gehört«, sagte Ben.

»Er steht für Westküste, völlig anderer Schlag, und Sie sind ein durch und durch kultivierter Europäer.«

»Danke.« Ben blickte hoch zum Nachthimmel. Die Lichtverschmutzung löschte jegliches Sternenleuchten, aber ein paar Flugzeuge und ein Hubschrauber zogen blinkend ihrer Wege. »Meine Tochter, könnte sie unten bei den Cops sein?«, fragte er.

»Vielleicht. Als ich im Penthouse eintraf – nachdem ich mein Mögliches getan hatte, der grässlichen Szene gleich vor der Brasserie beizukommen –, trieben die Cops schon die wenigen Dagebliebenen zusammen. Ich bekam nicht alle zu Gesicht. Überall Bestürzung und Entsetzen hier oben, wie Sie sich denken können. Die Cops waren bemerkenswert schnell vor Ort. Wollten wahrscheinlich ausschließen, dass Myersons Sicherheitsleute irgendwelche Beweise vermurksen. Solche Ermittlungen geraten ja schnell zu einer verzwickten Angelegenheit, sobald Promis drin verwickelt sind. Ihre Tochter hatte eine Freundin dabei, stimmt das?«

»Ja und nein. Nicht, als es passiert ist. Ihre Freundin Hannah ging gegen neun zurück auf ihr Zimmer und ließ Natalie hier zurück – anscheinend im Gespräch mit Cory Myerson höchstselbst. Hannah fühlte sich nicht wohl.«

»Bitte, beten wir, dass keine Drogen konsumiert wurden. Das fehlte noch. Welche ist Natalie?«

»Sie ist die zierlichere, kleinere der beiden, mit kürzeren, dunkleren Haaren, mit grün gefärbten Strähnen. Außerdem trägt sie ziemlich viele Ohrringe.«

»Ihr Bild schwebt mir vor aus der Brasserie. Eine sehr hübsche junge Frau mit Kante, die gern über Tische und Bänke klettert. Süß, voreingenommen. Sie wird's weit bringen.«

»Sie ist fünfzehn.«

»Trotzdem süß. Das sieht doch jeder, nicht nur Schwuchteln wie ich mit einem Auge für Details. Cory Myerson, muss ich Ihnen leider sagen, hatte einen gewissen Ruf weg, was junge Frauen betrifft.«

»Sehr junge Frauen?«, fragte Ben.

»Gerüchte gibt's immer.«

»Sie wollen nicht etwa andeuten, dass Natalie irgendwas mit dem Handgemenge zu tun hatte – bevor Myerson in den Tod stürzte?« Ben dachte ans Pastis zurück, wo Zoey Pine den Tisch umgeworfen hatte. Etwa weil ihr Freund zwei halbwüchsigen Mädchen, die ihn entdeckt hatten, zu viel Aufmerksamkeit schenkte? Dann war da noch die andere Geschichte, wie Pine der verflossenen Mrs Myerson Kräutertee ins Gesicht schüttete.

»Mein Lieber, Sie haben selbst gesagt, dass sie sich mit Cory Myerson persönlich unterhielt. Warum sollte dem so sein?«

»Vielleicht lag ihr was an seinen Ansichten zur Bewältigung der Klimakrise. Oder den jüngsten Neuerungen in Sachen Öko-Turnschuh.«

»Ach ja – habe gehört, die sind der letzte Schrei. Womöglich nicht das Richtige für mich.«

»Oder mich«, sagte Ben.

»Sie tragen sehr edle Budapester. Ich schwärme für traditionelles englisches Schuhwerk.«

»Crockett and Jones«, murmelte Ben.

»Sind Sie beide immer noch hier?« McNeil war zurück. »Räumen Sie das Feld. Der gesamte Boden muss abgesucht werden.«

»Vielleicht sollten wir die Polizei ihre Arbeit tun lassen. Vermutlich gibt es noch eine Menge herauszufinden.«

»Halten Sie diesen Haufen für befähigt? Die wirken so, als wären sie lieber gar nicht hier.«

»Es ist Samstag Nacht. Wahrscheinlich haben sie Besseres zu tun«, sagte Jay Jay und bedeutete ihm, wieder nach drinnen zu gehen.

»Wir alle haben Besseres zu tun, als Teil dieser Tragödie zu sein.« Ben sah zum jenseitigen Ende der Dachterrasse, das längs der Straße zu verlaufen schien. Auf ihrer anderen Seite würde sich ein weiterer Häuserblock befinden, und ein Gebäude darunter hätte Verbindung zur Rückseite der Filmschule. Von hier aus würde sich sehr gute Sicht darauf bieten und von dort einigermaßen gute hoch zum Penthouse.

Es gab eine Brüstung aus Ziegeln und Glas von angemessener Höhe. Darüber hinwegzustürzen wäre kein Leichtes. Oder darüber gestoßen zu werden. Anders als auf dem Dach der Filmschule, das keine hohe Kante, überhaupt keine Hürde aufwies. »Hoffen wir, dass die Polizei so schnell wie möglich zur Wahrheit vordringt«, fügte Ben hinzu, während sie das Innere betraten. Ihm kamen Zweifel, ob Kiara jemals in den Rang eines Inspectors im NYPD aufsteigen würde angesichts dessen, womit sie es dann zu tun bekäme. Warum sollte sie mit solchen Leuten zusammenarbeiten wollen? Es war schon schwer genug, professionell, höflich und respektvoll zu sein, geschweige denn, Gerechtigkeit für andere anzustreben. Vielleicht hatte sie den falschen Beruf gewählt.

»Vorausgesetzt, es ist für Sie die Wahrheit, zu der sie vordringen sollen?«, sagte Jay Jay, während sie eine andere Gruppe aus Polizisten umrundeten.

»Können Sie mich runter zu den Tagungsräumen bringen?«, fragte Ben und zugleich sich, ob denn er den richtigen Beruf hatte. Jay Jay hatte es natürlich irritierend zugespitzt. Gerechtigkeit war allzu häufig subjektiv. »Ich muss meine Tochter unverzüglich finden.«

»Natürlich müssen Sie das. Zu Ihren Diensten.«

Jay Jay führte Ben zum Fahrstuhl des Penthouse. Sie durchschritten einen weiteren minimalistischen Korridor, dieser mit der Aufzugstür an seinem Ende. Es gab eine Reihe modernistischer Kleiderhaken, an denen zwei

»The Maverick«-Regenschirme hingen, eine abgetragene Jeansjacke und einige vorsätzlich ausgefranste Seidenschals. Einer hatte die Farbe von Blut, dachte Ben unwillkürlich, und an beiden Enden schwarze Abzeichen von Extinction Rebellion. Er streckte eine Hand aus, um das Gewebe zu befühlen, ein feiner Seidenstoff und gewisser Widerspruch zur Botschaft, die das Kleidungsstück darzustellen versuchte. Es roch stark nach einem Parfüm, das er nicht einordnen konnte, und er hatte eine gute Nase für Parfüms.

Der Aufzug war unbewacht.

»Wo ist die Hotelsecurity jetzt?«, fragte Ben und wartete darauf, dass die Vorrichtung rappelnd zum Leben erwachte.

»Ich habe sie gebeten, durchzusehen und zu kopieren, was wir an Überwachungsvideos haben, ehe die Polizei irgendwas fortschafft. Man kann nie vorsichtig genug sein.«

»Sie sagten doch, hier oben seien keine Überwachungskameras.«

»Richtig, aber auf den anderen Etagen schon und natürlich in der Empfangshalle. Zumindest werden wir genau wissen, wer hier oben war, wann die Person kam und wann sie ging.«

»Mit dem Fahrstuhl jedenfalls«, murmelte Ben.

31

Der Fahrstuhl setzte sie im Kellergeschoss ab, vor ihnen lag abermals ein langer Korridor. Dieser hatte allerdings nichts Minimalistisches oder Modernistisches an sich. Die Wände waren in einer warmen Tabakfarbe gehalten und mit gebremst provokanten Graffiti bekliert. Ben fühlte sich an das New York der achtziger Jahre erinnert – die Zeiten von Keith Haring und Jean-Michel Basquiat, was vermutlich auch die Absicht war. Blanke Aluminiumröhren der Klimaanlage verliefen unter der Decke, und diverse Türen gingen von diesem Durchgang ab.

»Das sind also die Tagungsräume?«, fragte er mit etwas schlechtem Gewissen, weil er sie längst hätte überprüfen sollen.

»Ja«, sagte Jay Jay. »Wir haben drei Räume – der größte kann vierzig Personen aufnehmen. Das Ganze wird stark nachgefragt. Es gibt zwei Hauptzugänge, diesen und einen weiteren auf der anderen Gebäudeseite, sodass Tagungsteilnehmer und Sitzungsgäste nicht durchs Hotel müssen. Sie können auch durch eine nicht öffentliche Tür im Erdgeschoss und dann über eine kurze Treppenflucht hergelangen. Die Angestellten tun das überwiegend. Aber es empfiehlt sich ebenso, um VIPs rasch aus der Lobby abzuholen. Dann müssen sie nicht auf den Aufzug warten.«

»Oder wenn der Aufzug streikt«, sagte Ben, der daran

dachte, wie Zoey Pine im Erdgeschoss aus der Kabine gepurzelt und durch die mit *Private* gekennzeichnete Tür verschwunden war.

»Das kann sehr diskret ablaufen«, fuhr Jay Jay fort. »Hier unten sind außerdem die Räume von Sicherheitsdienst und Belegschaft. Den Flur weiter runter und um die Ecke gelangen Sie zur Laderampe und zum Hinterhof. Jede Abteilung hat hier einen Lagerraum – Wäsche, Speisen und Getränke, Bäderbedarf. Da geht es gern mal rund.«

»Ein großes, verzweigtes Unternehmen«, sagte Ben und dachte an seinen Bericht. Wobei er sich im Augenblick fragte, welche Art Bericht er schreiben würde oder für wen einen. Er war erschöpft. »Mich wundert, dass sich hier unten nicht alle verlaufen. Dieses Gebäude ist sehr verwirrend.«

»Ich sehe es lieber als überraschend an. Ihr Handy surrt«, sagte Jay Jay und verlangsamte seine Schritte vor einer Tür, die *Suite 1* besagte.

»In der Tat.« Ben zog den Apparat aus seiner Tasche und sah, dass es Emily Muller war. »Da muss ich rangehen.«

»Nur zu. Ich hoffe, Sie werden Ihre Tochter dort drin finden.« Er zeigte auf die Tür zu seiner Seite. »Ich muss mich noch um tausend andere Dinge kümmern, wie Sie sich sicher vorstellen können.« Damit machte er auf dem Absatz kehrt und hüpfte buchstäblich durch den hippen Korridor in die Richtung davon, aus der sie gerade gekommen waren. Es war, als könnte er sich auf einmal gar nicht schnell genug von Ben entfernen.

»Emily?«, sagte Ben. »Was ist los?«

»Das weißt du nicht?«

»Weiß was?« Der Empfang im Keller war nicht der beste. Ihre Stimme klang sehr leise, aber eindeutig bestürzt.

»Cory Myerson, nur einer der beliebtesten Milliardäre und Aktivisten des Planeten und zufällig auch ein – ehedem, sollte ich leider sagen, er hatte doppelten Platinstatus – Topkunde von Hideaway, ist tot. Er ist vom Dach des Maverick gefallen. Unter ungewöhnlichen Umständen, wie es heißt. *Ungewöhnlichen?* Was soll das bedeuten? Das Maverick gehört zu uns, Ben. Ist praktisch unser neuestes Mitglied. Es sollte ein Aufbruch zu neuen Ufern sein. Ein Zeichen, dass wir mit der Zeit gehen. Und nun das. Eine PR-Katastrophe ist das. Jetzt schon. Beherrscht die sozialen Medien. Hast du's nicht gesehen? Von den großen Nachrichtensendern sind auch schon einige dran.«

»Oh«, sagte Ben. Noch nie hatte er einen derart panischen Ausbruch von seiner Chefin gehört.

»Mehr bringst du nicht raus? *Oh?* Wie scheißbeherrscht auch. Ihr Briten seid mir schon immer ein Rätsel.«

»Ich meine, jede Publicity kann gute Publicity sein. Wiedererkennungswert des Hotelnamens, von Hideaway.« Er hatte lange Zeit als Journalist gearbeitet. Alles ließ sich irgendwie passend zurechtdrehen – für gewöhnlich.

»Ich bete, dass nicht. Wo zum *bloody* Teufel bist du?«

Emily Mullers Aussprache des Worts *bloody* war eingeübt und klangrein. Sie hatte reichlich Zeit im Vereinigten Königreich verbracht.

»Ich bin im Hotel.«

»PRÄZISE. Wieso ruf ich dich an und zu so einer Zeit? Das hättest du sofort berichten müssen. Was für eine Sorte Inspektor bist du? Hast du überhaupt eine Ahnung, was da vor sich geht?«

Er hielt das Telefon von seinem Ohr weg und warf einen prüfenden Blick den Flur hinunter. Niemand da. Er konnte auch keine Stimmen aus Suite 1 dringen hören. Vielleicht lag es an einer ausgezeichneten Geräuschdämmung. »Tatsächlich bin ich im Untergeschoss«, sagte Ben. »Ich bin das ganze Hotel von oben bis unten abgelaufen. War zufällig soeben noch mit dem Direktor und Inhaber Jay Jay zusammen. Ich glaube, ihr kennt euch?«

»Dann bist du dir der Lage bewusst?«

»Was Cory Myerson angeht? Ja, vollkommen bewusst. Es tut mir sehr leid. Welche Tragödie vor allem für seine Partnerin und nicht zuletzt, darf ich sagen, für den Planeten.«

»Welche Tragödie es für Hideaway sein könnte – das ist meine größte Sorge. Ich geb gerade einen Scheißdreck auf den Planeten. Auf unseren guten Ruf kommt es an.«

»Nun, es wird dich freuen, dass ich die letzte Stunde oder so damit verbracht habe, die Lage aus erster Hand einzuschätzen und so viel Fakten zu sammeln, wie ich konnte.« In diesem Augenblick hatte Ben ein Gefühl beruflicher Bedeutsamkeit, das erhebender nicht hätte sein können, und dass er zur rechten Zeit am rechten Ort war.

»Hast du deine Tarnung aufgedeckt?«

»Das ist eine gute Frage. Jay Jay ist ein schlauer Mann. Er weiß, dass ich Inspektor bin. Ich habe nicht ausdrücklich bekannt, für Hideaway zu arbeiten. Offen gesagt, scheint mir das derzeit eh keine große Rolle zu spielen. Hauptsache, ich bleibe auf seiner Seite, und er weiß, dass ich ihm nützen könnte, so wie er uns nützen könnte. Er wird Zugang zu Überwachungsvideos haben, möglicherweise auch zu Zeugen.«

»Guter Punkt. Warte mal kurz, Ben, eben sagen sie was im Fernsehen.«

Ben konnte sie die Lautstärke aufdrehen hören, aber nicht genau, was gesendet wurde. Er nutzte die Gelegenheit, um die Tür zu Suite 1 einen Spaltbreit aufzudrücken. Er vernahm einige angespannte Stimmen und ungestümes Rauschen der Klimaanlage. Ehe er die Tür weiter öffnen und feststellen konnte, was genau in dem Raum vor sich ging und – noch wichtiger – ob sich auch Natalie dort befand, war Emily Muller wieder am Apparat. Ben ließ die Tür zufallen und ging auf Abstand.

»Sie sagen, dass es eine Festnahme gab«, meldete Emily. »Du weißt, was das bedeutet?«

»Sie haben bereits den Verdacht, dass es kein Unfall war. Nach meinem ersten Eindruck, Emily, wäre das sicherlich begründet. Der Laden wimmelt von Kriminalbeamten und Forensikern.«

»Jetzt schon?«

»Jetzt schon.«

»Danke dafür, mich umfassend ins Bild zu setzen und auf dem Laufenden zu halten«, höhnte sie. »Ich bin ja nur ein paar Häuser weiter. Du erinnerst dich?« Sie seufzte heftig. »Wir müssen Mac Hoffman sprechen und die möglichen Sicherheitsauswirkungen absehen. Wir müssen unsere Juristen informieren sowie Marketing und PR. Die müssen alle raus dem Bett, egal wie spät es jetzt in Frankfurt ist.«

Ben sah nach seiner Armbanduhr. Rechnete es aus. »Geht auf sieben Uhr morgens.«

»Die können auch mal früh aufstehen.«

»Wir haben Wochenende, es ist Sonntag«, erinnerte er Emily.

»Ich stehe immer um sechs Uhr morgens auf, gleich an welchem Wochentag.«

Ben konnte es sich denken.

»Glaubst du, irgendwer von uns wird in absehbarer Zukunft irgendwas anderes tun als diesen Schlamassel Tag und Nacht in Vollzeit abarbeiten?«, fuhr sie fort. »Alle Mann an Deck.«

Ben beschloss, Emily einstweilen nicht von Natalies Verwicklung zu unterrichten, obgleich in ihm die Erkenntnis und gewiss die Hoffnung aufkeimten, dass es letztlich hilfreich wäre – in derartiger Beziehung zu einer Zeugin zu stehen. »Du kannst auf mich zählen«, sagte Ben.

»Das ist doch lächerlich. Ich komme jetzt zum Hotel«, kam Emilys Antwort.

»Um diese Zeit? Das ist nicht nötig, noch nicht«, entgegnete Ben hastig. Mein Gott, er wollte Emily Muller nicht hierhaben. Zumindest nicht, ehe Natalie wohlbehalten unter der Bettdecke statt in diesem Mist steckte. »Du wirst nur im Weg stehen.«

»Muss ich dich daran erinnern, wer ich bin?«

»Hier ist überall Polizei, Emily, und die Belegschaft

rennt ziemlich kopflos durch die Gegend. Ich halte es wirklich für das Beste, wenn ich selbst die Lage möglichst unauffällig im Auge behalte. Ich bin Gast hier, mich kennen sie vom Sehen und können mich darum nicht vor die Tür scheuchen. Ich wüsste nicht mal, ob du zum Eingang reinkämst. Draußen auf der Straße ist die Hölle los.«

»Die Hölle? Zum Teufel damit. Ja, kommt gerade im Fernsehen. Jetzt zeigen sie das Hotel und eine Menschenmenge. Diese verflixten Kamerateams sind schnell.«

»Da ist Myerson aufgeschlagen – unmittelbar vor der Brasserie.«

»Die das überkünstelte, überteuerte französische Essen mit New-Age-Dreh auftischt?«

»Ja«, sagte Ben, von ihrer Kritik überrascht – schließlich hatte sie das verdammte Hotel angeworben. Allerdings war ihm bekannt, dass Emily kein großes Vergnügen an hochgezüchtetem Essen hatte, oder besser: Sie hatte überhaupt kein großes Vergnügen an Essen.

»Vertraust du dem Generaldirektor, diesem Jay Jay? Ist er kompetent?«

»Ich denke ja. Vielleicht etwas zu sehr in Prominenz vernarrt. Ich muss auflegen.« Die Tür zum Tagungsraum öffnete sich. Weitere angespannte Stimmen und zudem ein Schluchzen waren zu hören.

»Okay. Dann spring ich nicht unbedingt sofort ins Taxi. Aber ich will alles wissen, was vor sich geht. Alles. Ruf mich jederzeit an. Ich werde nicht zu Bett gehen. Wie könnte ich schon einschlafen? Selbst unter günstigsten Bedingungen schlafe ich nicht gut.«

Einmal hatte Ben sie schlafen, das Morgengrauen über

ihre bloßen Schultern wandern sehen. Das aber unter günstigsten Bedingungen – soweit es ihn betraf.

»Ich hoffe, du wirst dieser Sache auf den Grund gehen und unsere Interessen wahren – der Ruf von Hideaway steht auf dem Spiel wie noch nie zuvor. Davon hängt dein Posten ab.«

»Ja, unbedingt.« Verflogen war jeglicher Hauch der flüchtigen Nähe, die einmal zwischen ihnen geherrscht hatte. Ben konnte sich nicht vorstellen, dass sie je zurückkehren würde – nicht, wenn Emily das ganze Ausmaß dessen kannte, was sich hier abspielte.

Ben musste beiseitetreten, als eine Schar Leute aus dem Raum stürmte und an ihm vorbeidrängte. Zu seiner Überraschung handelte es sich um Zoey Pine und drei Männer, zwei in Anzügen und einer in der Tunika des Maverick. Zoey trug immer noch ihre Strandgarderobe für die einsame Insel, allerdings den Schal enger geschlungen. Sie musste zu Fuß ein Stockwerk tiefer gebracht worden sein. Womöglich handhabten sie alle Zeugen so, per Einbahnstraße in einer Schleife über zwei Geschosse, um unnötigen Absprachen vorzubeugen.

»Bringen Sie mich zu meinem Zimmer«, sagte sie, während er alle auf die Aufzugstüren zugehen sah. »Ich muss allein sein, um zu begreifen, was passiert ist.« Sie hielt inne, ehe die Gruppe das Ende des Korridors erreicht hatte. »Ich muss allein sein – kapieren Sie das?«, schrie sie. »Dafür werden Sie bezahlen.«

Sie kapierten es nicht, sondern beschatteten sie weiter, bis alle am Ende des Gangs verschwunden waren.

Ben drehte sich um, öffnete erneut die Tür zu Suite 1 und rätselte, ob das Hotel oder NYPD bezahlen würde. Die Superreichen hatten es raus, sich von jedermann für alles bezahlen zu lassen.

Diesmal betrat er geradewegs den Raum.

32

Wo ist sie?« Er hatte einen uniformierten Cop vor sich, eine ältere Frau mit einem runden und einladenden Gesicht. Sie war ihm als freundlichste Option in Sichtweite erschienen, doch aus der Nähe betrachtet war sie alles andere als freundlich. Nicht einmal, nachdem Ben den Sachverhalt mit seiner Tochter geschildert hatte.

»Wir haben noch keine Liste all derjenigen, die den Abend über auf der Party waren. Wie haben nur die erfasst, die bei unserem Eintreffen noch im Penthouse waren.«

»Wirklich alle?«, fragte Ben. »Sind Sie vollkommen sicher, dass Sie alle registriert haben, die bei Ihrer Ankunft oben im sechzehnten Stock anwesend waren?«

»Davon gehe ich aus.«

»Könnten Sie bitte noch mal Ihre Liste überprüfen?« Ben suchte noch immer den Raum nach Natalie ab für den Fall, dass er sie übersehen hatte. Für den Fall, dass die Polizei sie übersehen hatte und sie irgendwie den Übrigen hier herunter gefolgt war. Es war ein hübscher Tagungssaal, der sich größte Mühe gab, wie keiner auszusehen, und das Thema New Yorker Street-Art der achtziger Jahre fortsetzte. In einer Ecke stand eine Musikbox, in einer anderen ein Billardtisch. Natalie war nirgends zu sehen.

So viele Leute waren es nicht – mehr Polizisten als

Partygäste und gelegentlich ein tunikatragender Angestellter des Maverick.

»Sie wissen schon, dass Sie hier eigentlich nichts zu suchen haben?«, sagte die Beamtin. »Hier findet eine polizeiliche Maßnahme statt. Wenn Sie Ihre Tochter irgendwo im Hotel aus den Augen verloren haben, schlage ich vor, Sie sprechen mit dem Sicherheitsdienst des Hotels.«

Wie sehr sich Ben doch wünschte, mit Kiara zu tun zu haben. »Sie war auf der Party«, sagte er bestimmt.

»Sind Sie sicher?«

»Ja.«

»Und sie ist erst fünfzehn, sagen Sie?«

»Ja.«

»Und Sie waren nicht bei ihr?«

»Nein.«

»Damit ich recht verstehe: Sie lassen eine Minderjährige allein auf eine Party gehen, wo es Alkohol und möglicherweise andere Rauschmittel gibt? Wir sind hier in der Lower East Side.«

»Wie ich Ihnen schon sagte, hatte sie eine Freundin dabei.«

»Die keine Minderjährige ist?«

»Sie sind gleichaltrig. Schauen Sie, wir wohnen alle im selben Hotel. Es war eine private Feier.«

»Entschuldigen Sie, Sir, aber Sie lassen diese Minderjährigen unbeaufsichtigt herumstromern? Das könnte ein ernstliches Vergehen bedeuten.«

»Als ob ich das nicht wüsste«, sagte Ben, wobei er vermutlich an ein gänzlich anderes Vergehen dachte. Erneut überflog er den Raum auf der Suche nach jemandem, der ihm helfen könnte. Er musste nicht weit schauen, denn soeben betrat Inspector Ed McNeil durch eine Tür hinten nahe der Musikbox die Suite. Sein größerer und rotgesichtiger Kollege begleitete ihn.

McNeil ging geradewegs auf Ben zu. »Was machen Sie hier? Für eine Nacht habe ich schon mehr als genug von Ihnen gesehen.«

»Er sucht nach seiner Tochter«, warf die Uniformierte ein. »Sie ist minderjährig.«

McNeil war vorübergehend von seinem Telefon abgelenkt und las eine Textnachricht, nickte dann seinem Kollegen zu und richtete sich an Ben. »Wie heißt sie?«

»Natalie Martin.«

McNeil sah wieder nach seinem Telefon. Klopfte seinem Kollegen an den Arm. Bedeutete ihm, auf ein Wort beiseitezutreten. Sagte über die Schulter zu Ben: »Warten Sie hier.«

Sie gingen in die Ecke des Raums. Kehrten Ben den Rücken und steckten die Köpfe zusammen.

Die Polizistin mit dem freundlichen Gesicht und ungnädigen Urteil legte wieder los. »Was treiben Sie hier überhaupt mit Ihrer Tochter und deren Freundin? Ist das ein Hotel, wohin man Kinder mitnimmt? Sieht für mich verdammt nicht danach aus.«

»Ich bin tatsächlich zum Arbeiten hier, und für die beiden sind es kurze Ferien.«

»Sich selbst überlassen zu sein?«

»Ich hatte gar nicht vor, die ganze Zeit zu arbeiten. Meine Tochter war noch nie in New York. Ich fand, sie sollte sich das anschauen – die vielen Sehenswürdigkeiten.«

»In diesem Viertel?«

»Auch keine schlechtere Basis als andere«, erwiderte Ben, der wissen wollte, was McNeil mit seinem Kollegen besprach. »Sie sind vom Siebenten?«

»Yep, Kripo. Sie kennen sich mit den Revieren aus – gibt's da einen speziellen Grund für? Sie hören sich nicht an, als wären Sie von hier.«

Ben schüttelte den Kopf.

»Engländer?«

Er nickte.

»Sehe ich an den Schuhen.«

Ben schaute hinunter auf seine Budapester. Heute Abend brachten sie ihn regelrecht um. Eigentlich die ganze Zeit in New York schon.

Er blickte wieder auf, um McNeil herübermarschieren zu sehen. Das weiche, schwarze, abgetragene und ungeschlachte Schuhwerk des Detectives vermochte ihn jedoch nicht zu beeindrucken. Für einen Moment empfand er Mitgefühl und fragte sich, ob McNeil ein liebevolles Gegenüber und glückliches Zuhause hatte. Natürlich nicht – er war durch und durch alte Schule. Ein trunksüchtiger, prügelnder Ehemann, schätzte Ben.

»Ich möchte Ihnen was zeigen«, sagte McNeil. »Kommen Sie mit.« Er zerrte Ben regelrecht zur Ecke mit der Musikbox.

Ben wurde sich bewusst, dass ihm die übrigen Anwesenden im Raum allmählich hinterhersahen. An der Musikbox hielt der fettere, rotgesichtigere Bulle einen durchsichtigen Plastikbeutel für Beweismittel ausgestreckt.

»Erkennen Sie's?«, fragte McNeil, der den Beutel seinem Kollegen abnahm und Ben unter die Nase hielt.

»Es sieht aus wie ein Telefon«, sagte Ben. »Ein iPhone.« Natalie hatte genau so eines – selbe Farbe, selbes Modell. Scheiße.

»Gehört es Ihrer Tochter?«

Wie sollte er das nur vom Augenschein her wissen? »Sie hat dasselbe Modell.« Es hatte ihn ein Vermögen gekostet, da es so ziemlich die neueste Ausgabe hatte sein müssen, die alles konnte außer Natalie irgendwie auf den Umstand aufmerksam machen, dass ihr Dad sie die meiste Zeit über vergeblich zu erreichen versuchte. Das verflixte Teil sei halt eigensinnig, versuchte Natalie ihm einzureden.

»Ihre Tochter heißt Natalie Martin, sagen Sie? Junge Engländerin, einundzwanzig Jahre alt?«

»Sie ist nicht einundzwanzig, sondern fünfzehn.«

»Sind Sie sicher?«

»Sie ist meine Tochter.«

McNeil sah seinen Kollegen an, schüttelte den Kopf, sagte zu ihm: »Ich glaube nicht, dass wir es mit zwei Natalie Martins zu tun haben, nicht heute Nacht.«

»Ich auch nicht, Chief«, entgegnete sein Kollege.

»Führt sie einen falschen Ausweis mit sich?«

»Möglich«, sagte Ben. »In dem Alter haben alle in London falsche Ausweise. Ist keine große Sache.«

»In dieser Stadt schon«, sagte McNeil streng. »Können Sie mal das Telefon Ihrer Tochter anrufen?« Nun fuchtelte er mit dem Beweisbeutel vor Bens Gesicht herum. Wassertropfen waren darin sichtbar. »Sofort.«

»Sicher.« Offenbar waren Bitte oder Danke Fremdwörter für McNeal. Höchste Zeit, dass er wieder die Bullenschulbank drückte und seine Noten für Höflichkeit, Professionalität und Respekt aufbesserte. Es war unverkennbar lange her, dass er diese Tugenden in Betracht gezogen hatte. Ben holte sein Telefon hervor, rief Natalie an und rechnete damit, sofort zur Mailbox weitergeleitet zu werden.

Die Mailbox sprang nicht an, das Rufzeichen ertönte. Ben musste nicht lange warten, bis auch das Telefon in der Plastiktüte zum Leben erwachte. Der Inspector und sein Kollege nickten einander wissend zu.

»Wo haben Sie Natalies Telefon her?«, fragte Ben. »Wo ist sie?« Rasch graste er abermals den Raum ab. Er konnte keine Spur von ihr entdecken.

»Das wurde im Whirlpool gefunden«, sagte McNeil. »Es war auf lautlos geschaltet, was wir aber umgestellt haben. Erstaunlich, wie lange diese Dinger unter Wasser aushalten.«

»Bis zu eine Stunde, glaube ich, Chief«, hängte der Kollege an.

»Sollten sie auch, sind ja teuer genug«, sagte Ben. »Wo ist Natalie?«

»Wenn wir von derselben Natalie sprechen – und um den falschen Ausweis kümmern wir uns noch zu gegebener Zeit –, wurde sie zur weiteren Befragung auf die Wache gebracht.«

»Im Siebenten?«

»Ja, trifft zu.« Er lächelte.

Erbittert rief Ben: »Soll also heißen, Sie haben meine

Tochter, die erst fünfzehn ist, auf eine Polizeiwache geschleppt?«

»Das trifft zu.«

Sie würde entsetzliche Angst haben, musste Ben annehmen. »Wurde sie verhaftet?«

»Sie kam unserer Bitte freiwillig nach.«

»Was zum Teufel soll das bedeuten?«

»Es bedeutet, dass sie keine große Wahl hatte«, antwortete McNeals Kollege.

»Hat sie gesagt, dass ihr Vater hier im Hotel sei? Hat sie versucht, mich zu erreichen oder ihre Freundin Hannah?«

»Sie gab ihr Alter mit einundzwanzig an«, sagte McNeil.

»Allem Anschein zufolge hat sie nicht nach ihrem Daddy geheult«, ergänzte der Kollege.

Ben konnte sich nicht entscheiden, welchen der beiden er mehr verabscheute. Wieso in aller Welt wollte Kiara Detective werden und das mit dieser Truppe? Er musste sie anrufen. Überdies war ihm klar, dass Natalie sehr dickköpfig und widerspenstig sein konnte und ihr das Ganze wahrscheinlich furchtbar peinlich war. Sie wollte ihn wohl nicht beunruhigen, was alles nur noch schlimmer für sie machen konnte. »Warum haben Sie sie verhaftet?«

»Das Fachsimpeln müssen Sie noch üben, mein Freund«, sagte McNeil. »Sie ist bei einer Ermittlung behilflich.«

»Aber nicht hier, im Tagungsraum des Hotels mit den anderen Gästen.« Ben sah sich um – nun waren noch weniger Gäste übrig.

»Liegt daran, dass die nicht beschuldigt wurden, einen

Mann vom sechzehnten Stock eines Gebäudes gestoßen zu haben. Es sind Zeugen, keine Verdächtigen.«

»Was?«

»Könnte vorsätzlicher Mord, Totschlag oder billigendes Inkaufnehmen einer Todesfolge sein, was wir da vor uns haben«, sagte der Kollege.

»Ihre Tochter steckt bis zum Hals in Schwierigkeiten«, ergänzte McNeil.

»Das ist unerhört«, empörte sich Ben. »Sie haben eben eine Fünfzehnjährige verhaftet und scheinen ihr vorzuwerfen, sie habe etwas mit dem Tod eines sehr fragwürdigen Individuums zu tun. Auf welcher Grundlage bloß?«

»Gegenwärtig sind wir zu derartigen Auskünften nicht befugt. Diese Ermittlung läuft noch«, sagte McNeil. »Unter uns, je eher das Ganze aufgeklärt ist, desto besser. Ich hasse die Presse. Ich hasse öffentliche Anteilnahme.«

»Sie ist meine Tochter. Sie ist ein Kind, eine Minderjährige.«

»Das wussten wir nicht«, sagte McNeal fast schon leise.

Ben fragte sich, ob McNeal deswegen wirklich Ärger kriegen könnte. Es musste Vorschriften für die polizeiliche Einvernahme Minderjähriger geben, selbst in New York. »Cory Myerson schon, wette ich.«

»Hatten Sie ein Problem mit dem Mann? Privater Groll gegen eine Persönlichkeit des öffentlichen Lebens?«, fragte der Kollege. »Sieht die Sache auf einmal sehr viel komplizierter aus? Eine Falle? Geheime Absprache?«

Ben schüttelte den Kopf aus lauter Verzweiflung und Fassungslosigkeit. »Wer hat Natalie bezichtigt, sie hätte irgendwas mit seinem Tod zu tun? Woher wissen Sie, dass es kein Unfall war? Wenigstens das können Sie mir doch sagen.«

»Nein, können wir nicht«, sagte der Kollege.

McNeal schüttelte resigniert den Kopf. Wahrscheinlich war er ebenso müde wie Ben. Sein Job als Inspector lief rund um die Uhr.

»Wie kommt es, dass ich Zoey Pine diesen Raum auf ihrem Weg zurück zum Penthouse eben habe verlassen sehen?«

McNeal sah Ben geradeheraus an und das gar nicht mal ganz unfreundlich. Hatte sich Ben auch in diesem Mann geirrt? New Yorker Cops erwiesen sich als sehr schwierig einzuordnen.

»Da könnten Sie Ihre Antwort auf die Frage haben, wer Ihre Tochter bezichtigt hat«, sagte McNeal.

»Sie müssen mich zu meiner Tochter bringen, sofort.«

Also hatte Zoey Pine mit dem Finger auf Natalie gezeigt. Weil Natalie zusammen mit Cory Myerson im Whirlpool gewesen war? Ben wurde schon wieder schwindlig im Kopf. Natürlich könnte jemand einfach ihr Telefon ins Wasser geworfen haben. Oder es könnte ihr aus Versehen reingefallen sein. Sie verlor doch dauernd irgendwas, ein Teenager eben. Ben kam plötzlich auf den furchtbaren Gedanken, dass auch er dauernd irgendwas verlor, selbst das, was ihm am meisten bedeutete – seine Tochter.

Sein eigenes Telefon begann zu klingeln. Ein rascher Blick aufs Display teilte ihm mit, dass die Nummer unbekannt war. Er wischte sie weg und sah zu McNeal hoch. »Worauf warten wir noch? Auf geht's. Sie wird schreckliche Angst haben.«

33

Langsam wurde Ben wach. Sein Rücken war steif, sein Kopf tat weh. Er versuchte, sich in eine behagliche Lage zu winden, doch vergebens. Er wollte sich die Bettdecke über die Schultern ziehen, konnte sie aber nicht finden. Sein Nacken wurde von einer Klimaanlage angeblasen. Er ahnte bereits die Gliederschmerzen voraus. Warum war das Bett so entsetzlich unbequem, einer mittelalterlichen Foltervorrichtung gleich? Als er hinter seinem Kopf nach dem Kissen tastete, um es aufzuschütteln, bekam er nur hartes Mauerwerk zu spüren. Er machte die Augen auf. Dann kapierte er.

Er hatte kein superweiches Bett unter sich in einem noblen Hideaway. Er lag auf einer Bank im Wachgebäude des Siebenten Polizeireviers – in einem Wartezimmer. Ein Wartezimmer, das gespenstisch leer war. Zu seiner Überraschung war es weniger verwahrlost als das im Neunzehnten. Es war tatsächlich ausgesprochen modern im Vergleich. Jedenfalls würde es auf einem Formular von Hideaway besser abschneiden.

Er sah auf seine Armbanduhr und versuchte, die Augen scharf zu stellen. Es war wirklich sehr hell in dem leeren Wartezimmer. Wie konnte es bloß sein, dass er eingeschlafen war und dann auch noch für so lange Zeit?

»Scheiße verdammt«, sagte er laut. Es war beinahe fünf

Uhr morgens. Er kam wacklig auf die Beine, stand da und schüttelte das Blut zurück in seine tauben Glieder, um sie überhaupt zu fühlen. Er trat an den Tresen, der nicht besetzt war. Es gab jedoch eine Ruftaste, und er hielt sie einige Sekunden lang gedrückt.

Während er wartete, zog er sein Telefon aus der Tasche und schaute nach dem Bildschirm. Der war übersät mit Benachrichtigungen, von denen ihn keine einzige aus seinem heillosen Schlummer geweckt hatte. Er musste todmüde gewesen sein. Erneut drückte er den Summer, hörte aber nicht einmal entferntes Läuten. Hinter dem Tresen lag eine nackte weiße Wand mehr. Der Warteraum im Neunzehnten war wenigstens bemannt gewesen.

Einen Augenblick lang rätselte er, ob er tatsächlich auf der Wache des Siebenten war und nicht etwa in einem geheimen Raum im Maverick, der sich als Krankensaal ausgab. Doch die Erinnerung daran, wie er mit McNeil auf der Wache eingetroffen war, kehrte machtvoll zurück.

Ebenso schrille, laute Erinnerungen daran, wie ihn Hannahs Mum Katie anrief, als er im Polizeiauto zur Wache gebracht wurde. Blöderweise war er rangegangen, nur um sich einem Trommelfeuer aus Beschimpfungen auszusetzen. Er wollte nicht, dass McNeil und seine Leute mithörten, hatte darum die Verbindung abgebrochen und sein Handy auf lautlos geschaltet. Aha, das war's. Er hatte es nicht wieder umgeschaltet, wusste er doch nun, wo Natalie war, und es für das Beste gehalten, Kiara bis zum Morgen nicht zu stören. Sie brauchte ihren Schlaf wie alle anderen auch.

Wo zum Henker steckte McNeal jetzt? Ben war angewiesen worden, hier zu warten, solange wollten McNeal und ein anderer Wasserträger vorgeblich nach Natalies Verbleib und Status fahnden. Zutritt zum Gebäude über das Wartezimmer hinaus war Ben verwehrt worden. »Aber ich bin ihr Dad«, begehrte er erfolglos auf.

Weg waren sie und hatten vielleicht gar keine Absicht, rasch zurückzukehren, vermutete Ben nun. Er verfluchte sich dafür, eingeschlafen zu sein, und er verfluchte sich dafür, ein so lausiger Dad zu sein. Während sich die Nebel künstlich gekühlten Schlafs in seinem Kopf zügig lichteten, verfluchte er sich wiederum nicht dafür, ein lausiger Inspektor zu sein, denn inmitten seiner finsteren Verzweiflung tat sich ein Ausweg aus diesem Schlamassel auf wie der jähe Lichtschein eines Punktstrahlers auf eine Filmbühne. Überscharf konnte er jenes Dach vor seinem geistigen Auge sehen. Er hoffte, McNeal das eine oder andere mit Kiaras Hilfe zeigen zu können. Gott sei Dank gab es verrückte Filmstudenten und hanebüchene Handlungsverläufe. So was hätte sich kein David Slavitt ausdenken können.

Wieder stach er mit dem Finger auf die Ruftaste ein. Endlich tauchten zwei uniformierte Cops auf, ein umfangreicher Mann und eine noch umfangreicherere Frau. Ben erkannte die Polizistin wieder. Sie war jene mit freundlichem Gesicht und voreingenommenem Gebaren aus dem Polizeiaufgebot im Tagungsraum des Maverick. »Was machen Sie denn hier?«, fragte er. »Ich dachte, Sie gehörten zur Kripo.«

»Ich komme Sie abholen. Ich habe den diensthabenden

Sergeant auf dem Weg hier runter getroffen. Hat uns allen Zeit gespart.«

»Große Hast sehe ich keine«, sagte Ben. »Wo sind Sie gewesen?«, sprach er den Diensthabenden an.

»Schauen Sie.« Der Sergeant zeigte auf eine Kamera in einem jenseitigen Winkel der Decke. »Ich habe Sie fest im Auge behalten. Soll ich etwa die ganze Nacht hinter dieser Theke stehen und Ihnen beim Schnarchen zuhören? Wir sind eh schon dünn besetzt. Wohl geruht? Was Schönes geträumt?«

»Was ist bloß los mit manchen aus eurer Truppe?«, fragte Ben. »Ich weiß ja, dass sich nicht alle Cops so benehmen. Einer oder zwei haben etwas mehr Sinn für, was noch gleich? Höflichkeit, Respekt, Professionalität.«

»Mäßigen Sie mal Ihren Ton«, schnauzte der Sergeant, »oder es setzt eine Anzeige wegen Beamtenbeleidigung.«

»Wenn du den schon schwierig findest«, sagte die Ermittlerin zum Sergeant, »solltest du mal seine Tochter hören.«

»Bitte, nimm ihn mit«, sagte der Sergeant. »Bis sechs Uhr bin ich auf mich allein gestellt. Ich wünsche mir eine friedliche Nacht, was noch davon übrig ist.«

»Sollst du haben«, sagte die Ermittlerin und wandte sich dann an Ben. »Na denn, Sie kommen mit mir – wenn Sie Ihre Tochter sehen wollen, ehe sie sich in Handschellen wiederfindet. Hier lang.«

Sie hielt eine Klappe im Tresen auf, und Ben folgte ihr durch eine Innentür in das mutmaßlich pulsierende Herz des Siebenten Reviers. Es hätte auch im Koma liegen können, an Maschinen angeschlossen. Reihenweise verwaiste

Schreibtische. Sie gingen durch noch ein paar Türen und dann einen Flur hinunter, bis sie zu den Aufzügen gelangten. Es war fast so verwirrend wie im Maverick.

»Wo sind alle? Warum ist es so still?«, fragte Ben.

»New York ist knapp bei Kasse. Tagsüber ist dieser Laden nur halb gefüllt. Sie haben uns eine neue Wache gebaut und hatten dann kein Geld mehr, um sie ausreichend zu besetzen.«

Sie stiegen im dritten Geschoss aus, und Ben wurde eilends durch einen weiteren verlassenen Raum geführt. Türen säumten die gegenüberliegende Wand, jede mit einem Schild, das die Nummer des Vernehmungszimmers dahinter angab. Ohne zu klopfen, öffnete sie die Tür zu Vernehmungszimmer 2. An einem Tisch saß Natalie, Kopf in die Arme gebettet. Sie war ganz allein.

»Darling!« Ben eilte zu ihr, beugte sich vor, schlang die Arme um ihre Schultern und drückte sie an sich. So fest, als würde er nie wieder loslassen. Sie war eingeschlafen. »Natalie?« Er musste sie sanft wachrütteln. »Natalie?«

»Dad?« Langsam setzte sie sich auf, rieb sich die Augen und gähnte. »Bin ich immer noch hier?«

»Bist du okay, Schatz? Es tut mir so leid, was da passiert ist.« Er umarmte sie erneut.

»Du hast keine Schuld.« Natalie streifte ihn ab und sah sich angestrengt im kleinen Vernehmungszimmer um. »Sondern diese eifersüchtige Kuh Zoey Pine. Die hat mir das eingebrockt, oder nicht? Ich habe doch gesehen, wie die mich den ganzen Abend lang angeglotzt hat. Ich habe überhaupt nichts gemacht, außer mit Cory Myerson im Whirlpool zu reden.«

Ben sah zur Polizistin hinüber. »Wo ist McNeal? Warum ist Natalie ganz allein hier drin gewesen?«

Sie zeigte auf eine andere Kamera in einem Deckenwinkel. »Wir haben sie nicht aus dem Auge verloren. Besser hier als in einer Zelle, das können Sie mir glauben. McNeal? Der ist nach Hause gefahren, glaube ich.«

»Nach Hause gefahren? Das ist unerhört.«

»Er ist der Chef.«

»Und der andere Detective?«

»Ferguson?«

»Wenn er so heißt.«

»Der wird hier irgendwo sein. Er wohnt ja praktisch hier – seit seine Frau ihn rausgeschmissen hat.«

Der voreingenommene Ton war wieder da.

»Ist ja nicht so, als wäre ich als Einzige mit ihm im Whirlpool gewesen«, sagte Natalie und blickte hoch zu Ben. »Sorry, ich habe gedacht, es würde Spaß machen.«

Ben hoffte, dass das nichts Neues für die Cops war, jenen im Zimmer und vielleicht Ferguson und weitere, die woanders zusahen.

»Ist Cory Myerson wirklich tot?«, fragte seine Tochter mit verzagtem Flehen in der Stimme.

»Es scheint so.«

»Ich hatte nichts damit zu tun. Das sage ich denen andauernd. Ich war nie überhaupt in der Nähe der Dachkante mit ihm. Ich war noch immer im Pool, als es passierte. Zoey schrie, denn sie war gleich neben ihm. Ich hör sie jetzt noch schreien, und ich hasse sie. Es war grässlich, Dad.« Natalie schnappte nach Luft.

Ben rechnete schon damit, dass sie in Tränen ausbrechen würde, doch es kamen keine. »Ist schon gut, Schatz. Es kommt alles in Ordnung. Jetzt bin ich da.«

»Warum hast du so lange gebraucht?«

»Ich bin seit Stunden hier. Sie haben mich nicht zu dir raufgelassen.« Er warf der Polizistin einen finsteren Blick zu.

»Können wir gehen?«, fragte Natalie. »Ich habe irrsinniges Kopfweh. Ich glaube, mein Drink war mit was versetzt.«

»Sie hätte keinen Alkohol trinken dürfen«, sagte die Polizistin mit Nachdruck.

»Es war eine private Feier«, machte Ben geltend.

»Wir haben ihre Aussage aufgenommen. Fürs Erste haben wir alles, was wir brauchen.«

»Dafür sind Sie hier runter, um mir das zu sagen?«, fragte Ben. »Wir dürfen gehen?« Er konnte es nicht verstehen.

Die Frau schüttelte den Kopf. »Minderjährige können wir hier nicht festhalten ohne einen gesetzlichen Vertreter.«

Im selben Augenblick kam Ferguson ins Zimmer geplatzt und mit ihm ein intensiver Duft nach billigem Rasierwasser. Wenn Ben sich nicht täuschte, konnte er außerdem Alkohol riechen, Bourbon. »Sie müssen einen Haufen Papiere unterschreiben«, sagte der Detective zu Ben. »Wir entlassen Ihre Tochter in Ihre Obhut, aber keiner von Ihnen beiden hat sich zu entfernen, bis unsere Ermittlungen Fortschritte machen. Sie werden Ihre Pässe abgeben und sich zwei Mal am Tag auf der Wache melden müssen. Teilen Sie uns mit, wo Sie wohnen werden. Den Stadtbezirk von Manhattan dürfen Sie nicht verlassen.«

»Wie lange soll das so gehen?«, fragte Ben und ratterte im Kopf alle Möglichkeiten durch. Keine war nur ansatzweise befriedigend.

Nun schüttelte Ferguson den Kopf. »Ist völlig offen. Berücksichtigen Sie lieber, welches Glück Sie und Ihre Tochter haben. Wir kommen Ihnen sehr entgegen. Eigentlich müsste sie schon unterwegs in eine Jugendarrestanstalt sein.«

»Sie hat nicht das Geringste getan«, rief Ben.

»Während wir Sie für einen Haufen Straftaten verhaften könnten – Verdunkelung, Begünstigung einer Minderjährigen. Soll ich fortfahren?« Er spie seine Worte geradezu aus.

Er hatte mit Sicherheit was getrunken. »Uns ist nicht mal erlaubt worden, einen Anwalt hinzuzuziehen«, sagte Ben, der den Detective loswerden wollte. Das Ganze machte einen reichlich regelwidrigen Eindruck.

»Wir haben Wochenende, Mitte August, Hochsommer«, sagte Ferguson. »Meinen Sie, Anwälte wachsen an Bäumen? Die werden am Strand sein, Wein schlürfen, Steaks grillen, sich durch die Betten schlafen.«

Ferguson war sogar noch verbitterter als McNeal, entschied Ben. Nichts hier schien nach Vorschrift gelaufen zu sein, begriff Ben, weshalb man sie ziehen ließ. Sie müssen eine Minderjährige in Abwesenheit ihres gesetzlichen Vertreters oder erwachsenen Vormunds verhört haben – mitten in der Nacht. Vielleicht weil sie erst zu spät erkannt hatten, dass sie in Wahrheit minderjährig war.

Er und Natalie würden nicht über Wochen und Monate in Manhattan festsitzen, sobald er erst einen guten Anwalt an Land gezogen hätte. Dringender noch, sobald er Kiara und einige fehlgeleitete Filmstudenten erreicht hätte.

34

Auf dem Gehsteig schlug ihnen sofort die Hitze entgegen, obwohl es erst kurz nach sechs war. Die Sonne stieg höher. Es hatte eine weitere Ewigkeit gedauert, bis der Papierkram unterzeichnet war, worauf sie in einer albernen Prozession aus dem Gebäude geführt worden waren, obgleich sie noch am selben Tag mit ihren Reisepässen zurückkehren mussten.

Doch als sie erst das Gebäude und seine eisige, gleichgültige Klimaanlage hinter sich ließen, fühlte es sich phantastisch an. Zum ersten Mal auf dieser elenden Reise hatte Ben seine Tochter für sich. Er legte ihr einen Arm um die Schulter. »Ich habe dich lieb. Ein Weilchen lang hast du mir echt Sorgen bereitet. Aber ich bringe alles in Ordnung und dich im Handumdrehen sicher nach Hause. Mach dir keinen Kopf.«

»Ich weiß, dass sie's war«, sagte Natalie.

»Wer? Was?« Ben suchte die Straße nach einem der gelben Taxis ab. Doch wieder mal waren keine in Sicht.

»Zoey Pine. Sie hatten Streit. Sie stieß ihn runter. Da bin ich mir sicher. Es war Corys Idee, dass ich zu ihm in den Whirlpool steige. Ich hatte keine große Wahl. Er hat mich da praktisch reingezogen. Zoey ist supereifersüchtig, das weiß jeder. Sie hat sogar gestern den Tisch in diesem Restaurant umgeworfen, weil er mit uns redete.«

»Ist mir nicht entgangen.«

»Es tut mir leid, Dad. Wir hätten nicht auf diese bescheuerte Party gehen sollen.«

»Schon gut«, sagte er. »Ich hätte dasselbe getan in deinem Alter.«

»Was, zu einem älteren Mann in den Whirlpool steigen?«

»Vielleicht nicht den Teil. Whirlpools waren nicht so weit verbreitet, als ich so alt war wie du. Außerdem kam ich nie in Hotels unter oder Ähnliches. Aber zu einer Party wäre ich gegangen, ohne Umschweife zu jeder Party.«

»Ich hätte mit Hannah gehen sollen. Sie wusste, wann es Zeit zu gehen war, wann die ganze Sache zu schräg wurde. Sie tut mir wirklich leid. Ihre Mutter ist ein Albtraum. Sie wird sie umbringen.«

»Ich werde sie in Kürze sprechen.« Ben spürte das Gewicht seines Telefons in seiner Tasche – dachte an die endlose Folge von Textnachrichten, die im internen Speicher aufgelaufen sein dürften, wenn nicht in der iCloud selbst. Er malte sich aus, wie diese strudelnde Masse aus dem Cyberspace dunkelgrau und gewitterschwer wurde. »Und deine Mutter. Sie wird sich große Sorgen machen.«

»Wenn sie Bescheid weiß. Wer hätte ihr davon erzählt?«

»Katie? Oder sie könnte was in den Nachrichten gesehen haben. Auf alle Fälle sind die sozialen Medien voll damit.« Wieder fühlte er das Gewicht seines Telefons in seiner Tasche.

»Darauf achtet Mum überhaupt nicht, weißt du doch. Vor allem ist sie nicht so überfürsorglich wie Hannahs

Mum. Außerdem ist sie Anwältin, dann kann sie vielleicht aushelfen, was das betrifft. In Amerika dreht sich doch alles um Anwälte, oder nicht?«

»Deine Mum ist Unternehmensanwältin – also was völlig anderes.«

»Aber sie arbeitet für eine große internationale Firma. Da könnte sie ja Beziehungen haben.«

»Stimmt, aber ich hoffe doch, dass es gar nicht so weit kommt und sie die Ermittlung gegen dich einstellen werden.«

»Ich habe nicht wirklich gesehen, wie Zoey ihn runtergeschubst hat, Dad. Ich bin mir nur sicher, dass sie's war.«

So viel hatte Natalie schließlich Ferguson anvertraut. Allerdings brauchten die Detectives, was wenig überraschen mochte, mehr als das Wort einer Fünfzehnjährigen. Nicht nur einmal hatten sie ihr auseinandergesetzt, dass es keine Videoüberwachung im Penthouse gab. Ben wusste das natürlich schon, war doch der Gäste Privatsphäre eine Angelegenheit von größter Bedeutung. Unter gewöhnlichen Umständen hätte Ben wohl beigepflichtet. Hier jedoch war alles weit entfernt von gewöhnlich und viel zu persönlich. Die Polizei hatte ihr Handy als Beweisstück einbehalten, was Natalie alles andere als heiter stimmte. Auch Ben war wenig angetan vom Gedanken an einen weiteren kostspieligen Gang zum Apple Store.

Er warf einen flehentlichen Blick zum klaren, frühmorgendlichen Himmel, wurde jedoch nur daran erinnert, dass sie am selben Abend einen Flieger nach London besteigen sollten.

»Ben?«

Es war eine Frauenstimme, eine Stimme, die er erkannte, gleich hinter ihm. Er drehte sich um. »Kiara? Was machst du denn hier?«

»Arbeiten gehen. Ich bin spät dran«, sagte sie. Kiara trug Uniform, aber ohne Gürtel und Bewaffnung. Sie schaute ebenso verwirrt wie überrascht drein. »Das ist mein Revier.«

»Ja. Stimmt.« Ben sah über seine Schulter zum Eingang der Polizeiwache.

»Was in aller Welt macht ihr hier? Und Natalie? Wie geht's dir, Süße?«

»Ich wollte ja anrufen«, sagte Ben. »Aber die Ereignisse haben sich überschlagen, und ich wollte dich lieber nicht stören, wo du doch gestern den ganzen Tag unterwegs warst und heute Früh antreten musstest und wir uns eh gleich als Erstes heute Morgen treffen würden. Ich hätte mich gemeldet, wäre irgendwas gewesen, das du hättest tun können.«

»Ben«, sie schüttelte den wunderhübschen Kopf, »worauf hast du dich jetzt wieder eingelassen? Ich sollte doch den Hausdurchsuchungsbeschluss für die Filmschule besorgen. Du kannst da nicht reingehen und einfach drum bitten.«

»Nein, nein, damit hat es nichts zu tun.« Er seufzte, zog dann eine Grimasse. »Wobei ich hoffe, dass er uns helfen wird. Es gab einen Vorfall im Hotel. Du hast gar nichts gehört oder gesehen?«

Kiara schüttelte den Kopf. Ben freute es, dass sie selbst sichtlich wenig auf Klatsch in den sozialen Medien und Promitratsch in der Revolverpresse achtete.

»Dad war nicht schuld dran«, sagte Natalie. »Ich hätte nicht noch mal zum Penthouse gehen sollen. Ich bin zu jung.«

»Jemand ist vom Dach gestürzt – Cory Myerson tatsächlich.«

»Vom Dach des Maverick?« Kiara war bestürzt.

»Ja«, sagte Ben. »Er ist tot. Landete mitten auf dem Gehsteig, draußen vor der Brasserie. Es muss passiert sein, gleich nachdem du das Hotel verlassen hast.«

»Nicht zu glauben, dass mir das entgangen ist«, sagte Kiara. »Ich bin geradewegs heimgefahren und zu Bett gegangen. Jessie schlief schon, als ich reinkam, und ich war erledigt. Was für ein Tag auch.«

Natalie warf Ben rasch einen fragenden Blick zu. »Und ich wurde des Mordes an ihm bezichtigt«, sagte sie erregt.

»Nein, das stimmt nicht ganz«, warf Ben ein. »Sie haben die Ermittlungen aufgenommen, und sogar Natalie ist vernommen worden.«

»Mal halblang«, sagte Kiara. »Ich krieg das kaum auf die Reihe. Was hat Natalie mit alledem zu schaffen?«

»Sie war im Penthouse – noch so eine Party.«

»Passt zum Alter«, sagte Kiara. »Nichts hätte mich in ihrem Alter von einer Party abhalten können.«

»Ebenso.« Ben nickte.

»So siehst du gar nicht aus.« Kiara schmunzelte.

»Mehr Sein als Schein.«

»Die denken, ich habe ihn runtergestoßen«, funkte Natalie dazwischen.

»Hat sie aber nicht«, ergänzte Ben. »Es war Zoey Pine, seine Partnerin.«

Kiara atmete laut aus und schüttelte den Kopf. »Wenn ich das mal sagen darf, Ben, ziehen du und deine Tochter jede Menge Ärger an, oder etwa nicht?« Sie blickte ihn fest und unverwandt an.

Es gab Bewegung hinter ihr, als sich zwei andere uniformierte Cops ins Gebäude begaben. Kiara sah über ihre Schulter und dann zurück zu Ben. »Und was jetzt, verdammt noch mal?«

»Ich muss Natalie ins Hotel bringen. Die Ärmste war die ganze Nacht lang auf. Wir müssen nach Hannah sehen. Ich habe ein paar Anrufe zu erledigen, und dann sollten wir uns an den Plan halten.«

»Die Filmschule, der Hausdurchsuchungsbeschluss?«, fragte Kiara. »Machst du Witze? Mit der Sache am Laufen?«

Ben trat näher an Kiara heran, während Natalie in die andere Richtung driftete – und mehr als ein wenig hilflos und verirrt wirkte. »Ja«, sagte er leise, »umso wichtiger ist es, wenn ich Natalie aus der Klemme helfen soll. Heute Abend müssten wir im Flieger sitzen. Uns wurde aber aufgetragen, den Bezirk nicht zu verlassen und unsere Pässe abzugeben.«

»Ihr habt echt mächtig Ärger an der Backe.«

»Ich bin mir sicher, dass letzte Nacht Leute auf dem Dach der Filmschule waren«, sagte Ben. »Da waren Scheinwerfer aufgestellt, die habe ich später gesehen. Vielleicht waren sie wieder am Filmen. Wer weiß, was ihnen alles vor die Linse kam.«

»Ziemlich weit hergeholt. Bist du immer so optimistisch?«

»Ich sehe mich lieber als aufmerksam an«, sagte Ben und wusste zugleich, dass ihm die letzten paar Tage jede Menge entgangen war.

»Muss wohl an deinem Job liegen. Aber ein Hotel zu inspizieren und in einem verdächtigen Todesfall oder zwei zu ermitteln, ist nicht dasselbe.«

»Unterschätze mal nicht meine Ausbildung.« Ben dachte dankbar an Hans zurück.

»Du unterschätze mal nicht die Voreingenommenheit und Unfähigkeit mancher Cops.«

»Oh, keineswegs«, sagte Ben, »weshalb ich mich so glücklich schätze, dir über den Weg gelaufen zu sein. Ein paar von euch sind schlichtweg Stars.«

»Sehen wir erst mal, ob ich diesen Hausdurchsuchungsbeschluss bekomme. Ich werde dir simsen, sobald ich im Viertel bin.« Sie hob eine Hand und streichelte ihm sanft die Wange, ehe sie sich umdrehte und in die Wache aufmachte.

»Dad«, sagte Natalie auf einmal direkt vor ihm, »läuft da irgendwas zwischen euch beiden?«

35

Die Straße war ruhig und lag im Schatten, die Sonne stand noch nicht hoch genug am Himmel, dass ihr Licht vom Gehsteig und der langen Fensterreihe der Brasserie zurückgeworfen wurde. Schatten war genau das Richtige für Bens Stimmung.

Immerhin hatten die Behörden gute Arbeit geleistet dabei, die Schaulustigen, Fernsehcrews und das Blut aus dem Umfeld des Hotels zu entfernen. Nichts deutete darauf hin, dass erst vor wenigen Stunden ein Mann vom sechzehnten Stock auf dem Boden aufgeschlagen war. Dass der Mann berühmt gewesen sein könnte, ließ ein einzelner Paparazzo ahnen, der gegenüber im zugesperrten Eingang einer Hipsterboutique auf der Lauer lag. Er verdarb die ungewisse Ruhe.

Sie kletterten hurtig aus dem Taxi und mussten eigenhändig die großen gläsernen Doppeltüren des Hotels aufstoßen, da keine Pagen in Sicht waren. Ben wandte sich an Natalie, während sie ins Innere strebten. »Wenn ich dich das nächste Mal auf eine Reise mitnehme, sollten wir Städte wohl eher meiden. Ein Ferienort wäre vielleicht das Beste – einer mit jeder Menge Freiluftaktivitäten im Angebot. Wie wär's mit einem Skiparadies? Es gibt eine Reihe Hideaway-Hotels in den Alpen. Ich kann mir dich auf einem Snowboard vorstellen.«

»Dad, das dürfte Mum ebenso wenig gefallen wie mir. Skifahren ist Gift für den Planeten. Hast du eine Ahnung, wie viel Wasser beim Wintersport verschwendet wird? Der viele Kunstschnee? Das ist fast so schlimm wie Golfplätze.«

»Ulkig, dass du's erwähnst. Da wäre auch noch ein bestimmtes Hideaway-Hotel in Schottland, das ich prüfen muss.«

»Du glaubst echt, dass du deinen Job behältst?« Natalie war stehen geblieben und zog Ben am Arm zurück.

Er hob den Blick, der auf etwas traf, das er sich nur als Begrüßungskomitee denken konnte. Sie standen aufgereiht am Empfangstresen und versperrten so den Durchgang zu den Aufzügen. Es gab keinen Ausweg.

»Hallo allerseits«, grüßte Ben frohgemut.

»Sie müssen mir nicht sagen, wo Sie gewesen sind«, sagte Emily Muller. »Wir wissen bestens Bescheid.«

Mit ihr im Willkommenskomitee waren Jay Jay, der maulfaule Nachtportier, zwei Sicherheitsbedienstete des Maverick und eine schick gekleidete Frau mittleren Alters, die er nicht erkannte.

»Du musst Natalie sein«, sagte Emily und trat vor.

Natalie nickte schüchtern.

»Ich bin Emily Muller, Vorstandsvorsitzende von Hideaway.« Sie machte keine Anstalten, Natalies Hand zu schütteln. »Lauf doch schon mal hoch auf dein Zimmer, ja? Ich muss deinen Vater kurz alleine sprechen.«

»Okay«, sagte Natalie kleinlaut.

»Einer dieser Herren hier wird sich darum kümmern, dass du sicher hingelangst«, hängte Emily an und nickte den beiden Wachmännern zu. Der größere trat zu Natalie hinüber.

»Er beißt nicht«, sagte Jay Jay und schaute dabei besonders zerknirscht drein.

Natalie erhaschte flüchtig Bens Blick, ehe sie mit dem Sicherheitsbediensteten den Korridor hinunter verschwand. Sie sah weniger verängstigt aus als verlegen und verteufelt froh, von hier wegzukommen. Ben wünschte, er hätte sie begleiten können. Unter allen anderen Umständen hätte er darauf bestanden, aber er vertraute Jay Jay und den Leuten vom Maverick, auf Natalie aufzupassen. Schlechter als er konnten die es gar nicht hinbekommen.

Im Übrigen wollte er nicht, dass Natalie sein Gespräch mit Emily Muller mithörte. Es drohte, unschön zu werden. Sollte ich meinen Posten los sein, dachte er sich, kann ich wenigstens Ollys Angebot annehmen, Oberkellner bei ihm zu werden. Jay Jays Beispiel hatte ihn beeindruckt. Die Überlegung rief Ben ins Gedächtnis, dass er Olly noch zurückrufen musste.

»Gut, Ben«, sagte Emily, »gehen wir uns mal unterhalten.«

»In der Lounge Bar ist niemand«, sagte Jay Jay. »Ansonsten können Sie natürlich mein Büro benutzen oder jeden der Tagungsräume im Untergeschoss.«

»Die Lounge Bar passt schon«, sagte Emily. »Wird nicht lange dauern.« Sie setzte sich in Gang, begleitet von der Frau, die Ben unbekannt war.

Als sie in modisch unbequemen Stühlen rings um einen Ecktisch Platz nahmen, stellte Emily die Frau vor. »Ben, das ist Alicia Connell. Sie ist unsere Anwältin für die Vereinigten Staaten. Sie war so liebenswürdig, ihren Urlaub in den Hamptons zu unterbrechen, und ist in aller Eile den weiten Weg zu uns gekommen. Sie wird die Belange von Hideaway in dieser fürchterlichen Angelegenheit vertreten. Ebenso wird sie Ihre Interessen als unser Angestellter wahren. Bis zu einem gewissen Punkt. Alicia, möchten Sie das erläutern?«

»Gern, danke, Emily. Über die Firma genießen Sie weltweit Rechtsschutz bei Personenschaden etwa oder Eigentumsverlust. Jener deckt jedoch keine strafrechtliche Verantwortung ab, sonst liefe es den Regeln und Statuten von Hideaway zuwider. Das gilt ganz gewiss für Dritte wie Ihre Tochter.«

Ben fühlte sein Telefon in seiner Tasche vibrieren. Kaum zu glauben, wie lang der Akku auf einmal zu halten schien. Am Ende hatte Natalie recht, und diese Dinger waren wirklich eigensinnig.

»Ben, hören Sie auch zu?«

»Ja, Emily. Es war eine lange Nacht.«

»Es war eine lange Nacht für uns alle, glauben Sie mir.«

»Ben«, fuhr Alicia fort, »indes wir uns um Ihre Belange hinsichtlich etwa einer Forderung kümmern können, die Folge nicht strafbarer Dienstausübung ist, bedeuten jede Abweichung von Unternehmensrichtlinien und jeder Hinweis auf strafbewehrten Vorsatz, gleich ob gezielt oder nicht, dass wir uns Erörterungen hinsichtlich Ihrer Rechtsvertretung oder Verteidigung enthalten müssen. Vielmehr obliegen uns die Interessen von Hideaway und der Partner von Hideaway laut den Bestimmungen unserer Verträge mit selbigen. Wir werden mit dem Maverick zusammenarbeiten und dem Anwaltsteam des Maverick.«

»Okay, ich kapier schon«, sagte Ben. »Keine schützende Hand über mir und meiner Familie.«

»Ben, ich weiß wirklich nicht, was Ihre Tochter überhaupt hier bei Ihnen zu suchen hat. Das ist höchst irregulär, und ich bezweifle, dass Wendy Spurling einer Rüge entgehen wird.«

Ben bezweifelte, dass Emily ausgerechnet dieser Rahmen vorschwebte, als sie gerade mal vor ein paar Stunden zum Abstecher nach Downtown auf einen Schlummertrunk aufgerufen hatte. Wie brutal ist doch die Geschäftswelt, dachte Ben nicht zum ersten Mal. Noch etwas rumorte in seinem Kopf. Ja, das war's. Wie Kiara zu ihm meinte, dass es nie eine gute Idee sei, Arbeit und Vergnügen zu vermengen.

»Im Sinne von Hideaway und meiner Rolle als Inspektor«, sagte er, »meine ich durchaus, dass die Einschätzung allseitiger Familientauglichkeit eines bestimmten Objekts, ob das nun die Wellnesseinrichtungen betrifft oder Speisen und Bewirtung, keine schlechte Sache ist.«

»Ben«, sagte Emily, »es liegt bei mir, ob wir Hideaway neu und familiengerecht aufstellen wollen. Wollen wir derzeit nicht. Unser Unternehmen baut auf Ruhe, Exklusivität und Privatsphäre. Kinder passen nicht recht zu diesem Mix, das weiß ich nur zu gut. Was Sie jetzt mittlerweile gelernt haben sollten. Was zum Kuckuck dachten Sie sich dabei, Ihre Tochter mit auf Geschäftsreise zu nehmen? Und meines Wissens noch eine junge Freundin von ihr dazu?«

»Ich finde, das brauchen wir gerade nicht zu vertiefen«, sagte Ben. »Sie kennen selbst den Aufwand, Kinder in zerrütteten Familienverhältnissen großzuziehen.«

»Ich würde meine Familienverhältnisse in keiner Weise zerrüttet nennen«, sagte Emily, »nur weil ich nicht länger mit dem Vater meiner Kinder zusammenwohne.« Sie sah zur Anwältin, dann wieder zu Ben. »Ab sofort sind Sie, Ben Martin, vorläufig von allen Aufgaben für Hideaway freigestellt – Sie sind beurlaubt, Punktum. Kapiert?«

Ben ertappte sich dabei, zu nicken und dann einen Blick hinüber zur Bar zu werfen. Er hätte einen Drink gebrauchen können. Gott behüte, was hätte er in diesem Augenblick für einen Schluck von dem guten Calvados getan. Doch die tätowierten Tresenkräfte waren nirgends in Sicht. So wenig wie Jay Jay, der nun auch seine Hände in Unschuld zu waschen schien.

»Alicia und ich werden die Scherben aufsammeln, gemeinsam mit Marc Hoffman, der so bald als möglich einfliegt. Uns bleibt sehr wenig Zeit, bevor der Name Ihrer Tochter und Ihre Verstrickung in Mr Myersons Tod allgemein bekannt werden. Sie dürften ja bereits gesehen haben, wie die Boulevardblätter und sozialen Medien über die Story hergefallen sind. Wir müssen proaktiv sein, das Problem angreifen und den Ruf von Hideaway verteidigen. Was wir nicht können, solange Sie sich hier blicken lassen und alles noch verkomplizieren.«

Ben zog sein Telefon aus der Tasche und schaute aufs Display. Ja! Die erhoffte Nachricht war schon eingegangen. »Wenn Sie mich entschuldigen würden«, sagte er, »möchte ich Sie nicht länger aufhalten.« Er erhob sich.

»Ach, und ehe Sie Ihre juristischen und öffentlich wirksamen Vorhaben in Gang setzen, sollten Sie vielleicht berücksichtigen, was hier wirklich letzte Nacht geschehen ist und wer eigentlich verantwortlich war. Es könnte sich die Frage nach Unterlassung und Untauglichkeit hinsichtlich des hoteleigenen Sicherheitsdienstes stellen, ganz zu schweigen von Problemen mit der Schanklizenz und dem Ausschank von Alkohol an Minderjährige. Oder der Beihilfe zu sittenwidrigen sexuellen Handlungen, wiederum mit Minderjährigen, und sexuellem Missbrauch derselben. Sie werden ungern feststellen wollen, das Unvertretbare zu vertreten. Augen auf bei der Partnerwahl.«

»Wenn Sie meinen Rat wollen, Ben«, sagte Emily und sah voller Verachtung zu ihm hoch, »schlage ich vor, Sie und Ihre Tochter besorgen sich einen heißen Scheiß von Anwalt und zwar so schnell es geht.«

»Da habe ich was Besseres«, sagte Ben und wandte sich ab, »einen heißen Scheiß von Cop.«

»Gibt's die, in New York City?«, wunderte sich Alicia in seinem Rücken.

Im Hinausgehen sah Ben, dass Jay Jay mit einer Angestelltenschar immer noch am Empfang stand. Er lächelte dem Inhaber zu. Ein Ausdruck vollkommener Verwirrung huschte über Jay Jays Gesicht.

Ehe Ben den Ausgang erreicht hatte, war Jay Jay an seiner Seite. »Bitte denken Sie an die frohen Stunden, die Sie im Maverick verbracht haben, und daran, was wir alles tun, um unseren Gästen Bequemlichkeit und außergewöhnlichen Service zu bieten. Ihr Bericht ist sehr wichtig für uns. Jetzt mehr denn je – wie Sie sich sicher vorstellen können.«

»Es wird keinen Bericht geben, diesmal nicht. Ich bin beurlaubt worden.«

»Das tut mir leid zu hören, mein Freund.« Jay Jay klopfte Ben auf die Schulter. »Ist sicherlich nur eine vorübergehende Maßnahme.«

Ben hielt an den Türen inne und fühlte den harten Keil Eisluft, der vor die Hitze draußen getrieben wurde. »Wir werden sehen. Auf alle Fälle bin ich bald zurück, um meine Tochter und Hannah sowie unsere Sachen abzuholen.«

»Lassen Sie es mich bitte wissen, falls ich Ihnen bei irgendetwas behilflich sein kann. Die Zimmer haben Sie an sich bis mittags um zwölf«, sagte Jay Jay, »aber ich kann auf vierzehn Uhr verlängern, wenn Ihnen das nützt. Sechzehn Uhr gegen Aufschlag.«

»Ich hoffe, wir müssen gar nicht verspätet auschecken. Übrigens, ist Zoey Pine noch hier, im Penthouse?«

»Nein. Vor ein paar Stunden ist sie abgereist. Zum Flughafen, glaube ich.«

»Sie bekam keine Auflage, in der Stadt zu bleiben?«

»Mir ist leider unbekannt, was ihr von der Polizei gesagt wurde. Ich kann mir nur nicht vorstellen, dass es viel geändert hätte. Solche Leute tun und lassen, was sie wollen.« Jay Jay schenkte ihm einen seiner wissenden Blicke. »Sie ist schon einmal einer Mordanklage entgangen.«

Ben stutzte. »Verzeihung?«

»O ja. Das ist allgemein bekannt. Cory Myersons Frau starb an einer Überdosis Fentanyl. Anscheinend hatte sie den Abend mit Zoey Pine verbracht. Und anscheinend waren Zoey und Corys Frau befreundet. Seinerzeit kamen jede Menge Klatsch und Anschuldigungen aus L.A. auf. Hängen blieb nichts.«

»Ihnen kam nie in den Sinn, mir das schon eher zu erzählen?«

»Ich nahm an, Sie wüssten davon – jeder weiß es.«

»Die Polizei?«

»Würde ich vermuten – dann besonders, wenn sie ein Auge auf die sozialen Medien hat.«

Ben verließ mit Unbehagen das Hotel und kam sich mehr denn je wie ein Dinosaurier vor.

36

Als er die Polizistin zwei Häuserblocks weit vom Maverick an der Straßenecke sichtete, beschwingte es seine Schritte. Vielleicht war er doch noch kein ewiggestriger Knacker. Er widerstand dem Drang, ihr einen Begrüßungskuss zu geben. Kiara trug Uniform, und sie waren in der Öffentlichkeit. »Das ging schnell«, sagte er.

»Meinst du, ich hänge rum?«

»Nein«, sagte er und sann kurz über ihre gemeinsame Zeit im Bett vergangene Nacht nach. »Wohl eher nicht. Hast du den Beschluss?«

»Ich habe was Besseres, eine Spur.«

»Eine Spur?«

»Wie sich rausstellt, wird seit einiger Zeit gegen die Filmschule ermittelt. Frag mich nicht, warum es da bisher keine klare Ansage gab, außer dass die Bürokratie zwischen dem Fünften und dem Siebenten wie eine dicke Mauer ist, anstatt Erkenntnisse zu teilen. Jeder erzählt dir was anderes. Zum Glück habe ich den richtigen Detective umgerannt, als ich heute Morgen ins Gebäude ging.«

»Kannst du dich immer noch abseits deines Reviers bewegen?«

»Muss ich gar nicht. Die Leute, die wir treffen müssen, sind im Siebenten.« Kiara sah sich über die Schulter um.

»Genau gesagt ist es der Block gegenüber dem Maverick, nicht jener dahinter.«

»Ich bin nicht sicher, ob ich das verstehe. Wir müssen nicht zur Filmschule gehen?«

Kiara setzte sich zurück zum Maverick in Gang, blieb aber auf der anderen Straßenseite, und Ben schloss zu ihr auf.

»Ein Gebäude auf dieser Seite ist besetzt, und zwar von ehemaligen Studenten der Filmschule. Anscheinend haben sich diese Jungs angewöhnt, auf die Dächer zu steigen, und machen weiter ihre Filme. Und ja, es gibt eine tragische Vorgeschichte, die sie offenbar hartnäckig immer wieder aufgreifen.«

Sie hatten eine zugesperrte Boutique erreicht, deren Rollladen mit Graffiti überzogen war, darunter das Symbol von Extinction Rebellion. Am Fuß des Stahlgatters hatte sich ein Abfallhaufen angesammelt. Es sah nicht so aus, als wäre die Boutique unlängst geöffnet gewesen. Auch nicht so, als würde sie irgendwann demnächst öffnen. Der Eingang war verriegelt und zusätzlich mit großen Vorhängeschlössern gesichert.

Kiara trat an eine schmale Tür ein paar Schritte weiter. Es war unklar, in welche vier Wände die Tür eigentlich führte, aber sie klopfte an.

»Was geht da drin vor sich?«

»Das ist nach unseren Erkenntnissen die Tür zum besetzten Haus. Als Streifenpolizistin bin ich zu Anfangserkundungen befugt, wenn eine Ruhestörung gemeldet worden ist.«

»Wer hat eine Ruhestörung gemeldet?«

Sie sah Ben über die Schulter an. »Du hast.«

»Klar. Wer hat dir auf einmal all diese Informationen gegeben?«

»Sergeant Ferguson, der Detective, dem ich gleich nach dir über den Weg gerannt bin.«

»Der verbitterte alte Säufer?«

»So übel ist der gar nicht. Er hatte eine lange Nacht.«

»Ich gehe davon aus, dass er dafür bezahlt wurde.«

»Detectives schieben nicht die gleichen Schichten wie wir. Ihre Arbeitszeiten sind weniger klar umrissen.«

»Ein bisschen wie mein Job.« Ben lachte. »Ständig im Dienst. Das heißt, gewesen.«

»Was soll das bedeuten?«

»Ich wurde beurlaubt. Die Chefin sitzt jetzt gerade im Hotel zusammen mit einer Firmenanwältin. Sie war schon in New York.«

»Das ist nur vorübergehend. Wart's ab.« Kiara hämmerte wieder gegen die Tür.

»Erzähl mal von diesem Detective, diesem Ferguson. Warum er dir helfen wollen könnte und warum du ihm vertraust.«

»Der ist schon echt eine Nummer für sich im Revier. Ja, er hat ein Alkoholproblem, aber da ist er nicht der Einzige. Dann hat er noch vor Kurzem seine Frau verloren. Alle halten ihn für McNeils Schoßhund, dabei machte er dauernd Sachen hinter McNeils Rücken. Deswegen hat er mir das alles auch erzählt, glaube ich. Er will sich nicht für McNeils sagenhafte Unfähigkeit und Voreingenommenheit rechtfertigen müssen.« Sie nickte in Richtung des besetzten Gebäudes.

Viel Leben schien es für Ben nicht zu bergen.

»Außerdem weiß er vermutlich, dass deine Tochter unschuldig ist, und sucht nach einem schnellen Ausweg aus diesem Teil des Schlamassels.«

»Du hast ihm klargemacht, dass hier womöglich jemand gestern Nacht gefilmt hat und zuvor auch?«

»Nur dass Leute auf einem Dach ganz in der Nähe gesehen wurden und es vielleicht weitere Zeugen dessen gab, was im Maverick passiert ist. Die Gegend wurde vom System durchforstet, und bei diesem Gebäude ging die Warnlampe an. Anscheinend haben mehrere meiner Kollegen auf Nachtschicht dem Anwesen einen Besuch abgestattet. Da laufen nicht bloß Dreharbeiten nachts auf dem Dach, sondern Partys. Sehr viele Partys.«

»Ist eben die Lower East Side«, gab Ben zu bedenken.

»Haargenau.« Einmal mehr klatschte ihre flache Hand auf die Tür, dann zückte Kiara den ausziehbaren Knüppel und begann, damit auf die Tür einzuhämmern. »Polizei«, rief sie. »Aufmachen!«

»Ich bin froh, dass Michael, der Wachmann in der Filmschule, die Wahrheit gesagt hat«, meinte Ben. »Ich hätte ihn ungern in Schwierigkeiten gebracht.«

»Weißt du, was ich finde?« Kiara legte ein Ohr an die Tür. »Ich finde, dass wir vergessen, wie man Menschen vertraut. Nicht alle legen es darauf an, zu lügen und zu betrügen.«

»Trotzdem bleiben etliche übrig, die es tun, fürchte ich«, sagte Ben.

»Da kommt wer.« Kiara trat zurück.

Sie hörten, wie Riegel schrappten und sich ein Schlüssel im Schloss drehte. Langsam ging die Tür drei, vier Zentimeter weit auf. »Was wollen Sie?«, fragte eine verschlafene Frauenstimme. Handfester Hanfgeruch wehte gleichfalls zum Spalt heraus.

»NYPD«, sagte Kiara. »Ich bin Ihre Kontaktbereichsbeamtin. Ich glaube, wir hatten noch nicht die Ehre.«

Trotz des freundlichen Tons blieb Ben nicht verborgen, wie Kiara ihren Fuß so weit vorschob, dass sich die Tür nicht mehr zuschlagen ließ.

»Es gab eine Meldung über ruhestörendes Verhalten auf dem Dach dieses Gebäudes«, sagte Kiara. »Erneutes ruhestörendes Verhalten. Wir wissen, dass Sie keine rechtmäßigen Bewohner des Anwesens sind.«

»Das ist nicht wahr«, gab die junge Frau scharf zurück. Ben konnte gerade mal einen Schopf sehr dunkler glatter Haare ausmachen. »Wir unterliegen dem gesetzlichen Wohnungsrecht. Wir stehen mitten in einem Rechtsstreit mit einem skrupellosen Immobilienentwickler. Wir werden von der Lower East Side Free Community unterstützt. Wir haben alles Recht, hier zu sein – vorerst.«

»Ich untersuche eine Ruhestörung«, sagte Kiara. »Eine weitere Ruhestörung. Kann Ihr Haufen sich nicht mal zügeln? Je öfter so was gemeldet wird und ungeklärt bleibt, umso mehr schwächt es Ihre Position vor Gericht. Ich befürworte sicher keine skrupellosen Immobilienentwickler, sehr wohl aber eine sichere Nachbarschaft für alle. Was gleichermaßen Bewohner, Beschäftigte und Besucher bedeutet. Wie heißen Sie?«

»Bada«, sagte die junge Frau durch den Türspalt.

Kiara zog ein kleines Notizbuch aus einer Tasche und eine Seite zurate. »Wer ist sonst noch hier?«, fragte sie.

»Weiß nicht. Vielleicht ein, zwei andere.«

»Sung? Ist der hier?«

»Kann schon sein.«

»Schauen Sie«, sagte Kiara, »ich bin nicht hier, um Sie in noch größere Schwierigkeiten zu bringen. Das Gegenteil trifft zu. Wir brauchen Ihre Hilfe.«

»Ich dachte, Sie würden eine Ruhestörung untersuchen?«

»Tun wir. Aber richtig unruhig ist es letzte Nacht hier gegenüber geworden.« Kiara schaute über ihre Schulter und nickte in Richtung der anderen Straßenseite. »Im Maverick.«

»Ach ja?«, sagte Bada. »Da war ein ziemlicher Tumult letzte Nacht, stimmt's? Irgendeiner ist gestorben. Er fiel vom Dach.« Sie ließ die Tür etwas weiter aufgehen.

Ben konnte spüren, dass Bada allmählich auftaute. »Woher wissen Sie, dass er vom Dach fiel?«, fragte Ben und hoffte, nichts Falsches gesagt zu haben. »Sie waren oben auf dem Dach, nicht wahr? Zum Filmen.«

»Die anderen«, sagte Bada, »die könnten mehr wissen.«

»Ich möchte Ihnen wirklich helfen«, sagte Kiara. »Ich habe zugesehen, wie sich dieses Viertel verändert hat. Ich verstehe, wie ein Gemeinwesen funktionieren kann und dass bezahlbarer Wohnraum nötig ist für Leute wie Sie. Für Kreative, für Freigeister.« Kiara erhaschte Bens Blick, dann richtete sie ihre Aufmerksamkeit wieder auf Bada. »Ebenso weiß ich, was hier vor drei Jahren geschehen ist, welche Tragödie, und warum Sie weiterhin den Jahrestag begehen wollen könnten.«

»Darüber wissen Sie Bescheid?«, fragte Bada.

»Ob ich weiß, dass sich eine junge Frau, die an der Filmschule studierte, nach einem Streit mit ihrem Freund umgebracht hat? Ja, davon wissen wir«, sagte Kiara.

»Sie hat sich nicht umgebracht«, sagte Bada. »Sie wurde umgebracht. Und er war nicht ihr Freund. Er war Dozent.«

»Die Ermittlung und das Gericht konnten das so nicht feststellen.«

»Wissen Sie, wie viele Mädchen und Frauen von ihren Partnern getötet werden und von Leuten in Machtpositionen?«, sagte Bada. »Wir müssen die Menschen dran erinnern.«

»Leider kenne ich die Zahlen«, sagte Kiara. »Doch es nützt nichts, zum Schmerz und Leid beizutragen, indem man untätig danebensteht und anderen beim Selbstopfer zusieht. Oder sie gar dazu anspornt.«

»Die Leute können selbst entscheiden, wie sie reagieren wollen«, sagte Bada. »Diese Welt ist voller Extreme und Gewalt. Wie sollte man anders reagieren als genau damit?«

»Mit Besonnenheit, Rücksicht, Achtsamkeit«, erwiderte Kiara.

Ben dachte an Natalie. Hoffentlich holte sie etwas Schlaf nach.

»Wir machen bloß einen Film.«

»Aber letztes Jahr und vorletztes haben sich hier junge Leute geopfert«, sagte Kiara. »Vom Dach herab. Immer im August. Am gleichen Tag.«

»Ich kann darüber nicht reden.«

»Ich hoffe, Ihnen eines Tages helfen zu können«, sagte Kiara. »Es ist nicht ausgeschlossen, dass wir noch herausfinden, was hier wirklich passiert ist beim ersten Mal.«

»Wir wissen, was passiert ist.«

»Dann können Sie mir helfen, und wir können dafür sorgen, dass der Schuldige zur Verantwortung gezogen wird.«

»Tolle Aussicht«, gab Bada zurück. »Meinen Sie, das hätten wir nicht versucht?«

Ben wurde eine Gestalt hinter Bada gewahr. Ein junger Mann. »Sie haben mit den Falschen geredet«, sagte Ben. »Diese Polizeibeamtin wird das alles ändern, kann ich Ihnen versichern.«

»Wer sind Sie?«, fragte der junge Mann und schob Bada regelrecht aus dem Weg. Die Tür stand jetzt weit offen.

»Das ist Inspektor Ben Martin«, sagte Kiara. »Im Augenblick hoffen wir wirklich sehr, dass Sie uns helfen können.«

»Ihre Filmaufnahmen letzte Nacht auf dem Dach, können wir einen Blick drauf werfen?«, fragte Ben. »Haben Sie die in einer Kamera gespeichert, auf einem Laptop?«

»Woher wissen Sie, dass wir letzte Nacht gedreht haben?«

»Sie haben die letzten paar Nächte über gedreht. Ich habe Sie da oben gesehen.« Das sagte Ben so betont wie möglich.

»Na schön«, räumte der Mann ein. »Wir waren vielleicht da oben. Aber wir wollen keinen Ärger. Da war überall Polizei gestern Nacht. Wir haben so schnell wie möglich zusammengepackt.«

»Kann ich die Aufnahmen sehen?«, bat Ben.

»Ich will keinen Ärger kriegen«, wiederholte der Mann.

»Es wird keinen geben, glauben Sie mir«, sagte Kiara. »Sie wären uns nur eine große Hilfe und dazu anderen jungen, harmlosen Leuten.«

Die Miene des Mannes wurde etwas entspannter. »Ich kann sie Ihnen auf meinem Telefon zeigen. Bada war hinter der Kamera, und ich habe den Himmel mit meinem Telefon abgeschwenkt. Wir hatten die letzte Einstellung gesucht für unseren Film. Wir brauchten einen Hubschrauber. Ich habe was anderes eingefangen, oben auf dem Dach gegenüber. Ein Paar, das sich raufte – die Frau trug einen roten Schal. Das hatte mich daran angezogen. Dann stürzte dieser Mann ab. Ich habe genau den Augenblick erwischt. Bada meint, ich solle ihn posten. Davor habe ich Schiss. Ich weiß, wer dieser Mann war, und bin froh, dass Sie hier sind. Können Sie uns wirklich helfen? Können Sie uns beschützen?«

»Sie sind Sung, nicht wahr?«, fragte Kiara.

»Ja.«

»Ich habe schon viel Gutes über Sie gehört.«

»Und manches Schlechte? Wollen Sie reinkommen und es sich ansehen?«

»Das wäre sehr freundlich von Ihnen.«

»Ich habe den Mann nie gemocht, diesen Cory Myerson«, sagte Sung, während er sie ins Innere führte. »Der war doch reiner Fake. Er hat verdient, was er bekam.«

»Niemand verdient es, von seinem Partner getötet zu

werden«, gemahnte Kiara, »und wenn er sonst was verbrochen hat.«

»Zoey Pine wollte ihn nicht schubsen«, warf Bada ein. »Es war nicht ihre Schuld. Er hatte sie so weit getrieben.«

»Ich denke, darüber sollen die Gerichte entscheiden«, sagte Ben. »Hauptsache ist, sie bekommen möglichst viele Beweise und können die Richtigen zur Rechenschaft ziehen.«

»Am Ende siegt die Gerechtigkeit«, sagte Kiara. »Tut sie immer.«

»Dein Optimismus gefällt mir«, sagte Ben grinsend.

Ben schlug die Augen auf, streifte die weichen Kopfhörer ab und den außergewöhnlichen Klang von Alicia Keys jauchzendem Gesang als Dreingabe zu Jay-Zs muskulösem Rap. Er wusste selbst nicht, weshalb er gar so bald an New York erinnert werden wollte dank Ollys Playlist, der er sich endlich widmen konnte. Ihre Maschine war erst zehn Minuten zuvor abgehoben.

Er schaute über den Gang hinweg – Natalie und Hannah saßen zusammen in der mittleren Sitzreihe. Beide erforschten noch, was die Bordunterhaltung wie auch die kostenfreien Kulturbeutel alles zu bieten hatten. Diesmal waren Bemerkungen von Natalie ausgeblieben darüber, welchen Schaden der Luftverkehr auf dem Planeten anrichtete.

Er saß am Fenster in seinem eigenen riesigen Businessklassesitz und wartete gespannt auf ein weiteres Glas Gratischampagner. Das erste Begrüßungsglas hatte seinen Durst kaum gemildert. Es war cine beträchtliche Hetze zum Flughafen gewesen, nur um festzustellen, dass sie hochgestuft worden waren und auf der Überholspur durch die Sicherheitsschleuse durften. Von Reue zerfressen, hatte Emily Muller ein paar Fäden gezogen. Überdies hatte sie Ben eine bescheidene Gehaltsaufbesserung angeboten und zum Oberinspektor befördert.

Es sei ein ganz neuer Posten bei Hideaway, sagte sie, und einem Inspektor seines Kalibers und Leistungsvermögens gemäß.

»Eigentlich war's nicht mein Verdienst«, hatte er einzuwenden versucht, »sondern der einer außergewöhnlichen Kontaktbereichsbeamtin.«

»Das bezweifle ich«, hatte Emily gesagt, die persönlich an jenem Nachmittag zum Maverick zurückgekehrt war. »Das NYPD steht bis auf die Knochen blamiert da. Du hast denen erklärt, was Sache war. Hat mir Spaß gemacht, diesem Chief Inspector zu begegnen und ihn in die Schranken zu weisen.«

»Die sind nicht alle unfähig«, hatte Ben angemerkt, »glaub mir.«

»Wann kommen du und ich zu diesem Abendessen, diesem Schlummertrunk?«, hatte Emily darauf erwidert.

»Wenn ich das nächste Mal in Frankfurt bin?«, hatte Ben vorgeschlagen. »Fürs Erste muss ich Natalie und Hannah ihren verständlicherweise besorgten Müttern zurückbringen.«

»Selbstredend. Kennst du schon dein nächstes Ziel für Hideaway?«

»Dann bin ich nicht länger beurlaubt?«

»Nicht, wenn du deinen Bericht wie gewöhnlich einreichst.«

Ben musste schmunzeln. Dieser Bericht würde wohl eher auf Fiktion beruhen müssen als auf Fakten. Nun ja, schließlich galt ihr seit Langem sein Ehrgeiz.

»Was hat Wendy Spurling als Nächstes für dich vorgesehen?«, fuhr Emily fort.

»Was in Kürze ansteht, ist noch unklar, aber ein schottisches Golfhotel war im Gespräch und in der Folge einer der Wintersportorte.«

»Ah, ja, ein gemütliches Hideaway in den Alpen mit lodernden Holzscheiten im Kamin und flauschigen Fellteppichen zum Warmhalten.«

Ben war der lodernden Holzscheite im Kamin reichlich überdrüssig. »Wie immer würde ich sämtliche Einrichtungen gewissenhaft prüfen.«

»Halt mich diesmal auf dem Laufenden«, sagte sie, »persönlich. Man weiß nie, wo ich als Nächstes aufkreuze. Ich bin begeisterte Skifahrerin.«

Daran könnte ich mich gewöhnen, dachte Ben, als er sich in Erwartung der Getränkekarte in seinem schicken Businessklassesitz zurücklehnte. Kaum hatte er es sich gemütlich gemacht, da fuhr er hoch. Hatte Wendy Spurling gewusst, dass Emily Muller genau zur selben Zeit wie er in New York weilen würde? Ben dachte an Mallorca zurück und daran, wie rasch Emily auch dort aufgeschlagen war.

Versuchte Wendy etwa, sie beide zu verkuppeln?

Ben schloss die Augen, lehnte sich erneut zurück und setzte die kostenlosen Kopfhörer der Fluglinie wieder auf, die störende Nebengeräusche unterdrückten. Er streifte seine Budapester ab und dachte an Kiara. Wann würde er nach New York zurückkehren können? Die Stadt rasch vergessen würde er wohl kaum. Natalie würde das bestimmt nicht, so viel war sicher. Oder Hannah. Ihm war schleierhaft, wie er bei ihren Müttern wiedergutmachen wollte, welche Sorgen sie durchgemacht hatten, insbesondere Katie. Eine Schachtel Pralinen erschien kaum angemessen.

Immerhin lieferte er persönlich und pünktlich das kostbarste aller Geschenke ab, ihre Töchter. Unterdessen war ein Haftbefehl für Zoey Pine ergangen.

Kiara hatte recht behalten. Sergeant Ferguson war so übel nicht und hatte schleunigst Natalies förmlichen Ausschluss von der Ermittlung bewerkstelligt, auch wenn sie eine Verzichtserklärung auf Anzeige wegen unzulässiger Inhaftierung hatten unterzeichnen müssen. Chief Inspector McNeal höchstselbst war darauf im Maverick erschienen, um sich bei Natalie zu entschuldigen und Ben für seine entscheidenden Hinweise zur Tataufklärung zu danken.

»Es war nicht so sehr mein Verdienst«, hatte Ben einmal mehr eingewandt. »Sondern das von Kontaktbereichsbeamtin Williams. Aus der wird mal eine ausgezeichnete Kriminalermittlerin. Überdies verfolgt sie einen alten Fall, der unbedingt geklärt werden sollte, ehe weitere Tragödien die Gegend heimsuchen. Da draußen gibt es noch einen Mörder, der vor Gericht gestellt werden muss.«

»Es ist Sisyphusarbeit«, hatte McNeal gesagt und Ben auf die Schulter geklopft. »Ich kann Ihnen gar nicht sagen, wie viele Ermittlungen mangels gerichtstauglichen Beweisen in sich zusammenfallen. Wir sind ständig auf der Suche nach klugem Nachwuchs für die Kripo, sofern es das Budget erlaubt. Danke für den Tipp. Was arbeiten Sie noch gleich?«

In diesem Augenblick waren Emily Muller und die eiserne Anwältin für Hideaway-Anliegen in den USA vorgetreten und hatten sich dem Chief Inspector vorgestellt. Ben trat zurück und erhaschte Jay Jays Blick, der ihm zuzwinkerte. Ben hatte noch immer nicht ausgetüftelt, was das zu bedeuten hatte.

Als die Maschine Reiseflughöhe erreichte, spürte er einen Stupser am Arm. Er hob die Lider und sah eine Flugbegleiterin, die ihm noch etwas Champagner und die Speisekarte fürs Abendessen anbot. Er ließ seine Kopfhörer verstummen und damit Ollys neueste, stets verspielte Playlist. Dies eine Mal in seinem Leben schlug er kopfschüttelnd beides aus. »Danke, aber was ich jetzt gerade brauche, ist Schlaf. Diese entzündeten Augen machen einen fertig.«

Sein Durst und Appetit traten hinter seiner Müdigkeit zurück. Er drückte den Lehnenknopf seines Sitzes und fühlte sich in einen neuen Morgen, ein neues Geheimnis entführt.

Würde es solche Formen des Reisens und luxuriösen Aufwands in Zukunft überhaupt noch geben? Was würde aus Hideaway werden? Das Unternehmen würde weniger Gewicht auf Prominenz legen müssen, so viel war sicher, und sich darauf besinnen, wie wichtig Diskretion, Privatsphäre und Exklusivität waren. Und ja, Umweltfreundlichkeit auch, selbst wenn nicht alle Ökokrieger unbedingt das waren, wonach sie aussahen. Wer oder was wäre das je?

Der Buchstabe W waberte durch seine Gedanken. Erneut fuhr er kerzengerade hoch. Walter. Der schlanke, schmale, wortkarge Nachtportier. Der ehemalige Filmschuldozent. Verbarg seine Schuld in aller Öffentlichkeit. Jedenfalls hinter einem Gedichtband.

Ben drückte den Rufknopf. Den Drink und das Menü würde er doch zu sich nehmen. Hinzu kam, wie er bemerkte, dass es in der üppig ausgestatteten Kabine WLAN gab. Er würde Kiara sofort eine Nachricht schreiben.

Henry Sutton

Henry Sutton, geboren 1963 in Gorleston-on-Sea, Norfolk, ist Autor, Literaturkritiker und war viele Jahre lang als Reisejournalist tätig. Er lehrt Creative Writing an der University of East Anglia in Norwich, leitet dort den Master-Studiengang Crime Fiction und ist Gründer des Noirwich Crime Writing Festivals. Sutton ist verheiratet und hat drei Kinder.